Solteira até sábado

CATHERINE BYBEE

LIVRO 4

Tradução
Andréia Barboza

1ª edição
Rio de Janeiro-RJ / Campinas-SP, 2017

VERUS
EDITORA

Editora
Raïssa Castro

Coordenadora editorial
Ana Paula Gomes

Copidesque
Maria Lúcia A. Maier

Revisão
Cleide Salme

Capa e projeto gráfico
André S. Tavares da Silva

Diagramação
Daiane Cristina Avelino Silva

Foto da capa
freya-photographer / Shutterstock (noiva)

Título original
Single by Saturday

ISBN: 978-85-7686-606-0

Copyright © Catherine Bybee, 2014
Todos os direitos reservados.
Edição publicada mediante acordo com Amazon Publishing, www.apub.com, em colaboração com Sandra Bruna Agencia Literaria.

Tradução © Verus Editora, 2017
Direitos reservados em língua portuguesa, no Brasil, por Verus Editora. Nenhuma parte desta obra pode ser reproduzida ou transmitida por qualquer forma e/ou quaisquer meios (eletrônico ou mecânico, incluindo fotocópia e gravação) ou arquivada em qualquer sistema ou banco de dados sem permissão escrita da editora.

Verus Editora Ltda.
Rua Benedicto Aristides Ribeiro, 41, Jd. Santa Genebra II, Campinas/SP, 13084-753
Fone/Fax: (19) 3249-0001 | www.veruseditora.com.br

CIP-BRASIL. CATALOGAÇÃO NA FONTE
SINDICATO NACIONAL DOS EDITORES DE LIVROS, RJ

B997s

Bybee, Catherine, 1968-
  Solteira até sábado / Catherine Bybee ; tradução Andreia Barboza. - 1. ed. - Campinas, SP : Verus, 2017.
  23 cm.   (Noivas da Semana ; 4)

  Tradução de: Single by Saturday
  ISBN: 978-85-7686-606-0

  1. Romance americano. I. Barboza, Andréia. II. Título. III. Série.

17-43704
CDD: 813
CDU: 821.111(73)-3

Revisado conforme o novo acordo ortográfico

Para David e Libby
Quando Deus precisou criar duas pessoas para ajudar os outros...
Ele criou vocês.
Por tudo o que fazem!

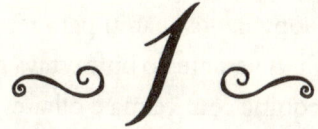

APÓS UM ANO FINGINDO SER a esposa de Michael Wolfe, Karen não hesitou quando ele chegou por trás, a abraçou e beijou a lateral de seu pescoço.

— Aí está você.

Ela sorriu para aquele lindo rosto e suspirou. Ele realmente era um dos homens mais bonitos que ela já vira. Pena que era gay.

— Não estou me escondendo — ela disse, inclinando-se na direção dele para entreter as pessoas que os observavam.

— O serviço de bufê vai começar a servir em trinta minutos.

Eles viviam muito bem a rotina doméstica. Muito melhor que a maioria dos casais que haviam feito votos para um compromisso duradouro.

— Vou dar uma olhada se está tudo pronto.

Ele beijou o topo da cabeça dela antes que ela pedisse licença para o grupo de amigos com quem estava conversando e voltasse para dentro da casa. Karen circulou pela festa que haviam organizado para celebrar um ano de união e cumprimentou a nata de Hollywood pelo nome, sem deixar de se perguntar se aquele mesmo grupo estaria presente dali a seis meses, quando comemorariam seu divórcio. Ela não tinha dúvida de que seu nome seria automaticamente excluído da lista de convidados, enquanto o de Michael continuaria lá. Era isso que acontecia quando se planejava o divórcio com um dos nomes mais requisitados do showbiz. É claro que poucas pessoas ali sabiam sobre a separação. Os demais ouviriam a respeito em uma revista de fofocas ou em algum programa de tevê quando chegasse o momento.

De influência espanhola, a casa se localizava em Beverly Hills, com uma vista deslumbrante para a cidade. Havia mais de duzentos convidados na festa, testando os limites do local. Felizmente, o clima do sul da Califórnia os agraciara com uma noite agradável, permitindo que os hóspedes se misturassem dentro e fora da casa.

Karen passou pelos convidados, parou para receber um ou dois abraços falsos e entrou na cozinha. A gerente do bufê estava no centro do caos, dando ordens e conduzindo a equipe com calma e olhares afiados.

— Como estão as coisas, Vera?

— Tudo pronto, sra. Wolfe.

Karen nunca corrigia o uso do nome do marido, embora não tivesse mudado legalmente o seu.

— E o vinho?

Vera levantou o queixo e ofereceu um sorriso.

— Exatamente como o seu marido escolheu.

— Ótimo.

— Mas tivemos um pequeno problema com a quantidade.

Karen franziu o cenho. Para ela isso não era importante, mas Michael era bastante exigente quando o assunto era bebida.

— Checou um substituto com o Michael?

Vera continuava sorrindo, mas seus olhos vibravam com o que Karen achou que era nervosismo.

— Ele estava ocupado. Quer dar uma olhada no que eu escolhi?

— Claro.

Karen seguiu Vera enquanto saíam pela porta dos fundos até o caminhão com os suprimentos do bufê, onde Vera instruiu um dos funcionários a abrir uma caixa de madeira. Dentro havia seis garrafas de pinot noir, todas elegantemente rotuladas e apresentadas como era de esperar. Mas, se Karen havia aprendido algo convivendo por um ano com um especialista em vinhos, era que rótulos bonitos nem sempre eram sinônimo de qualidade. Como conhecia o gosto de Michael, ela não hesitou em tomar uma decisão por ele.

— Não reconheço o rótulo.

Vera assentiu rapidamente.

— Não se preocupe. — Ela pegou um saca-rolhas no bolso do avental e abriu a garrafa rapidamente. Fez um sinal com a ponta dos dedos, e um dos funcionários lhe entregou uma taça.

Com um floreio, Vera serviu o vinho e entregou uma pequena amostra para Karen provar.

Durante o período em que passou com Michael na França, Karen aprendeu o suficiente sobre a bebida para fazer uma degustação simples. Girou o líquido dentro da taça e não notou nenhum problema com a cor. Na verdade, ela sempre achou que essa parte da degustação era a segunda mais inútil em uma prova. Vinho tinto era sempre vermelho, e branco, sempre claro. Cheirou, sentiu o aroma cítrico e frutado e deixou a bebida tocar sua língua.

Encorpado e potente. Não havia necessidade de cuspir. Aliás, na sua opinião, essa etapa da degustação liderava todas as outras no quesito inutilidade. Desperdiçar uma bebida tão maravilhosa arruinava qualquer propósito.

— Esse serve — disse a Vera, que parecia prender a respiração enquanto Karen avaliava. — Mas se certifique de que as primeiras garrafas servidas sejam as que o Michael escolheu.

Vera assentiu rapidamente com a cabeça e a mão enquanto outras pessoas levavam o vinho para dentro. As duas se viraram para entrar quando uma figura solitária se aproximou por trás.

— Sra. Wolfe?

Com um sorriso ensaiado, Karen virou e se esqueceu de respirar. Sentiu um arrepio quando um misto de sensações a atingiu. Havia algo familiar no homem de um metro e noventa de altura, com cabelos castanho-escuros e olhos azuis penetrantes. O maxilar era tão proeminente quanto o do marido e ostentava uma barba por fazer, algo de que Michael lançava mão para alguns de seus papéis, mas que certamente não era de seu estilo manter.

Pensar em Michael fez a imagem dele aparecer em seu subconsciente, e ela percebeu que aquele homem podia ser um sósia dele. Só que não tinha o sorriso nos olhos nem o riso fácil no rosto. Não, havia algo escondido em seu olhar que a fez parar. Esse homem era lindo, e, se ela acreditasse em atração à primeira vista, seu corpo havia respondido a ele com ferocidade. Talvez fosse isso que as mulheres sentiam quando olhavam para Michael, e ela não. Aquela emoção selvagem da descoberta que levava a possibilidades que somente o cinema era capaz de suprir.

Em vez de deixar a imaginação tomar conta, Karen tentou agir como se não tivesse sido afetada.

— Eu conheço você?

O homem de olhos azuis, que era a personificação do sexo, se aproximou, e ela precisou se esforçar para se manter firme.

Percebendo o desconforto dela, ele ficou imóvel e olhou ao redor, de forma casual. Então disse simplesmente:

— Zach Gardner.

O sorriso permaneceu no rosto de Karen. O nome lhe fez cócegas na consciência. Lembranças passaram por sua cabeça, até que ela estreitou o foco.

— O irmão do Michael? — sussurrou.

Ele assentiu de leve e a olhou de cima a baixo. Quando seus olhos se encontraram novamente, mascarou o que estava pensando, sorriu e disse:

— E você é a esposa que nenhum de nós conhece.

Poucas coisas abalavam Karen. Ela mantinha o papel de esposa perante a observação perspicaz de paparazzi, produtores, atores e fãs, mas o homem que estava à sua frente fez o que ninguém mais podia. Ele a fez questionar sua decisão de se casar.

Karen deu um passo adiante e ignorou a expressão interrogativa que de repente surgiu no rosto de Zach.

— Não sabíamos que você viria.

— Então você sabe que o Mike tem família.

— Claro. — Ninguém chamava Michael de Mike. De alguma forma, a família sempre faz as pessoas se lembrarem de suas origens.

Karen ficou agitada diante daquele olhar, e algo fez Zach hesitar, como se ele soubesse que estava agindo de maneira dura, culpando-a pela ausência do irmão. Mas ela sabia que Michael não era tão próximo da família como antes.

— A agenda dele esteve muito cheia no ano passado. — Ela deu a desculpa pelo marido, sabendo que parte da razão para a família dele não ter sido envolvida no casamento era porque aquilo não duraria. Aquela mentira era para Hollywood, não para a família dele. Na realidade, Karen achava que alguém fosse aparecer antes.

— Todo mundo é ocupado.

A afirmação fez Karen entender que Zach não dava a mínima para a agenda de Michael ou para as suas desculpas. Mas eram as desculpas de Michael, e Karen não queria interferir no relacionamento entre ele e a família.

— Tenho certeza de que o Michael vai ficar muito feliz em te ver. — Ela começou a andar para lhe mostrar o caminho.

— Parece que o meu timing não foi dos melhores.

Teria sido fácil para ela sugerir que visitas inesperadas sempre têm um timing ruim, mas Karen se conteve.

— Imagina. — E, como não se conheciam pessoalmente e ela não tinha como saber se Zach sabia seu nome, se apresentou, estendendo a mão. — A propósito, eu sou a Karen.

Zach pegou sua mão, e uma súbita corrente de calor lhe subiu pelo braço. *Esse* sim era um *péssimo* timing!

Um pouco de química tudo bem, mas não com o irmão do marido temporário. Ah, não, isso definitivamente não era nada bom!

Os olhos de Zach mostraram surpresa antes que ele afastasse a mão abruptamente.

— Parece que te devo um pedido de desculpas.

— Por quê? — *Por ter sido grosseiro, ainda que gostoso desse jeito?* Ah, sim... Talvez ele devesse mesmo.

— Estou um pouco chocado por encontrar uma pessoa de verdade por trás das fotos que todos nós vimos.

— Uma pessoa de verdade em vez do quê?

Zach deu de ombros.

— O meu irmão sempre foi visto com uma mulher diferente a cada pré-estreia. Acho que presumimos que não era real... Mas agora posso ver que é. Não justifica a minha grosseria. A minha bronca é com ele, não com você.

Karen sentiu um sorriso surgir em seu rosto, e os olhos de Zach assumiram uma expressão mais suave.

— Isso foi um pedido de desculpas?

— Meia-boca, mas sim.

Parecia que Zach e Michael tinham isto em comum: a capacidade de pedir desculpas sem realmente falar todas as letras. Ainda que Michael estivesse melhorando nesse quesito.

— Desculpas aceitas. Agora venha, Zach, vamos encontrar o seu irmão. — Karen não deu brecha para discussão enquanto caminhava ao lado dele e entrava na casa.

Duas pessoas se viraram quando Zach e Karen apareceram na cozinha. Ela não pôde deixar de se perguntar se os ajudantes achavam que aquele era irmão gêmeo de Michael ou um sósia dele, coisa que Zach poderia ser com facilidade. Se Karen lembrava bem, Zach era pelo menos um ano mais velho que Michael. Eles tinham uma irmã mais velha e duas mais novas. Todos ainda moravam em uma cidadezinha no estado de Utah, onde Michael crescera e de onde se mudara logo depois de completar o ensino médio.

Samantha, amiga de Karen e eventualmente sua parceira nos negócios, a interceptou no caminho.

— Ah, aí está você. O Michael está te procurando — ela disse, lançando um sorrisinho para Zach.

— Estamos procurando por ele também. Samantha Harrison, este é Zach Gardner, irmão do Michael.

— Claro. A semelhança é nítida. — Samantha apertou a mão de Zach.

— Prazer — ele a cumprimentou secamente, como se quisesse sumir dali o mais rápido possível.

— Onde o Michael estava?

— No pátio. Vamos, vou te mostrar.

Agradecida pela presença de Samantha, Karen ofereceu seu sorriso ensaiado a Zach e o conduziu pela casa, através das portas enormes que levavam até o pátio nos fundos, onde mais convidados se misturavam e olhavam para o recém-chegado.

Michael estava de costas para eles. Karen bateu em seu ombro e o encarou antes que ele olhasse para trás.

— Michael. Olha só quem eu achei.

Em uma fração de segundo, um misto de confusão e reconhecimento surgiu em seu olhar, e então a coisa mais surpreendente aconteceu. Michael perdeu um pouco da elegância.

— Meu Deus, Zach.

Ela se afastou e observou os irmãos sorrirem, apertarem as mãos e se abraçarem.

— Há quanto tempo — disse Zach.

— Tempo demais.

Os dois trocaram sorrisos, como se nunca tivessem dito palavras ríspidas ou ficado anos sem se ver.

Samantha se inclinou para Karen e sussurrou em seu ouvido:

— Ele foi convidado?

Karen continuava sorrindo.

— Apareceu de repente.

— Bem, isso vai ser interessante.

Era isso que preocupava Karen.

Michael se virou para o pequeno grupo.

— Pessoal, este é o meu irmão, Zach. — Apresentou algumas pessoas ao irmão, das quais certamente ele não se lembraria, exceto pela fama de uma ou outra, não pela breve apresentação. — E você já conheceu a Karen.

Zach a encarou novamente com aqueles olhos azuis.

— Sim, eu já conheci a sua *esposa*.

⁕

Zach deixou Mike conduzi-lo e apresentá-lo a seus amigos, embora Zach não achasse que havia muitas pessoas ali com quem seu irmão pudesse contar de verdade. Ele não sabia como seria entrar no mundo do irmão. Tinha noção do enorme sucesso que Michael conquistara, mas nunca tinha experimentado nada nesse sentido. O cenário plástico de Hollywood estava a anos-luz de distância da cidade onde eles haviam crescido. Talvez o apelo fosse esse. Só Deus sabia as desvantagens de crescer em uma cidadezinha em Utah.

Por exemplo, nunca encontrar uma mulher tão deslumbrante como a que Mike chamava de esposa. Zach tinha visto fotos de Karen bem antes de a mãe se debulhar em lágrimas por nunca ter conhecido a nora, mas nenhuma delas lhe fazia justiça.

Os olhos eram de um tom de azul muito semelhante ao do mar. O cabelo loiro era bonito demais para ser artificial, e, apesar de toda a agitação ali, ela não se deixava abalar. Zach compreendeu a atração do irmão por aquela mulher, o que era inédito. Ele não se lembrava de algum dia terem se interessado pela mesma garota.

Zach afastou a esposa de Mike dos pensamentos e lembrou por que estava ali.

Fora a irmã mais nova, Hannah, quem convencera Zach a subir na moto e viajar até Los Angeles. Mike podia ser o sr. Hollywood para os outros, mas sua família sentia saudade. A mãe deles estava chateada, o pai, pronto para rejeitar o filho caçula, e as meninas estavam convencidas de que Michael Wolfe não se importava com os laços de sangue que os uniam. Então Hannah praticamente implorou a Zach que trouxesse Mike para casa.

— Meu bem. — Karen captou a atenção de Mike. — A equipe está pronta para servir.

Ele pousou o braço sobre o ombro da esposa e beijou o topo de sua cabeça.

— Obrigado.

Zach viu a atitude de Michael. Parecia que o casamento dos dois era feliz.

— Pode nos dar licença um segundo, Zach?

— É a sua festa, eu sou só um penetra.

Mike acenou para o DJ, que baixou o volume da música que tocava ao fundo.

Zach encontrara uma cerveja e a degustava enquanto observava o irmão se dirigir aos convidados e agradecer a presença de todos. Quando ele chamou Karen para junto de si e lhe agradeceu por ser sua esposa, Zach desviou o olhar. Notou Samantha o observando e disfarçou.

Alguns convidados começaram a cochichar à sua direita, chamando sua atenção.

— Imagino quanto tempo isso vai durar.

— É difícil enjoar do marido quando ele nunca está em casa. Ele não esteve gravando nos últimos nove meses?

Zach deu mais um gole em sua cerveja e continuou ouvindo.

— No mínimo. E vai ficar fora por mais três.

Ele desviou o olhar novamente e reconheceu uma atriz anoréxica, que já tinha visto, mas não sabia o nome, conversando com uma mulher mais velha que parecia gostar de botox.

— Ouvi dizer que ele vai ganhar mais de trinta milhões pelo próximo filme. Desse jeito, eu deixaria meu marido viajar para onde o estúdio mandasse.

Indignado, Zach forçou a atenção para longe das fofocas de cinema e circulou pelo pátio.

Samantha o chamou e o levou até o círculo de amigos dela, que estavam conversando depois que Mike e Karen se dirigiram para a fila no bufê.

— Zach, quero te apresentar alguns amigos da Karen e do Michael. Meu marido, Blake Harrison. A irmã dele, Gwen, e o marido, Neil MacBain. — Zach os cumprimentou, feliz por não reconhecer nenhum deles.

— Vocês são atores? — perguntou.

Gwen riu.

— Nem todos aqui são do cinema. — O sotaque britânico de Gwen tingia suas palavras.

— Eu sou da área de navegação — Blake anunciou.

Samantha se aconchegou ao lado do marido, claramente muito apaixonada.

— Ele também é duque, mas nos recusamos a chamá-lo de Sua Graça.

Blake revirou os olhos.

— Só fazemos isso quando ele nos irrita — Gwen disse.

— Duque, sério?

Blake tomou seu drinque e deu de ombros.

— Não dá para escolher os pais.

Samantha indicou o brutamontes ao lado de Gwen.

— O Neil é da área de segurança particular.

Nisso ele podia acreditar. O homem era enorme, não parava de olhar ao redor e Zach imaginou que estava armado até os dentes.

— Aí estão vocês! — Uma voz soou atrás deles, fazendo-o virar.

O casal que se aproximava não precisava de apresentações. Zach se inclinou para Neil.

— É o governador?

— Sim.

— Caramba, não pensei que o Mike conhecesse o estado todo.

— Na verdade, somos amigos da Karen há mais tempo que do Michael. Por isso estamos todos juntos aqui falando dos outros.

— Eliza, Carter, este é o Zach, irmão do Michael.

Zach apertou a mão do governador e fez o mesmo com sua esposa. Teria sido fácil se sentir deslocado, mas o grupo o deixou muito à vontade enquanto conversavam.

— Eu não sabia que o Michael tinha um irmão — Carter disse.

— Um irmão e três irmãs! — exclamou Samantha.

Zach estreitou os olhos e notou Gwen cutucar a ruiva.

— Acho que foi isso que o Michael disse. — Samantha olhou para o chão.

— É isso mesmo?

— Sim.

— Ainda vamos ao parque amanhã? — Eliza mudou rapidamente de assunto. — Não vejo a Delanie desde o batizado.

Samantha tirou o celular da bolsa, e as mulheres se amontoaram ao redor dela, no que Zach reconheceu como o momento de mostrar as fotos do bebê.

A irmã mais velha de Zach, Rena, tinha dois filhos, e, se ele faltasse a um jantar de domingo com a família, não tinha como escapar de receber as últimas fotos.

— Eliza! Carter! Vocês vieram. — Karen abraçou os amigos.

— É claro que sim.

Ela ofereceu um sorriso educado a Zach enquanto olhava para as amigas.

— Por que vocês não estão comendo? Tive um trabalhão com o cardápio, e a maioria das mulheres aqui está preocupada em não ganhar um grama.

— Vou comer, não se preocupe — Eliza respondeu.

Um garçom se aproximou do grupo e ofereceu taças de champanhe. Cada um pegou uma.

Ao lado de Zach, Neil tirou a bebida da mão da esposa.

— Para você não, princesa.

O rosto de Gwen se iluminou.

— Ah, meu Deus. Quase esqueci.

O grupo ficou em silêncio.

— Esqueceu o quê?

Gwen mordeu o lábio inferior.

— Ah, nada. Essa festa é da Karen e do Michael.

Então, como se todas as mulheres tivessem conversado umas com as outras por telepatia, Karen soltou um grito:

— Ah. Meu. Deus. Você está grávida!

Quando não houve negativa, o grupo se animou com a notícia, obviamente chocante.

— Nós íamos esperar para contar. — Gwen aceitou um abraço de Karen.

— Que besteira!

— Mas é a sua festa de aniversário de casamento.

Karen revirou os olhos.

— Por favor, Gwen. Estamos falando de mim e do Michael. — E, como se de repente tivesse lembrado que Zach estava lá, se deteve abruptamente e deixou os outros se aproximarem para dar os parabéns.

Sem saber o que dizer, Zach parabenizou o futuro pai.

— Você é a próxima. — Samantha apontou um dedo para a primeira-dama.

— Caramba, valeu. Que pressão.

Algo no grupo o incomodava, então Zach perguntou:

— E você, Karen? Você e o Mike querem filhos?

Todos ficaram em silêncio. Por um breve momento, ele se perguntou se tinha algo errado com a pergunta. Ela podia ter filhos? E quanto ao seu irmão? Notou que não havia tristeza no rosto de Karen quando ela sorriu, apenas determinação.

— Não tão cedo.

O grupo então mudou de assunto.

Conhecer a esposa do seu irmão trouxe mais perguntas que respostas.

— ISSO VAI FICAR COMPLICADO — Gwen sussurrou no ouvido de Karen à medida que a festa chegava ao fim, restando alguns poucos convidados.

Gwen, Karen, Samantha e Eliza estavam juntas nos fundos do pátio, bebendo vinho, café ou, no caso de Gwen, chá e observando os homens enquanto conversavam ao redor da fogueira.

— Por que será que ele está aqui? — Eliza perguntou.

— Não faço ideia. Se tem um assunto que eu e o Michael realmente não discutimos é a família dele — Karen respondeu para as amigas, que conheciam a situação entre ela e o marido.

O grupo de homens irrompeu em gargalhadas, fazendo-as franzir o cenho.

— Eles agem como se tivessem se encontrado na semana passada — Samantha falou.

— Foi você que checou os antecedentes. Eu deixei passar alguma coisa no arquivo? — Karen perguntou.

O "arquivo" era uma referência ao dossiê de todos os clientes e possíveis cônjuges que contratavam a Alliance para arranjar um parceiro ou parceira temporário. No caso de Michael, ele precisava de uma esposa que concordasse em ficar com ele pelo período de dezesseis a dezoito meses, para afastar de Hollywood, dos fãs e produtores a desconfiança de que o principal ator de filmes de ação, aquele que ganhava milhões a cada filme, não se interessava por mulheres.

Infelizmente, embora Hollywood fosse incrivelmente flexível no que dizia respeito à sexualidade, o público não pagava para ver filmes em que todos sabiam que o ator principal nunca seria capaz de se apaixonar pela mulher com a qual contracenava. Michael Wolfe era o astro de filmes de ação do momento e tinha mais longa-metragens lançados do que se poderia imaginar. Embora não houvesse rumores definitivos sobre sua sexualidade, ele procurou a Alliance para arrumar uma esposa temporária e contornar qualquer questão que pudesse surgir.

Samantha, que tinha uma lista enorme de contatos, criara a Alliance e investigava todos os clientes, independentemente da situação financeira ou da posição social. Ela e Eliza haviam trabalhado juntas no começo, mas, como as duas se casaram e passaram a se dedicar a outras atividades — como ser duquesa ou primeira-dama do estado —, assumiram papéis menores na empresa. Gwen entrou para ajudar a gerenciar a Alliance com Karen, que era a única que realmente estava à procura de um marido temporário. E havia conseguido exatamente o que queria.

Um compromisso de aproximadamente um ano e uma enorme recompensa financeira. Michael depositara cinco milhões de dólares em uma conta que seria dela no dia em que se separassem. Em troca, ele manteria a reputação de bad boy mais desejado de Hollywood e continuaria fazendo filmes.

E Karen teve que abrir mão de sexo durante um ano. Nada de mais.

Ela conheceu muitas celebridades de Hollywood e socializou com elas, além de encontrar em Michael um amigo. E fora só no último mês que eles realmente conversaram sobre a frustração sexual de ambos enquanto interpretavam o papel de um casal. Ironicamente, ela jamais sentiu desejo pelo marido e, se Michael tomasse qualquer iniciativa nesse sentido, Karen teria ficado constrangida.

Karen deu uma olhada no pátio e se deteve na calça preta que cobria o traseiro do irmão de Michael. Já aquele cara, Zach...

— O Michael nasceu e cresceu em Utah. Era um adolescente comum. Estrelou em peças da escola e se aventurou no futebol, mas esse era o esporte do irmão. Ele nunca esteve à altura. Se candidatou para as faculdades aqui da Califórnia e caiu nas graças das telonas — Samantha relembrou.

— Nenhum conflito em casa? — Eliza perguntou.

Sam balançou a cabeça.

— Não que eu saiba.

Karen observou Michael e Zach do outro lado do pátio e soltou um suspiro.

— Isso vai ser constrangedor.

— Ele vai ficar aqui? — Eliza perguntou.

Karen congelou.

— E-eu não perguntei. Devia ficar, certo?

— Ele é da família. E eles não parecem se odiar — Eliza afirmou o óbvio.

Karen pousou a xícara de café sobre a mesa e se levantou.

— Vou descobrir e pedir para a Alice arrumar um quarto enquanto ainda está aqui. — Alice era a ajudante que tinham durante a semana. Ela não morava na casa e trabalhava para eles havia poucos meses. Michael se recusava a ter funcionários por períodos muito longos. O segredo mais bem guardado de Hollywood nunca se manteria se alguém permanecesse por muito tempo na casa deles.

Karen foi até Michael, que sorriu para ela.

— Desculpe interromper, mas eu estava me perguntando se o seu irmão vai passar a noite aqui.

Zach olhou para os dois.

— Está tudo bem, eu...

— Você vai ficar aqui. A nossa mãe me mataria se você fosse para um hotel. — O tom de Michael era sincero.

— Ela vai te matar de qualquer maneira.

Michael acenou com a cabeça.

— É verdade. Não preciso dar mais motivo. Temos muito espaço aqui.

— Não sei.

Karen fez o que qualquer mulher faria e tomou a responsabilidade para si.

— Vou pedir para a Alice preparar um quarto antes que ela vá embora. — Então se afastou e entrou na casa.

Gwen foi encontrar com ela na cozinha. O pessoal do bufê deixara as sobras de comida em caixas, que seriam entregues no Boys and Girls Club na manhã seguinte. O lado bom dessas festas era que as crianças comiam bem no dia seguinte. Elas achavam que aquilo era a comida que sobrava. Só Karen e Michael sabiam que não era esse o caso — eles sempre pediam a mais para levar para elas.

— Estou indo, Karen — Tony, o empresário de Michael, falou enquanto ela passava pela sala.

Tony era baixo e, como todo bom italiano, falava muito alto.

— Você colocou o Tom numa limusine? — ela perguntou.

Tony riu.

— O carro dele está estacionado ao lado da garagem, com alguns outros. É provável que os assistentes venham aqui bem cedo para buscar. Talvez seja melhor deixar o portão aberto.

Karen balançou a cabeça.

— Sem chance. — A última coisa que ela faria era deixar o portão da propriedade de Michael aberto para que fãs empolgados ou paparazzi pudessem entrar e tirar fotos. — Obrigada por avisar. Espero que tenha se divertido.

Tony sempre parecia estar trabalhando quando estava com ela e Michael.

— Eu sempre me divirto. Boa noite, Karen. Gwen.

— Boa noite, Tony.

Antes de sair, ele se virou e falou:

— Ah, e feliz aniversário de casamento.

— Obrigada. — Durante a animação da festa, o fato de que ela e Michael estavam casados havia um ano caíra no esquecimento.

Michael adorava festas espalhafatosas, enquanto Karen ficaria feliz com alguns amigos mais próximos. Como seus amigos conheciam o acordo fechado através da Alliance, sabiam que o casamento estava chegando ao fim.

Recentemente, eles haviam começado a falar sobre a separação e sobre como as coisas aconteceriam. Diferenças irreconciliáveis, sem maiores confusões. Terminando com uma festa para comemorar o divórcio em algum momento.

Então cada um seguiria seu caminho e continuariam amigos.

— Onde será que está a Alice? — Gwen perguntou enquanto encostava o quadril na ilha central da cozinha. Depois, pegou um morango coberto de chocolate de uma bandeja e mordiscou.

A casa estava sendo organizada. Os garçons já tinham ido embora havia meia hora, assim como a maioria dos convidados. Agora as últimas pessoas saíam, acenando em despedida.

Karen raramente usava o sistema de intercomunicação, mas foi até lá e chamou a funcionária pelos alto-falantes.

— Alice?

Passaram-se alguns segundos, e a voz da mulher soou:

— Sim, sra. Wolfe.

— Verifica para mim se o quarto de hóspedes da ala leste está preparado para receber um convidado?

— Claro, sra. Wolfe.

Karen pegou um morango da bandeja e se juntou a Gwen.

— Como você está se sentindo? — perguntou, deixando os olhos deslizarem até a cintura de Gwen.

— Ótima. A Samantha passou tão mal nas duas gestações que eu não esperava nada diferente disso.

Karen sorriu.

— Nem todo mundo tem enjoo matinal.

Gwen concordou.

— Estou tão feliz, Karen. E o Neil está todo orgulhoso.

Era difícil imaginar Neil agindo de qualquer forma diferente de sua postura sempre inabalável. Mas, quando ele achava que ninguém estava vendo, olhava para Gwen como se pudesse levar um tiro para protegê-la.

— Vai ser ótimo ver um bebê enlouquecer o Neil.

Gwen riu.

— Meu pobre marido não vai ter chance.

— Ele vai ser um bom pai. E já sabemos que você vai ser uma mãe maravilhosa.

Gwen enrolou o cabinho do morango num guardanapo e o colocou no balcão.

— Precisamos fazer compras na próxima semana. Como está a sua agenda?

— Vou ao clube amanhã. A formatura está chegando, e as crianças estão se preparando para as provas finais. Depois começam as férias de verão.

— Vai ficar mais sossegado depois disso?

— Um pouco. — O trabalho de Karen no Boys and Girls Club ocupava as horas extras de seu dia. Ela ainda trabalhava com Gwen, atendendo os clientes da Alliance, mas, com a chegada de mais um bebê, parecia que a agência precisaria contratar pessoas novas, e logo.

Karen escondeu um bocejo com a mão.

Alice entrou na cozinha, carregando enormes sacos de lixo.

— O quarto de hóspedes está pronto. Vou jogar isso fora quando sair.

— Obrigada, Alice. Você pode vir de manhã para ajudar na limpeza?

Alice assentiu, com entusiasmo.

— Vou trazer a minha sobrinha para ajudar também.

Karen lembrava da sobrinha.

— Ótimo. Se eu não estiver aqui, não faça barulho para não incomodar o Michael.

— Sem problemas. Boa noite, sra. Wolfe.

Assim que Alice saiu, os outros amigos de Karen entraram.

— Também estamos indo — Blake disse, ao lado de Samantha.

— Se tudo der certo, vamos chegar em casa na hora da mamada da noite e depois podemos dormir — Samantha disse ao marido.

— Ou a Delanie vai decidir que é hora de brincar e não vamos pregar o olho.

Eles conversaram sobre o comportamento do bebê por alguns minutos, até que os homens conduziram as mulheres até a porta.

Michael permaneceu ao lado de Karen, enquanto Zach ficou para trás depois de se despedir.

Eliza sussurrou no ouvido de Karen:

— Não esqueça de dormir no quarto do Michael esta noite.

Ah, droga... Ela quase tinha esquecido. Eles não tinham o costume de receber hóspedes para dormir, por isso não precisavam explicar os quartos separados.

— Obrigada — respondeu.

Assim que os amigos foram embora, Karen se virou para Michael.

— Vou dar uma conferida para ter certeza de que todos já foram. Por que não mostra ao seu irmão onde ele vai dormir?

Ela então seguiu para o pátio, recolhendo um ou outro copo vazio. Procurar alguém que ainda estivesse por ali tinha menos a ver com os convidados e mais com possíveis penetras. Quando estava prestes a encerrar a busca, notou a explosão de luz.

Atrás dela, o flash de uma câmera a cegou quando o obturador disparou repetidas vezes.

— Terminou? — Karen perguntou na direção do flash, sem conseguir ver nada após a luz ofuscante. Então mais uma foto foi tirada. Aparentemente, a pessoa não tinha acabado. — Michael? — ela gritou no pátio, esperando que ele tivesse deixado a porta de correr aberta e pudesse ouvi-la.

— Vamos, sra. Wolfe... Que tal um sorriso?

Karen estava tentada a erguer o dedo do meio, mas se conteve.

— Que merda é essa?

Michael e Zach correram e ficaram ao lado dela.

— Saia daqui! — Michael gritou para o intruso.

— Caramba, tem dois de você — o paparazzo disse das sombras. A câmera disparou novamente. Desta vez, Karen estava entre os dois irmãos. Michael foi atrás do fotógrafo, e Karen se afastou, tentando ajustar a visão, e tropeçou. O braço de Zach a impediu de cair.

— Você está bem?

Ela olhou para ele.

— Estou.

Então Zach correu, e ela viu os dois irmãos pegarem o paparazzo e o enxotarem. Karen tirou os saltos e os seguiu. Enquanto eles levavam o invasor pelo jardim lateral, ela entrou em casa e trancou as portas do fundo.

Quando os dois voltaram, estavam batendo nas costas um do outro, como se tivessem acabado de ganhar uma luta.

— Bem-vindo à minha vida — Karen ouviu Michael dizer.

— Isso acontece o tempo todo?

— Com bastante frequência.

Eles se acomodaram no sofá como se estivessem se preparando para uma longa conversa. Karen decidiu que não teria problema fazer uma saída graciosa. Deixaria que Michael falasse com o irmão sobre a relação que tinha com ela e esperaria que ele lhe contasse a respeito mais tarde.

— Espero que não me ache mal-educada, mas eu tive um dia longo.

Michael a observou caminhar em direção a eles com um sorriso.

— Você vai para o clube amanhã de manhã?

— Sim, o Jeff me pediu para chegar mais cedo. Vou com o Escalade para levar toda a comida. — Ela se virou para Zach. — Se precisar de alguma coisa, é só pedir.

Zach sorriu, e o estômago dela se contorceu.

— Obrigado, Karen.

Meio sem jeito, ela se inclinou e beijou Michael.

— Daqui a pouco vou para o quarto — ele disse.

Ela balançou a cabeça.

— Não tenha pressa. Tenho certeza de que vocês têm muito o que conversar.

Karen sentiu um olhar sobre si enquanto se afastava e, quando olhou para eles, viu que era Zach quem a observava.

3

MICHAEL FICOU UM TANTO SURPRESO quando flagrou o irmão observando Karen caminhar pelo corredor.

Uma estranha sensação de ciúme o invadiu. Tomou a cerveja, mas não a saboreou. Sua vida inteira consistia em conciliar as coisas. Por um tempo, ele simplesmente não se preocupou em interpretar o papel de filho ou irmão. Talvez porque sua família o conhecia como ninguém, embora Karen estivesse rapidamente se tornando alguém próximo o suficiente para conhecer as sutilezas de sua personalidade. Mas, caramba, ele tinha sentido muita falta do irmão. A presença de Zach o fez lembrar da família. Se pudesse ser ele mesmo com seus parentes... Pensou no pai, na cidadezinha onde havia crescido. *Definitivamente não.*

— Sua mulher é linda — Zach disse.

Como administrar isso? Ele não podia parecer um homem completamente apaixonado, não quando seu divórcio estava tão próximo.

— É mesmo — Michael disse ao irmão, sem encará-lo.

— E ela não parece ser tão artificial quanto muitas das suas convidadas de hoje.

Michael bebeu da garrafa.

— Ela não é. — Ele manteve a voz uniforme, tentando não demonstrar alegria ou desconforto com as palavras do irmão.

— Então qual é o problema, Mike? Por que está escondendo a Karen de nós?

Ele soltou um suspiro. E foi real, não algo inserido na cena para dar um toque de drama.

— É isso que estou fazendo?

— É o que dizem lá em casa. Você precisa saber que ela é parte da razão pela qual estou aqui.

— A mamãe está chateada, não é?

— Chateada? Ela está muito puta. Você só liga quando está gravando e não lhe dá uma chance de conversar com a sua esposa. Se a Hannah não seguisse todos os seus movimentos, eu nem saberia que você estava em Los Angeles.

Hannah era a caçula da família. Michael precisava pensar quantos anos ela teria agora. *Dezesseis? Não, dezessete.* Droga.

— Eu sou mesmo um idiota.

— Sim, é. Eu entendo que você é ocupado, mas o que custava levar a sua mulher para o pessoal de casa conhecer? Ou convidar a porcaria da sua família para a festa de hoje?

— O papai odiaria isso aqui.

— A Hannah e a Judy iriam adorar.

— E a nossa mãe ia achar que precisava cozinhar.

— Era só dar alguma tarefa para ela. A Karen parecia estar bem ocupada organizando as coisas.

Michael riu.

— A Karen não cozinhou nada.

— A questão não é essa, cacete, e você sabe disso. Eu meio que esperava que a sua mulher fosse uma vaca.

A declaração fez Michael encarar o irmão.

— Bom, tem que ter um motivo para você não querer que ela conheça a gente.

— É por isso que você está aqui? Para encontrar defeitos na minha mulher? — Porque não havia nenhum. Karen era perfeita. Michael não conseguiu tirar o tom defensivo da voz. Não era preciso atuar.

— Estou aqui para te salvar de toda a nossa família bater na sua porta de repente.

— É mesmo?

Zach baixou a cerveja.

— É. E, se eu não der aos nossos pais uma previsão de quando eles vão ver você e sua esposa, os dois vão aparecer aqui sem avisar. Aqui ou, quem sabe, em uma daquelas locações malucas nas quais você trabalha.

Pensar em seu pai aparecendo do nada enquanto ele fazia a maquiagem o fez estremecer de verdade.

Michael se levantou do sofá e entrou na cozinha. Jogou a garrafa de cerveja vazia no lixo e pegou uma de água. Ele não precisava que seu casamento fosse questionado. Em duas semanas estaria indo para uma filmagem no Canadá, e seu agente já estava trabalhando em um contrato para o próximo ano. O divórcio estava programado para depois que os contratos fossem assinados. A publicidade da notícia e o fato de ele estar solteiro de novo atrairiam os fãs. Nada melhor do que "aquele pobre rapaz está de coração partido, vou ajudá-lo a se sentir melhor" para levar uma multidão de telespectadoras aos cinemas.

Talvez essa nova reviravolta pudesse funcionar a seu favor.

Ele sempre mantinha a vida privada longe dos olhares do público. Até mesmo da família. Na verdade, ele não queria envolvê-los. Mas também não queria que eles odiassem Karen quando o divórcio dos dois saísse.

Zach entrou na cozinha e jogou a garrafa de cerveja ao lado da de Michael.

— Então, como vai ser, Mike? Você vai me contar o que está acontecendo, ou vai apresentar a sua mulher para a família?

Ele passou a mão nos cabelos.

— Preciso conversar com a Karen. Ver se ela pode arrumar um tempo na agenda dela.

Zach bufou.

— Por que, o clube de campo requer um aviso prévio se você *não* for?

— Vá se ferrar, Zach. A Karen é voluntária no Boys and Girls Club. Não se trata de um clube de campo.

O sorriso de Zach se desfez.

— Ah.

— Aliás, é exatamente por esse tipo de atitude que eu não apresentei a Karen. Não preciso que as pessoas julguem minha mulher ou a nossa vida.

— Seus argumentos para mantê-la afastada dos outros se tornaram mais convincentes diante dessa ideia. Mas, como todos os papéis bem interpretados, esse exigia tempo para ser construído.

— Desculpe. — O pedido de Zach foi rápido e direto, dispensando mais explicações. — Não vim até aqui para brigar.

Michael colocou um sorriso nos lábios.

— Tudo bem. Vou falar com a Karen.

— Não sei com que você está preocupado, cara. Pelo que vi, nossos pais vão adorá-la.

Sim, caramba, eles iam mesmo.

⁕

Apesar de estar muito cansada, Karen não conseguia dormir na cama de Michael. Puxou o travesseiro embaixo da cabeça e tentou virá-lo em uma posição confortável. Não funcionou.

Por fim, saiu da cama, entrou no banheiro que ligava os quartos, pegou o livro que estava em sua mesa de cabeceira e voltou para o cômodo do marido.

Algumas crianças da associação tiveram que ler o clássico em suas mãos para as provas finais. Karen estava fazendo um esforço para conseguir terminá-lo, e olha que era adulta. Por que os professores de literatura não se davam conta de que livros datados faziam os alunos dormirem?

Como prova disso, seus olhos se fecharam na metade do capítulo.

O som da porta se abrindo a despertou e o livro deslizou para o chão.

— Oi. — Michael caminhou até a cama. O sorriso que normalmente exibia não estava lá. Estranhamente, Karen ficou contente por ele se mostrar verdadeiro com ela.

— A conversa foi ruim?

Ele se sentou na beirada da cama e tirou os sapatos.

— Ruim, não. Só complicada.

— Nós evitamos a sua família durante um ano.

— Sim. E mais alguns meses teria sido melhor.

Karen se inclinou, pegou o livro e o colocou no criado-mudo.

— Quer falar sobre isso? — Ele nunca quis, mas sua hesitação a fez insistir. — Vamos, Michael. — Ela baixou a voz. — Você não tem namorado, e sabe que pode confiar em mim. Com quem mais poderia se abrir?

Lá estava seu sorriso de volta. Ele estendeu a mão e a pousou na perna de Karen, por cima dos cobertores.

— Seria tão mais fácil se as mulheres me atraíssem. Eu casaria com você de novo.

— Você não teria me conhecido se as mulheres te atraíssem — ela brincou.

— Ainda assim seria mais fácil.

Ela não podia argumentar contra isso.

— Me fale da sua família.

E então as comportas se abriram. Ele se recostou na cabeceira e colocou os pés para cima.

— A Rena é a mais velha. Casou com o namorado do colégio e tem dois filhos. O Zach é um ano e meio mais velho que eu. Um verdadeiro esportista na escola. Logo depois eu nasci. Achamos que não teríamos mais irmãos, mas depois de alguns anos a Judy chegou, e então veio a Hannah. Meu Deus, Karen, eu esqueci quantos anos a minha irmã mais nova tinha. — Ele balançou a cabeça, demonstrando desgosto consigo mesmo.

— E os seus pais? São felizes?

— O perfeito casal de propaganda de margarina. A minha mãe assava cookies e o meu pai trabalhava duro para levar adiante o comércio da família.

Karen relembrou tudo o que tinha lido no perfil de Michael antes de concordar em conhecê-lo.

— Uma loja de ferragens, não é?

— Sim. Agora o Zach dirige uma pequena equipe de construção. É uma cidade pequena, e não demorou muito para ele ser o *cara* nesse tipo de negócio. Acho que o meu pai queria algo assim para mim. Ele ficou decepcionado comigo no início.

Karen esperou que ele continuasse. Por um tempo, achou que Michael pararia de falar.

— Eu tentei, Karen. Posso até fazer algo com o meu pai, mas nunca me identifico. Eu gosto de carros, mas não quero trabalhar mexendo neles. O Zach estava sempre trabalhando no dele, tentando me arrastar junto.

— Além do Neil, não conheço nenhum cara que trabalhe de boa vontade em seu próprio carro.

— Sim, mas era mais que carros. Parecia que tudo o que definia Sawyer Gardner não tinha nada a ver comigo.

— Você e seu pai brigaram?

— Não precisamos chegar a ponto de brigar para eu perceber a decepção dele. — Naquele momento, Karen soube por que Michael trabalhava tanto para ser o bad boy americano nas telas. — O fato de Hilton ser tão atrasada quanto a maioria das cidades do interior não ajudou muito. A piada que fazem é que Hilton não é grande o bastante para um Hilton. — Ele riu ao falar isso, como se lhe trouxesse uma lembrança agradável. — E Utah... Meu Deus, você já esteve lá?

— Você sabe onde eu estive. — Ela nunca saíra da Califórnia antes de conhecer Samantha e se envolver com a Alliance. Desde então, tinha ido para a Europa algumas vezes, para o Canadá, onde Michael gravara mais de um filme durante o tempo em que estavam casados, e para Aruba, para mais um casamento de seus amigos.

— É impossível encontrar um lugar para tomar um drinque em Hilton aos domingos.

— Sério?

— Vai por mim. Atraso total. As pessoas sabem tudo da vida uns dos outros.

— Estou começando a entender por que você foi embora. — Michael nunca teria assumido sua sexualidade ali. Mas isso não significava que a assumia em Los Angeles também.

— Se essa cidade é tão atrasada assim, por que a sua família continua lá?

Ele respirou fundo.

— Não sei. As pessoas são boas. Não foi ruim ter crescido lá. Quase não tem violência.

— Cidadezinhas do interior. — Onde os segredos ficam escondidos e as crianças fogem para a metrópole na primeira oportunidade. Karen olhou para as mãos no colo e brincou com o anel que Michael colocara em seu dedo.

Caramba. O cara era como uma das crianças da associação, que precisavam de direcionamento para se encontrar, para se perdoar por não ser como os demais. Ela não sabia se ele se permitiria ser ele mesmo, se desistiria da sua imagem de cara durão, mas não ficaria bem consigo mesma se não tentasse.

— A gente devia ir visitar a sua família.

O silêncio dele a fez levantar a cabeça.

— Você faria isso?

— Michael, eu disse que estava nisso com você, e falei sério.

A expressão dele era estranha. Questionadora e preocupada.

— A gente teria que ficar com os meus pais.

— E por que isso é tão ruim?

— Num quarto do tamanho desta cama.

— É só você não roncar e me deixar ficar com o cobertor. Vai ficar tudo bem. Lembra da cama na França? — Eles tiveram uma "breve" lua de mel na França e acabaram num castelo, em uma pequena adega. Michael havia reservado e pago por acomodações de luxo, mas eles terminaram com uma cama de solteiro e um banheiro que só tinha água fria. As fotos deles se espalharam pelos tabloides no dia seguinte. Os dois apareceram de mãos dadas, rindo como amigos, e, quando tiveram de voltar para casa, Karen soube que de jeito algum se sentiria atraída pelo homem que chamava de marido. Simplesmente não havia química.

Michael pegou a mão dela e beijou a ponta dos dedos.

— Obrigado, Karen.

Quando ele entrou no banheiro e ela ouviu o som de água corrente, seu sorriso se desfez.

Cidadezinhas do interior. Seriam tão ruins assim?

ZACH COSTUMAVA LEVANTAR DA CAMA antes do amanhecer. Dormir até mais tarde teria sido um luxo, e o quarto na casa do irmão era mais do que confortável. A cama king-size era demais para um quarto de hóspedes, mas ele não ia reclamar. Zach era alto como o irmão e sempre ficava com os pés para fora em camas de hotéis. O piso de cerâmica se estendia por toda a casa, e grandes tapetes coloridos esquentavam o espaço dos quartos. Ele não pôde deixar de imaginar se Karen tinha algo a ver com a decoração. Ela e Mike tinham se casado havia apenas um ano, e nem tudo o que ele viu parecia novo. Na verdade, havia antiguidades pela casa toda e várias peças de arte espalhadas ao longo das paredes.

Ele gostou. A paleta de cores e as texturas não eram algo que ele teria escolhido, mas não podia negar o aconchego e o conforto da residência.

Zach teve de admitir que seu pai provavelmente odiaria. Acharia tudo perfeito demais, encenado demais. Mesmo que a casa parecesse mais casual do que ele esperava para seu irmão, um dos maiores astros de Hollywood, ele entendia o valor das coisas. Quanto à construção, havia sancas e painéis entalhados pelas paredes do salão principal. A lareira era grande o suficiente para uma criança entrar. Com um pouco menos de influência espanhola e um pouco mais de rusticidade ocidental, a casa seria perfeita para ele.

O sol espreitou através das portas de vidro que se abriam para o pátio. Através do jardim, Zach notou movimento nos quartos do outro lado. A casa em formato de U era dividida em duas alas. Ele presumiu que o irmão ou Karen já estivessem de pé, se preparando para as atividades do dia.

Saiu da cama e caminhou nu até o banheiro adjacente. Como descobriu na noite anterior, as luzes se acendiam com o movimento. Ele se perguntou quanto custara esse pequeno truque. Ninguém em Hilton desejava esse tipo de coisa. Não, os moradores de lá queriam coisas baratas e práticas. A loja de ferragens, que lhes proporcionara o sustento quando crianças, teria que fazer uma encomenda especial para quase todos os acessórios daquele banheiro, até para as dobradiças da porta.

— Você está indo bem, garoto — Zach sussurrou enquanto passava a mão sobre a bancada de mármore.

Tomou banho e se vestiu antes de sair do quarto em busca de café. Quando virou o corredor, viu Karen lutando com a porta da frente, com as mãos cheias de embalagens do bufê.

— Deixe que eu pego isso. — Ele tirou o peso dos braços dela.

— Ah, obrigada. — Ela abriu a porta e foi até a garagem, onde vários carros ainda estavam estacionados, desde a noite anterior. — Eu devia ter pedido para o Michael carregar o carro antes de irmos dormir ontem à noite.

— Sem problemas.

Karen estava usando um jeans bem justo e um suéter. Seu rosto não tinha maquiagem, e o cabelo estava preso em um rabo de cavalo. Não havia nada do brilho que ele vira na noite anterior. Nada de seda nem joias adornando orelhas ou pescoço. Sem salto, o topo de sua cabeça mal chegava ao queixo dele. Ela não era nada do que ele supunha que seria pelas fotos que vira.

A moça abriu o bagageiro do SUV e caminhou até a porta traseira para baixar os assentos.

— Pode deixar tudo empilhado aí. Tenho mais algumas caixas para trazer.

— Para que tudo isso? — Ele colocou as embalagens no bagageiro e as empurrou na direção dos bancos para abrir mais espaço.

— Para as crianças do clube.

— Você dá comida para elas?

Karen passou por ele e voltou para a casa.

— Nem sempre. Mas elas sabem que depois das festas podem esperar algo especial. — Ele a seguiu pela enorme copa, que abrigava outra geladeira, onde havia várias bandejas de alimentos.

— Tudo isso são sobras?

— Não. Pedimos ao chef para preparar comida a mais, algo mais ao gosto das crianças. Elas comem as sobremesas elaboradas, mas dispensam o caviar.

— Eu também dispensaria o caviar.

Karen riu e o som o atingiu, aquecendo-o.

— É, eu também. Encontro mais ovas de peixe em guardanapos amassados depois dessas festas do que dá pra imaginar. — Ela começou a puxar as caixas enormes para fora, uma de cada vez, estendendo-as para ele segurar. Quando ele continuou balançando a cabeça, pedindo por mais, ela continuou empilhando-as, até chegarem na altura do queixo dele.

Ela pegou a última e caminhou com ele de volta ao carro.

— Se ninguém come caviar, por que você serve?

— Algumas coisas são esperadas. Você conheceu o Tony?

— Não.

— É o empresário do Michael. Ele dá um duro danado para conhecer o gosto pessoal de muitos dos colegas de trabalho e dos produtores do Michael, para que todos se sintam bem recebidos quando nos visitam.

— Você conhece o gosto deles?

— Já tenho dificuldade com os nomes, imagine saber se um é vegetariano e o outro é judeu que só come alimentos kosher. O Tony, por outro lado, tem tudo sob controle.

Interessante.

— Mas você sabe o que as crianças do clube comem?

Ela o ajudou com as caixas até que a parte de trás do carro estivesse lotada. Então apertou um botão e o porta-malas fechou.

— São crianças. Ainda não foram informadas sobre o que devem gostar. Só tento mantê-las saudáveis sem ser muito óbvia. Mergulho os morangos no chocolate e deixo alguns sem nada ao lado e todos desaparecem.

Zach encostou no carro quando percebeu que ela não estava voltando para casa.

— A minha mãe mergulhava brócolis no molho de queijo.

— Exatamente.

— Parece que você cuida bem das crianças.

— Elas são ótimas. E podemos nos dar o luxo de mimá-las.

— Então você gosta de crianças?

— Sim.

Ele cruzou os braços sobre o peito.

— Mas não quer uma?

Ela piscou algumas vezes. A resposta ficou presa em algum lugar entre o cérebro e os lábios.

— Eu gostaria de ter filhos... um dia. — Ela estreitou os olhos azuis para ele. — Bem, está na hora de ir.

Zach se afastou do carro, dando-lhe espaço. Ela abriu a porta do motorista e disse:

— Você pode lembrar ao Michael que ele prometeu passar lá às três hoje? Ele falou alguma coisa sobre te levar para comprar o presente de aniversário da sua irmã.

Ele tinha esquecido.

— Ah, compras. Sim — respondeu, sem alegria na voz.

— Vou perguntar para as meninas o que está no topo da lista de desejos das adolescentes de dezessete anos. Talvez elas possam ajudar.

— Se isso me fizer economizar tempo, sou todo ouvidos.

— Você parece o Michael.

Zach balançou a cabeça.

— Não, ele que parece comigo. Eu sou mais velho.

Karen colocou seus óculos de sol, se acomodou atrás do volante e um sorriso surgiu em seus lábios.

— Até mais tarde.

Ele a observou se afastar e odiou pensar como gostaria de vê-la mais tarde.

※

Karen levou a comida cedo, para as crianças comerem um pouco antes da escola. Bem ao modo dos cães de Pavlov, que salivavam com o som da campainha, todos os garotos da associação sabiam quando Karen e Michael faziam festas e quando o próprio Michael faria uma aparição. Karen tinha de admitir que o fato de Michael ser seu marido temporário fora uma sorte para as crianças.

No ano passado, quando a associação enfrentava dificuldades financeiras, ela usara a própria renda para ajudar. Não que tivesse uma conta muito gorda ou algo assim. Ela pedia a Samantha, e não se sentia culpada por fazer isso de vez em quando. Mas aquela paixão era *dela*, e ela não queria viver dependendo dos amigos, mesmo que fossem muito ricos.

Bem depois da hora do almoço, quando toda a comida da festa já havia acabado, Karen estava na cozinha arrumando os pratos. Seus pensamentos se voltaram para o grupo de amigos, e ela não pôde deixar de sorrir. Como é que uma garota como ela tinha acabado com uma lista de convidados tão influente para adicionar aos de Michael nessas festas? Era uma loucura.

Ela mal tinha tido condições de fazer faculdade e conseguira quitar seu empréstimo estudantil pouco antes de se inscrever na Alliance. A única razão pela qual estava dirigindo um carro novo era porque Michael insistira que eles comprassem um. Como ele dissera, ninguém acreditaria que sua esposa dirigia um Mazda com sete anos de uso e ar-condicionado quebrado. O carro não era tão ruim, mas ela sabia que ele tinha razão, só não queria nada espalhafatoso. Havia levado alguns meses para que as crianças se acalmassem depois do seu casamento, e, se ela estacionasse um carro esportivo de cem mil dólares ali, seria quase impossível não chamar a atenção dos meninos. Em dias como hoje, conduzia o Escalade, que não era um carro improvável de encontrar no estacionamento. Geralmente, ela sabia quando Michael estava chegando antes que ele passasse pela porta. Ele não tinha nenhum problema em dirigir algo chamativo para as crianças babarem. Tanto Michael quanto os garotos ficavam alegres com isso.

Michael trabalhava sem parar. Ah, e socializava muito também. Eles tinham ido para a Europa juntos e visitado o interior do Canadá e o Alasca no verão anterior. Havia festas e jantares de premiação com amigos efêmeros e falsos conhecidos. Michael chamava poucas pessoas de amigos de verdade, mas Karen não acreditava que ele compartilhava sua vida real com nenhum deles.

Ela colocou o último prato na enorme lava-louça e ligou. Após pegar a última caixa vazia, abriu a porta dos fundos e seguiu em direção à área onde ficava a lixeira.

Como de costume, o rugido de um motor chamou a atenção dos adolescentes. Ela se virou com o lixo na mão e viu Michael entrando no estacionamento. A pintura metálica tom de cobre do esportivo rebaixado que ela não conseguiu identificar imediatamente reluzia. Não era o carro dele. Ou, pelo menos, não quando ela saiu de casa naquela manhã.

As crianças saíram do prédio quando o motor desligou, e Zach e Michael sorriram furtivamente quando desceram do carro.

Karen jogou o lixo e limpou as mãos na calça enquanto se aproximava para cumprimentar os rapazes, que pareciam ter acabado de dar um passeio formidável. Ela sabia que ele apareceria em algo muito caro, mas supôs que seria a Ferrari estacionada na garagem. Aquela na qual ela se recusava a andar, por causa da vez em que um caminhão quase passou por cima deles.

Com seu melhor revirar de olhos, ela cruzou os braços e olhou para Michael.

— *O que* você fez?

Ele abriu seu sorriso sexy. Ao lado dele, Zach deu um sorriso que a faria derreter, se ela pudesse.

— É novo, sra. Jones? — Dale, um dos garotos do clube, perguntou.

— Não tem placa, idiota, é claro que é — disse seu melhor amigo, Enrique, cutucando-o.

— É seu, sr. Wolfe? — um garoto que estava logo atrás perguntou. Agora havia cerca de vinte crianças ao redor do carro. Quando o sinal da escola ao lado tocou, Karen soube que eles seriam atacados com as crianças de lá e da associação em questão de segundos.

— Qual é a marca, Michael? — alguém perguntou.

Karen caminhou ao redor do carro e notou o logotipo.

— É uma McLaren, cara.

— Demais!

— Gostou, meu bem? — Michael perguntou por cima do veículo enquanto a observava se aproximar.

— É muito bonita. — E era mesmo, ainda que o valor pudesse alimentar várias regiões de países do terceiro mundo durante um ano inteiro.

— Caramba, sra. Jones, não dá para chamar um carro como esse de bonito.

Karen olhou feio para o menino.

— Olha a boca, Peter!

Ele teve o bom senso de baixar os olhos.

— Mas você não pode dizer que é bonito. Incrível, maneiro, fod... — ele se deteve. — Demais, mas não bonito.

É foda mesmo. Não havia como negar, e, pelo sorriso de Zach e Michael, também era divertido de dirigir.

— Estou feliz que tenha gostado. Comprei de aniversário para a minha irmã.

O sorriso no rosto de Karen se desfez.

— O quê?

— Para a Hannah. Você acha que ela vai gostar?

As palavras escaparam de seus lábios.

— Não acredito! — Ela se virou para Zach, que estava mais próximo. — Me diz que ele está brincando!

Zach ainda estava sorrindo, mas ela não conseguiu ler sua expressão, por causa dos óculos escuros que cobriam seus olhos.

— Michael Gardner Wolfe, me diz que você está brincando!

— Você não acha que ela vai gostar? — ele perguntou.

— Você não pode dar isso para uma garota de dezessete anos.

Um suspiro soou entre os garotos.

— Que irmã sortuda!

— Queria que ele fosse meu irmão — alguém disse.

— Por que não? Só tem dois lugares, assim ela não vai poder encher o carro de adolescentes, e o motor é só um V-8. — Michael não parava de sorrir, completamente alheio à estupidez daquela ideia.

— Ela é só uma menina! Vai apertar o acelerador e dar de cara no primeiro poste. É demais. Só o seguro disso deve ser insano! — Ela balançou o dedo acusatório na direção dele e então se virou para Zach. — Você não vai dar isso para ela. Sua mãe vai te matar!

Michael finalmente parou de sorrir.

— Eu não tinha pensado nisso.

— É, mas devia. Caramba! O que você estava pensando? Um dia no spa, uma ida ao shopping, esses são presentes que se dá a uma irmã mais nova. Não um carro como este.

Michael se inclinou sobre o capô e coçou o queixo. Ela o estava convencendo, e seu coração começou a sossegar.

— Você está certa.

As crianças ficaram quietas enquanto ouviam e gravavam a discussão no celular. Como acontecia toda vez, a visita de Michael ao clube estaria no YouTube e no Facebook antes que ele fosse embora.

— É claro que eu estou certa.

Michael tirou os óculos e colocou em cima do carro. Olhou para as chaves que tinha nas mãos e depois para ela. Aí jogou o chaveiro para Karen, que o pegou com uma mão.

— Então é seu.

Ela jogou as chaves de volta, como se estivessem queimando.

— Eu não preciso deste carro.

Ele as devolveu.

— Você disse que era bonito.

— Eu já tenho um carro bonito. — As chaves voaram sobre o carro novamente.

Como uma partida de tênis, os telefones das crianças balançavam de um lado para o outro.

— Este é mais bonito.

Ela pegou as chaves novamente e bateu o pé.

— Michael!

Ele a imitou, bateu o pé e piscou.

— Karen! — E começou a rir. — Vamos, meu bem. É o seu presente de aniversário de casamento. Por me aguentar durante um ano.

— Aceite o carro, sra. Jones.

Quando ela viu a expressão de Zach, soube que a história de dar o carro para Hannah tinha sido uma armação. Michael sabia que Karen não dirigiria aquele carro assim, sem mais nem menos.

— É falta de educação devolver o presente de alguém — Peter disse a seu lado, as mesmas palavras que ela repetira a seus garotos dezenas de vezes.

Karen olhou para o carro e se encolheu por dentro. Apertou as chaves na mão. Enquanto andava em volta dele, as crianças abriram caminho. Se não houvesse câmeras apontadas para ela, Karen provavelmente pisaria no pé dele e enfiaria as chaves no seu bolso. Mas, em vez disso, ela se inclinou e sussurrou em seu ouvido:

— Eu vou te matar quando chegar em casa.

Ele apenas riu.

— De nada — respondeu, alto o suficiente para todos ouvirem. Então beijou a bochecha dela e ofereceu seu melhor sorriso de galã.

5

CARAMBA, O PASSEIO FOI DEMAIS. Quando Mike sugeriu que fossem para a concessionária de carros de luxo em Beverly Hills, Zach pensou que fossem apenas olhar ou fazer um test drive. A princípio, ele achou que talvez Mike estivesse mostrando seu poder para o irmão mais velho. Quando saíram do local com pouco mais que um aperto de mãos e uma assinatura, Zach ficou impressionado.

Ele e Mike saíram do Boys and Girls Club depois de uma hora. As crianças se revezavam para tirar fotos do carro, da celebridade e delas mesmas fingindo dirigir. Enquanto isso, Karen ficou de lado, com um meio sorriso nos lábios enquanto observava. Ele não podia acreditar que ela havia recusado o carro. Quem fazia isso? Michael disse a Zach, na concessionária, que descobriria um jeito de ela aceitar, mas, se a conhecia o suficiente, ela o recusaria de imediato.

— Você estava certo sobre a Karen — Zach disse enquanto entravam na rua da casa de Mike.

O irmão fez a curva e o carro todo zumbiu. *Incrível.*

— Tenho certeza de que eu ainda vou escutar muito.

É, Zach concordava.

— É bem óbvio que ela não se casou com você pelo dinheiro.

Mike riu, mas, em vez de professar seu amor por ela, disse:

— Nem adiantaria. Temos um acordo pré-nupcial.

— Sério? Ela concordou com isso? — Parecia que acordos pré-nupciais eram um sinal de dúvida da parte que tinha algo a perder.

— Ela insistiu.

Mike reduziu a velocidade quando chegou diante dos portões e apertou o botão do controle remoto.

— Ela não parece ser o tipo de mulher que te daria um golpe.

Mike acelerou; a marcha lenta não combinava com aquele carro.

— Também acho que não, mas estamos em Hollywood, nada é como parece.

— Uau, Mike, que frieza.

Ele estacionou.

— Mas é verdade.

Sem mais discussão, Mike saiu do carro, e, ao mesmo tempo, um homem de cabelos escuros e curtos saiu da casa.

— Achei que era você mesmo. Porra, Michael, você já está nos trending topics do Twitter.

Trending topics do Twitter?

— Deixe as crianças se divertirem nas redes sociais. Tony, você conheceu o meu irmão, Zach?

Tony... Ah, o empresário. Zach apertou a mão do homem.

— Eu te vi na festa ontem à noite, mas não consegui te cumprimentar — Tony disse. — Quanto tempo vai ficar na cidade?

— Vou embora amanhã.

Mike estreitou os olhos.

— Você acabou de chegar.

— Tenho muito trabalho em casa. Além disso, você vai para lá em breve.

— Vai? — Tony perguntou.

Antes que alguém falasse mais alguma coisa, o portão se abriu e Karen entrou.

Tony baixou a voz:

— Ela parece irritada.

— Como alguém pode ficar irritada com um carro desses? — Zach perguntou.

— A Karen não gosta de extravagâncias.

Ela quase encostou no para-choque da McLaren antes de estacionar o Escalade.

Tony inspirou e balançou as mãos no ar, como se dissesse a ela para parar antes de arruinar uma máquina que valia mais de duzentos e cinquenta mil dólares. Até Mike se encolheu.

— O que foi *aquilo*? — Karen saiu gesticulando.

— O quê? Um homem não pode comprar um presente para a esposa?

Karen trocou um olhar com Tony e observou Zach antes de se virar para Mike.

— Já discutimos sobre carros.

O empresário deu um passo à frente, surpreendendo Zach ao interromper a discussão.

— Michael, o seu agente me ligou. A Paramount telefonou por causa das crianças que postaram essas coisas na rede.

Karen direcionou sua raiva para Tony.

— Do que você está falando?

— Dos produtores da Paramount.

O olhar dela era inexpressivo.

— Você os conheceu na festa ontem à noite. — Tony voltou a conversa para Mike. — A Lavine quer falar com você hoje à noite. Eles adoraram a exposição no YouTube e querem garantir o seu nome.

Zach ficou confuso. Ele não tinha ideia do que eles estavam falando e o que isso tinha a ver com a discussão sobre o carro. Aparentemente, ele era o único que não estava entendendo nada.

— Espera aí. — Karen entrou na frente de Tony. — Você está dizendo que o que acabou de acontecer foi para garantir um papel?

Zach estava prestes a dizer que ela estava errada, mas percebeu que todo mundo tinha ficado mudo.

— Eu queria comprar um carro para você — Mike retrucou, mas, nesse momento, até Zach duvidou, e olha que ele estava na concessionária durante a transação. Mike não dissera nada sobre um papel em um filme.

— É mesmo?

— O que poderia ser melhor do que a minha mulher dirigindo o carro que vai aparecer no meu próximo filme?

Zach observou enquanto os dois discutiam. As palavras de Mike ecoaram em sua cabeça: *Estamos em Hollywood, nada é como parece.*

— Olhe as coisas por esse ângulo. Você quer que o cara que vende o seu Ford dirija um Toyota? Não, você quer que o cara tenha um Ford.

— Ninguém se importa com o carro que eu dirijo, Michael. Ninguém me reconhece, a menos que eu esteja com você.

— Isso não é verdade — Tony murmurou. — Você está em todos os tabloides, com ou sem o Michael.

— Você não precisa usar esse carro todos os dias.

Ela olhou para a máquina.

— Eu nem sei dirigir isso.

Mike passou um braço sobre os ombros de Karen.

— Essa é a minha garota.

— Eu não disse que vou ficar com ele.

— Mas também não negou.

Ela abriu a porta, modelo asa de gaivota, do lado do motorista e olhou o interior.

— Quanto tempo você tem até não poder mais devolver?

— Cinco dias ou trezentos quilômetros.

Karen ergueu dois dedos no ar.

— Então tenho duas condições para ficar com ele.

Mike cruzou os braços.

— Tudo bem, pode falar.

— Primeira: se em dois dias eu não conseguir dirigir essa máquina sem parecer uma idiota, eu devolvo.

— Você é boa motorista.

Ela revirou os olhos.

— E segunda: você aceita deixar o seu agente, o seu empresário e os seus produtores em casa enquanto estivermos visitando a sua família.

— Eles não vão com a gente.

— Estou falando de celular, internet, tudo. O Tony pode me ligar a cada dois dias, e eu transmito as informações mais urgentes. Estou falando de férias de verdade.

Mike olhou para Zach.

— Viu o que eu tenho que aguentar?

— As condições são essas, Michael.

Ele jogou as chaves para ela novamente.

— Zach, me faz um favor? Ensine-a a dirigir. Tenho uma reunião agora.

Mike e Tony viraram e deixaram os dois parados na entrada.

— Filho da puta — Zach disse. — Ele sempre foi acelerado quando morava em Utah, mas eu não lembrava que era tanto assim.

— Você está vendo o garoto da cidade grande. O que eu quero saber é onde se escondeu o garoto do interior. — Karen olhou para ele rapidamente e entrou na casa. — Te encontro aqui em uma hora. Não quero tentar dirigir essa coisa no escuro.

⁂

Karen nem tentou falar com Michael antes de ele sair. Ela sabia, por experiência própria, que ele não voltaria para casa tão cedo nem poderia contar com ele para o jantar. Tomou banho, vestiu uma roupa casual para o início do verão da Califórnia — sandálias, calça capri de algodão e blusa de manga curta — e caminhou pela cozinha, verificando o horário. Na entrada, o carro de um zilhão de dólares, que ela não sabia nem como abrir a porta, quanto mais dirigir, estava estacionado.

Olhou fixamente para o automóvel, notando que ele era o símbolo da vida que seu marido levava: exagerado e chamativo, em todos os sentidos. Se havia alguma possibilidade de Michael rever seus conceitos, ela dependia de Utah. Da família dele.

Pensando em família, ela percebeu que não falava com a tia havia pelo menos um mês. Ela não ouviu Zach na casa e decidiu aproveitar os últimos minutos antes da aula de direção para ligar para sua única parente.

O telefone tocou duas vezes.

— Residência dos Sedgwick.

— Oi, Nita. É a Karen. A minha tia está?

— Oi, srta. Karen. Sim, só um momento.

Karen esperou que a governanta da tia a chamasse. Cara, as duas tinham elevado seu padrão de vida em um ou dois níveis. A tia se casara com um homem maravilhoso, chamado Stanly, alguns anos antes. Ele havia entrado em contato com a Alliance para conseguir uma esposa jovem e temporária e assim dar uma lição em seus filhos e netos interesseiros. Embora Karen nunca tenha considerado a proposta, ela se encontrou com ele a pedido de Eliza e decidiu que o que ele realmente precisava era de uma mulher forte, disposta a colocar sua família nos eixos. O resto, como se costuma dizer, era história. Stanly e tia Edie se casaram e, depois de um pequeno drama, as crianças descobriram que ela não se dava bem com vagabundos e preguiçosos, como eram os filhos de Stanly.

— Karen?

— Oi, tia Edie.

— Como vai, querida? Está se alimentando bem?

Karen riu. Parecia que todas as preocupações da tia se resumiam a se ela estava ou não comendo o suficiente.

— Estou sim. Faz algumas semanas que não nos falamos.

— Bem, você é uma garota ocupada. Como vai o seu marido de cinema?

— Vai bem. Saiu, foi fazer coisas de cinema. E o Stanly?

— Está bem. Fez um check-up mês passado. Todos os exames de sangue estão bons. — A tia continuou falando sobre doenças e exames, como todos que passam dos setenta anos parecem fazer. Terminou de falar sobre a saúde deles e fez uma pausa.

— Eu e o Michael vamos viajar por algumas semanas.

— Ah, é?

— A família dele é de Utah, e ele não a vê há algum tempo.

Tia Edie hesitou.

— Você não conhece a família dele?

Karen sabia que a tia já tinha a resposta.

— Não... Bom, eu conheci o irmão. Mas os pais ainda não.

— Um homem que não apresenta a noiva para os pais...

— Edie!

— Não me venha com Edie. Não é normal.

Esse não era o momento de atualizar Edie sobre o futuro, ou a falta dele, em seu casamento.

— Está tudo bem. Eu estou bem. Juro.

— Eu devia ter feito alguma coisa...

— Edie. Para. Eu estou bem.

— Sua mãe não te merecia.

Elas também já tinham discutido sobre isso antes.

— Fale para o Stanly que eu mandei um "oi".

— Você está mudando de assunto.

— Não, só estou me despedindo. Vou fazer uma aula de direção.

Edie suspirou ao telefone. Um gesto pesado para que Karen notasse.

— Eu te amo.

— Também te amo, tia. Um beijão para o seu marido bonitão. — Isso provocou a risada da tia, que ela adorava ouvir.

Zach estava de pé, debruçado sobre o carro. Ele penteou o cabelo e trocou de roupa. A camisa preta de botão lhe dava uma aparência misteriosa e fazia parecer que ele tinha sido feito para sua moto ou para estar sentado no banco do motorista da McLaren. Ela se permitiu um breve olhar para a bunda dele quando ele se inclinou sobre o carro. Seu charme era nítido. Ela se perguntou se ele se dava conta disso. Michael usava o seu como um crachá pendurado no peito, mas Zach não parecia notar o dele.

Ignorando a forma como sua pele se aqueceu, ela tirou os olhos do pacote conhecido como Zach e perguntou:

— Está pronto?

Ele virou para ela. Seu olhar percorreu o corpo dela e descansou em seus olhos com um sorriso suave, em sinal de aprovação.

— Você está?

— Não deve ser muito difícil.

— Já dirigiu um carro de câmbio manual?

— Aprendi no jipe do meu tio quando tinha dezesseis anos. — Ela olhou para o chão ao lado do motorista. — Onde está a embreagem? — Olhou para o câmbio. — Tem certeza de que essa transmissão é manual?

Zach a aqueceu com uma risada.

— Está tudo no volante.

Ela olhou mais de perto.

— Sério?

Havia alavancas no volante e muitos outros botões que ela não reconheceu.

— Tive uma ideia. Você dirige primeiro e eu observo.

Zach ergueu as sobrancelhas.

— Não precisa pedir duas vezes.

O olhar infantil de alegria permaneceu ali quando ele deu a volta no carro e abriu a porta para ela.

— Caramba, nem as portas abrem como num carro normal.

— Não é um carro normal.

— Nem precisa dizer.

Acomodar-se no banco baixo era muito parecido com sentar-se no chão. Só que este chão se movia.

O sorriso de Zach se ampliou enquanto ele envolvia os dedos longos ao redor do volante.

— Acho que você ainda não dirigiu este carro — ela comentou.

— O Mike dirigiu. — Com um apertar de botão, o carro ligou. A força bruta do motor fez parecer que ela estava sentada em um foguete, pronto para ser lançado no espaço. — Pronta?

Alguém havia tirado o Escalade do lugar enquanto ela tomava banho, dando espaço suficiente para fazer a volta. Zach apertou outro botão para engatar a ré. Suas mãos manobraram as alavancas no volante, como se já estivessem acostumadas. Em vez de olhar para as mãos dele, ela observou o motorista. A alegria irradiava dele em ondas.

Ela mostrou caminhos que conduziam para longe da casa e das ruas principais.

— O trânsito é intenso até sairmos da cidade.

— Aonde você quer ir?

— Vamos subir a Pacific Coast Highway. Tem um ponto em que ela fica vazia. Aí eu tento dirigir.

— Não é difícil — ele disse. — Você pressiona o botão direito para acelerar e o esquerdo para reduzir.

Ela se inclinou sobre o console central.

— Não tem embreagem?

— Não. É um sistema de dupla embreagem.

Ela acenou com a mão no painel.

— Só preciso saber como funciona aqui. — O conta-giros acelerou mais de cinco mil rotações por minuto antes de Zach trocar a marcha. A velocidade diminuiu com facilidade quando chegaram a um semáforo. Karen não percebeu como havia se inclinado, até que o cheiro picante do motorista a envolveu. Ela mordeu o lábio inferior e tentou agir como se não tivesse ficado mexida enquanto se endireitava do seu lado do carro.

— É um carro sexy — Zach disse enquanto entrava no trânsito.

— É, sexy. — Ah, isso não era bom. Ela não podia ignorar o formigamento, o cheiro e, muito menos, o que esse homem estava fazendo com seus sentidos.

— Você vai mesmo obrigar o Mike a devolver?

Ah, bom, um assunto seguro sem a palavra "sexy".

— Eu não o obrigo a fazer nada.

— Então o que foi tudo aquilo sobre desligar o celular quando ele estiver em Utah?

Ela suspirou.

— Ele precisa de um tempo. E não vai conseguir isso se o Tony continuar ligando e agendando o próximo compromisso.

Zach pareceu pensar sobre o assunto por um momento.

— Você realmente cuida dele.

— Não é isso que os amigos fazem? — Ela olhou pela janela, notou os olhares e os dedos apontando. Empurrou os óculos de sol mais para cima no rosto e fingiu não notar a atenção que o carro estava recebendo.

— E as esposas?

— O quê? Ah, sim... Pegue a próxima à direita.

Ele continuou falando:

— Você não está mesmo interessada em ficar com este carro, não é?

Ela balançou a cabeça.

— Seria melhor se ele te desse. Você iria aproveitar mais do que eu.

— Dirigir isso aqui é como sexo — ele riu.

Karen gemeu. Ela não saberia dizer. Ainda tinha que experimentar o carro, e fazia séculos que não se envolvia com nada sexual, além de um brinquedinho movido a pilhas.

— Como eu disse, você iria curtir mais do que eu. — *Não está quente aqui?* Ela brincou com os controles e baixou a temperatura do ar-condicionado.

— Então, se carros não são a sua praia, o que é?

Boa pergunta.

— Não sei direito.

— Viagens?

Ela deu de ombros.

— Eu gostaria de conhecer o mundo, mas se não conhecesse também não iria morrer por causa disso.

— Uma mansão, fama?

— Você está descrevendo o seu irmão. Não a mim.

— Você não gosta dos olhares? — Ele notou um carro com um celular pendurado para fora da janela quando a pessoa tirou a foto.

— Já me acostumei.

— Mas não gosta?

— É difícil viver dentro de um aquário. — Ela apontou para a estrada.

— Siga em frente.

Durante vários quilômetros, eles avançaram por ruas lotadas e muitos semáforos, antes que a estrada se esvaziasse.

— O Mike me disse que dinheiro não significa nada para você.

Ela olhou em sua direção, notando o cenho franzido.

— Ele disse isso?

— Disse que você assinou um acordo pré-nupcial.

— Ah, é? — Por que Michael daria essa informação a Zach? O que mais ele tinha dito? — Não estou interessada no dinheiro do seu irmão. — Bem, não completamente, de qualquer maneira. Apenas no valor estabelecido no contrato.

— E, como *amiga* dele, você quer que ele pegue mais leve.

Ela tinha dito isso, não tinha?

— Os melhores relacionamentos começam como boas amizades. Eu sempre vou considerar o Michael meu amigo em primeiro lugar. É difícil encontrar amigos quando se é tão cobrado quanto ele. As pessoas estão sempre ao lado da gente, mas nem sempre sabemos em quem confiar. É aí que a família entra.

Zach olhou para a estrada.

— Ele tem ignorado a família há um bom tempo.

— É exatamente por isso que eu acho que essa reaproximação faria bem para ele. Atrás daquele ego monstruoso, ele precisa de alguém que não engula as besteiras dele.

— Como dar carros caríssimos para pessoas que não estão nem aí para eles?

— Isso mesmo. Eu não conheço ninguém que seja capaz de negar alguma coisa ao Michael. Nunca. Com a família não funciona assim. Ela sempre te faz lembrar seus piores momentos, os mais engraçados, coisas que te tornam humano.

Zach acelerou com um sorriso.

— Ele tem sorte de ter você.

Tem mesmo.

— E a sua família?

— Ah, eu só tenho a minha tia, Edie, e o marido dela, o Stanly.

— Nenhum irmão?

— Não. — *Graças a Deus.*

— Então quem é que mantém os seus pés no chão?

Ela refletiu por um tempo.

— Eu mesma — respondeu, esforçando-se para disfarçar a tristeza na voz.

Mike estava certo. Karen era uma boa motorista, e, por mais que ela não admitisse que gostava do carro, o sorriso em seu rosto provava que a potência fora do comum da máquina a impressionara. Eles encontraram um lugar tranquilo para dirigir ao longo da costa, onde Karen assumiu o controle. Quando voltaram para a civilização, estavam com fome, e ela entrou no estacionamento de um restaurante.

O rapaz que abriu a porta para Karen arregalou os olhos, praticamente salivando quando ela lhe entregou as chaves.

Zach estreitou os olhos para ele.

— Você sabe dirigir este carro?

— Sim, senhor. Eles aparecem aqui o tempo todo.

— Estamos em Malibu, Zach — Karen lembrou.

Eles se sentaram a uma mesa nos fundos do lugar elegante, com vista para o Pacífico.

— Estou morrendo de fome — Karen admitiu quando remexeu o cesto de pão, antes que o garçom se aproximasse para anotar as bebidas.

— Eu também.

— Então, quando você vai para casa? — ela perguntou.

— Pronta para se livrar de mim?

Ela colocou um pedaço de pão na boca e mastigou.

— Não. Mas o meu palpite é que você já conseguiu o que veio fazer.

— Ah, e o que seria?

— Missão de reconhecimento. Você está aqui para descobrir coisas sobre mim.

Pego no flagra. Ele desviou o olhar.

— Fui tão óbvio assim?

— Vamos ver... Você me perguntou sobre a minha família e o meu estilo de vida. Questionou o Michael sobre o casamento. Então, sim... não foi nada sutil.

— Não podia ter sido só curiosidade?

— E era?

Ele se recostou no assento macio e a encarou.

— Um pouco. Mas você está certa. A Hannah viu uma nota dizendo que você e o Michael fariam uma festa de aniversário de casamento em Hollywood, e a nossa mãe ficou chateada.

— E você, como o bom filho, decidiu vir descobrir o que estava acontecendo.

— Pode-se dizer que sim.

— Você sempre foi o bom filho?

Desde que voltara da faculdade. Seu pai não via necessidade de ele cursar o ensino superior, mas a mãe insistira que todos os filhos experimentassem a vida fora de Hilton. Rena era a única que nunca saíra da cidade. E Hannah, claro, mas ainda faltava um ano para terminar o ensino médio.

— Meus pais não podem se queixar de mim.

— Mas se queixam?

O que acontecia com aquela mulher e sua capacidade de arrancar respostas de onde não deveria?

O garçom chegou com as bebidas e detalhou os pratos especiais. Zach continuou falando:

— Tenho certeza de que o Mike te contou que o nosso pai não é fácil. Ele esperava que nós dois assumíssemos os negócios com ele.

— O Michael disse algo sobre isso. Você se sentia preso pelas expectativas do seu pai?

— Eu gosto de construção civil. Tenho uma vida boa em Hilton.

Ela tomou um gole de vinho e esboçou um sorriso tímido.

— Você não respondeu à minha pergunta.

— Quem está em uma missão de reconhecimento agora, sra. Jones?

O olhar dela se suavizou.

— Tem razão, não é da minha conta.

O garçom voltou e anotou os pedidos. Para uma mulher *mignon*, ela pedia comida como um lenhador. Um filé alto, batata assada com todas as guarnições, salada e mais pão, muito obrigada. Zach pediu o mesmo ao garçom.

Continuaram conversando com naturalidade.

— Quando eu percebi que o Mike não voltaria para casa, soube que caberia a mim continuar o negócio da família. Cedo ou tarde, nosso pai vai se aposentar e precisa que um de nós assuma.

— Você ficou ressentido com o Michael por ele não voltar?

Sua resposta foi imediata.

— Não. No fundo eu sabia que ele ficaria em LA. É difícil impedir os jovens de deixar as cidades do interior quando têm idade suficiente.

— A menos que a família os segure.

— É verdade.

— Então os jovens fogem para as metrópoles, só para descobrir que são duras e prontas para explorá-los. — A voz de Karen se abrandou, e mais uma vez ele foi atraído por ela. Caramba, ela era linda. Com alguns centímetros a mais, poderia facilmente ser uma daquelas modelos famosas. A maioria das loiras que ele conhecia tinha olhos azuis suaves, mas os dela eram de uma tonalidade metálica que o atraía.

— Parece que você tem experiência com isso.

— A-as crianças do clube têm uma experiência de vida muito particular — ela disse, gaguejando de leve. — Ouço todo tipo de histórias.

— Elas pareciam bem adaptadas.

— São boas crianças.

Havia um toque no olhar dela que beirava a tristeza. Ele queria saber mais, mas se absteve de perguntar.

— E por que eles te chamam de sra. Jones?

Ela tomou outro gole de vinho.

— Do que você queria que eles me chamassem? As pessoas de Hilton certamente conhecem o Michael como Mike Gardner, mas esse nome não significaria nada aqui. E você sabe que Wolfe é um nome artístico.

— Então você preferiu continuar com o seu.

— É só um nome.

Um nome bastante comum, ele pensou.

— Eu respondo quando me chamam de sra. Wolfe, mas vou tentar não corrigir ninguém em Hilton se me chamarem de sra. Gardner.

— Parece a minha mãe.

Ela riu, e alguma coisa atrás dele chamou sua atenção.

— O que foi? — Ele começou a virar, mas ela segurou sua mão, detendo-o.

— Não, não.

— O quê? — Agora ele realmente queria saber o que estava acontecendo às suas costas.

— Alguém viu a gente. Provavelmente acham que você é o Michael. Se olhar, eles vão vir até aqui, pedir um autógrafo ou algo assim.

Zach sentiu o peso do olhar de alguém.

— Não somos *tão* parecidos assim.

Karen olhou para ele como se analisasse suas feições e afastou a mão.

— Dá para dizer que vocês são parentes. Mas tem razão: vocês não são idênticos.

— Eu sou mais bonito — ele disse, com um sorriso e uma piscadela.

Ela inclinou a cabeça para trás e deu uma risada.

— Ah, meu Deus, dois egos gigantes. Não me admira que o Michael tenha deixado Hilton. Não tinha espaço suficiente para vocês dois.

— É, ainda bem. — A conversa deles beirava o flerte, mas ele não conseguia parar.

— Então, eu vou estar em apuros quando chegar lá? Pelo jeito a sua família já me odeia, não é?

Ele não podia afastar todos os seus medos, mas conseguia ver que era importante para ela ser bem recebida.

— Vou aparar as arestas.

Ela tomou um grande gole de vinho.

— Ah, ótimo.

— O meu pai vai te observar muito e falar pouco. A Hannah vai falar o tempo todo na sua orelha. A minha mãe vai se segurar por um tempo, mas acho que vai imaginar que você é uma santa em algum momento.

— Eu não sou santa.

Ele não tinha tanta certeza. Algo não estava completamente claro a respeito de Karen, mas certamente ela não era uma pessoa má.

— E as suas outras irmãs?

— A Judy passou a maior parte do ano na faculdade. Provavelmente nem vai se ligar que você não conhece a família. E a Rena vive ocupada com os filhos. Embora esteja curiosa.

Durante a refeição, Zach contou algumas histórias que a ajudaram a conhecer um pouco mais a família deles. Quando o garçom se aproximou e perguntou se queriam mais alguma coisa, Karen pediu outra taça de vinho e sugeriu que Zach dirigisse no caminho de volta para casa.

Talvez pelo fato de Karen já ser da família por tabela, Zach se sentia confortável na presença dela, como se ambos se conhecessem há muito mais do que algumas horas.

Enquanto voltavam para casa, ele perguntou como ela havia conhecido a primeira-dama do estado.

— Eu trabalhei na área administrativa de um lugar chamado Moonlight Villas quando saí da faculdade. A Samantha, você a conheceu ontem à noite... Bem, a irmã dela ficou por anos nessa casa de repouso. Nós ficamos amigas e depois eu conheci a Eliza.

— Você trabalhava na Moonlight Villas quando conheceu o Michael?

— Não, eu trabalhava na empresa da Samantha. Ela e a Eliza são melhores amigas. Já se conhecem há bastante tempo, antes de se casarem.

— De todas as pessoas que estavam na festa ontem à noite, os seus amigos pareciam os mais sinceros. — Eles foram os únicos que Zach viu ajudando Karen com alguma coisa. Nenhum amigo de Michael fez isso, pelo que ele pôde ver.

— Eu sou realmente abençoada por ter ótimos amigos.

Ele entrou com o carro na garagem e notou que estava vazia.

— O Michael não está em casa?

— Eu ficaria surpresa se estivesse. Os produtores gostam de trabalhar à noite e esperam que muitos atores gostem também.

Ele desligou o motor.

— As pessoas simplesmente somem quando anoitece em Hilton. Já vou avisando.

Ela brincava com a maçaneta da porta, tentando descobrir como destravar. Estava rindo de si mesma quando ele saltou para abrir do lado de fora.

— Por que não fazem portas normais? Todo o resto já é bem extravagante.

Ele abriu e levantou a porta para Karen sair.

— Isso força o cavalheirismo — ela disse.

Ele riu.

— Deve ter sido desenhado por uma mulher.

Ela fechou a porta e virou em direção à casa, quando lembrou que havia esquecido o suéter dentro do carro.

— Ah, caramba.

Rindo, ele se inclinou para segurar a maçaneta ao mesmo tempo que ela. Seus dedos se tocaram e os dois pararam de rir.

O cheiro de pêssego do xampu que ela usava o atingiu primeiro, e então a mancha prateada dos seus olhos azuis brilhou quando ela olhou para ele.

E ali estava aquilo de novo. A química que ele negara desde que a conhecera disparou entre eles como pequenos raios. Ele a ouviu respirar fundo enquanto seus olhos deslizavam para os lábios dele. O calor do corpo dela perto do dele trouxe a consciência de seu desejo por ela. Ele fechou as mãos e percebeu que a segurou pelo braço. Por um breve segundo, ela oscilou para ele e ergueu o rosto em sua direção.

Então se afastou, e o momento se foi.

Zach também deu um passo atrás, chocado com o que quase havia acontecido entre eles.

Tentando parecer indiferente, ele abriu a porta com mais força que o necessário e pegou o suéter dela.

Ela murmurou um rápido agradecimento e fugiu.

※

Karen entrou tropeçando no quarto, tremendo. E, como uma adolescente, não tinha intenção de enfrentar Zach novamente. Não a sós. Ela quase o beijara. Podia sentir o peso dos lábios dele contra os dela com apenas um pensamento.

O que há de errado comigo?

A cabeça lhe dizia para não se sentir atraída por Zach, mas seu corpo tinha outros planos.

Ela só podia imaginar o que devia estar se passando pela cabeça dele. Que esposa beija, ou quase beija, o irmão do marido?

— Você é uma idiota, Karen.

Agora não havia clima para lidar com a situação. E não tinha como evitar a visita à família de Zach, não sem causar sérios problemas a Michael. E ela não podia contar ao marido sobre a atração que sentia pelo irmão dele. Droga, embora seu casamento fosse tão falso quanto quase todos os seios em Hollywood, as chances eram de que Michael se sentisse traído pelo irmão... e por ela.

Karen massageou as têmporas e entrou no banheiro para se se livrar do cheiro de Zach.

Olhou para si mesma no espelho.

— Você não o beijou. — Talvez ambos pudessem esquecer aquele momento.

Se não falassem sobre ele... e não ficassem sozinhos de novo...

Talvez funcione.

Seriam apenas duas semanas em Hilton, e, além disso, Zach não morava com os pais. Então provavelmente ela só o veria acompanhado do restante da família.

Talvez funcione.

Karen caiu na cama e acordou de manhã com uma terrível dor de cabeça, que aumentou ainda mais pelo sentimento de culpa que a invadiu ao perceber que Zach partira antes do amanhecer.

6

QUANDO ZACH SUBIU NA MOTO, ligou o motor e seguiu para oeste, lembrou que era jovem o suficiente para fazer mudanças em sua vida sempre que quisesse. Nos últimos anos, ele se sentia inquieto, pronto para mudar algumas coisas. Mas, cada vez que pensava mesmo nisso, outro trabalho surgia, outra maneira de administrar os negócios, outro motivo para ficar em Hilton.

Com a estrada livre diante de si, o vento soprando ao redor e o sol brilhando sobre seu corpo como o maldito cavaleiro solitário, Zach só queria continuar pilotando sua moto.

Dirigir por aí com Mike durante parte do dia que teve com o irmão o fez querer ainda mais uma vida diferente. Não que ele quisesse a vida de Mike... apenas algo mais.

Além de tudo, havia Karen.

Droga. Ele quase a beijara, quase provara o fruto mais proibido de todos. A esposa do seu irmão. Ele vira a centelha de paixão nos olhos dela, sentiu como seu corpo oscilou em direção ao dele. Então ele fugiu.

Voltou para o que conhecia. Utah.

Só quando seguiu com a moto pela Main Street e a estacionou no meio-fio da loja de ferragens, percebeu como estava pronto para seguir em frente. A vida de Rena era aqui, Mike encontrara a sua na Califórnia, e ele não achava que Judy ficaria ali depois que se formasse na faculdade. Então por que ele ficou?

Família.

Seu pai esperava que ele ficasse, e ele obedeceu. Durante um tempo, disse a si mesmo que era porque queria a vida de uma cidade do interior. Mas agora ele percebia que aquilo não era mais verdade. Ele queria algo mais.

Zach tirou o capacete e balançou os cabelos. Dentro da loja, acenou para o garoto atrás do balcão.

— Oi, Nolan. O meu pai está?

O funcionário assentiu, apontando para os fundos.

— Obrigado.

Sawyer Gardner era um homem forte e inflexível na maioria das vezes. Seu desgosto por Mike se casar e não trazer Karen para conhecer a família gerava conversas acaloradas toda vez que o irmão aparecia no jornal.

O homem jogou uma caixa cheia de peças de encanamento em um carrinho quando Zach entrou no cômodo.

— Oi, pai.

Sawyer olhou por cima do ombro e continuou empilhando as caixas.

— Você voltou rápido.

— A Califórnia não fica tão longe. — Mesmo em cima de uma moto.

— Lembrou isso ao seu irmão?

— Sim. Lembrei.

Zach pegou uma caixa ao lado do pai e o ajudou a empilhá-las.

— E aí, conheceu a moça?

Zach engoliu em seco, com força.

— Sim.

— E ela é real? Não é uma versão de esposa feita pela TV? — Sawyer nunca aprovara o que Mike fazia para ganhar a vida.

— Ela é real. — *Real demais.*

Nesse momento Sawyer parou e encarou Zach.

— Nós vamos conhecê-la?

— Sim. O Mike está arrumando uma folga, e a Karen insistiu que eles finalmente viessem nos visitar.

A expressão estoica no rosto do pai não mudou com a notícia. Ele simplesmente virou, apontou para uma caixa e disse:

— Pegue isso aí, sim?

Nem um agradecimento por dirigir centenas de quilômetros em nome da família, nem um gesto de entusiasmo pela iminente visita de Mike. O assunto morreu ali.

Embora a reação do pai não o surpreendesse, ainda o irritava.

Michael cancelou seus compromissos por dez dias. Não era uma tarefa fácil quando todo mundo queria um pouco de sua atenção. Eles assistiram à cerimônia de formatura dos alunos do último ano de que Karen cuidava no clube e então embarcaram em um voo para St. George. De lá, alugaram um carro para a viagem de aproximadamente uma hora até Hilton. Entre a espera no aeroporto e o atraso para a entrega do carro alugado, quando pegaram a estrada Karen estava convencida de que a viagem teria sido mais rápida se tivessem ido de carro e não de avião.

Ela aproveitou o tempo na estrada para falar sobre o plano deles com a família no que dizia respeito ao relacionamento dos dois.

— Já me sinto bastante culpada por enganar o seu irmão. Vai ser mais difícil com os seus pais.

— Os meus pais vão adorar você.

— E estamos planejando o nosso divórcio.

— E daí?

— Michael, estamos falando de pessoas. Eles têm sentimentos.

— Eu sei. E poderia ter evitado tudo isso se o Zach não tivesse aparecido.

Ouvir o nome de Zach lhe causou uma onda de pavor.

— Você é o ator, Michael. Eu tenho tentado, mas para mim vai ser mais difícil convencer a sua família.

Ele a olhou por cima dos óculos escuros.

— Está arrependida? Não foi você que insistiu em fazer isso?

Sim, ela estava. Observava a paisagem enquanto seguiam a cento e dez quilômetros por hora.

— Não quero pôr tudo a perder.

Ele estendeu a mão e tocou sua perna.

— Vai dar tudo certo. O mundo inteiro acha que somos um casal.

Ela esfregou as mãos suadas uma na outra.

— Talvez eu só esteja nervosa porque vou conhecer os seus pais. — Era muito mais que isso.

Ele apertou sua perna até que ela olhou para ele.

— Eles vão perguntar sobre os seus pais.

Esse pensamento a deixou gelada.

— Vou dizer o que eu digo a todo mundo. Eles se foram e a minha tia me criou.

Michael sabia que havia mais, mas nem ele conhecia toda a história. Então voltou a mão para o volante.

— Meu pai não vai insistir, mas minha mãe pode tentar.

— Eu passei um ano inteiro contando meias verdades sobre nós, e mais de uma década fingindo que eles estão mortos. Se eu não me conhecesse, pensaria que sou uma mentirosa compulsiva.

— Ou uma atriz melhor do que qualquer uma com quem já contracenei.

Ela riu e usou a menção ao trabalho dele para mudar de assunto.

— Então, quando vai ter notícias sobre os contratos finais para *Blue Street*?

— *Blue Street* era o longa que ele estava assinando para o ano seguinte, que o manteria ocupado durante os próximos dois anos. Ele não achava que os contratos ficariam prontos até o outono. Com o avanço das negociações, parecia que seu contrato de casamento terminaria mais rápido do que eles haviam imaginado inicialmente. Isso não significava que eles tivessem que se divorciar imediatamente, mas a opção estava lá, de qualquer maneira.

— Isso ainda deve levar alguns meses.

— Humm.

— Está pensando no divórcio?

Ela deu de ombros.

— Acho que sim. Foi fácil mostrar para o mundo que estávamos juntos. Mas a separação me preocupa.

Ele assentiu.

— Como você lidou com separações no passado?

— Não lidei. Simplesmente segui em frente. Tipo "ei, cara, não está funcionando para mim". E você?

Ele bateu um dedo no volante.

— Tipo "ei, cara, não está funcionando para mim".

Risadas explodiram.

— Nós dois vamos ser uma merda nessa separação.

— Vamos ficar bem. Não precisamos pensar nisso hoje. Poderia ser diferente se um de nós estivesse a fim de alguém.

Só a menção de *alguém* levou os pensamentos de Karen para Zach.

O carro ficou em silêncio. Ela olhou para Michael, que a observava.

— Você precisa me contar se tiver alguém.

— Ah, pelo amor de Deus, Michael, os únicos homens que eu conheci desde que nos casamos são seus colegas de trabalho, produtores e assessores. E a maioria deles é gay ou casada.

Ele sorriu.

— Menos aquele Philippe, no último Natal. — Ela estremeceu. — O nojentão.

— Foi muito bom dar um soco na cara dele. Não consigo acreditar que ele te fez uma proposta daquelas na minha própria casa.

Ela se abanou e ofereceu um sorriso falso.

— Meu herói.

— Isso aí — ele disse com um rápido aceno de cabeça.

— Mas talvez eu não consiga negar a proposta se vier do Ben Affleck ou do Bradley Cooper. — *Hum, delícia!*

— O Ben? Sério? O Bradley posso até entender... — Ele ergueu as sobrancelhas algumas vezes, em sinal de admiração pelo homem.

Eles estavam avaliando os atributos dos dois quando Michael saiu da rodovia. A placa dizia: "Hilton, 6 km".

— Eu te levaria para um passeio pela cidade para te mostrar os pontos turísticos, mas você vai ver todos os cinco umas cinquenta vezes enquanto estivermos aqui.

— Não pode ser tão ruim assim.

Ela notou o sorriso em seu rosto quando eles seguiram pelo que devia ser um caminho conhecido.

— Animado? — perguntou.

Ele deu um aceno lento.

— Sim, estou. Já faz muito tempo.

— A que horas seus pais estão nos esperando?

— Às três.

O relógio do carro marcava três e quinze.

A estrada de duas mãos era cortada por fazendas de ambos os lados. Uma vaca levantou os olhos do pasto para observá-los enquanto passavam. Hilton se encontrava no sopé de duas cadeias de montanhas. De acordo com Michael, eles tinham uma cabana em uma delas, que a família visitava durante o verão.

Viraram à esquerda depois do semáforo, e as casas começaram a pontilhar lentamente a paisagem.

— Tem outra cidade a doze quilômetros daqui. Um pouco maior que Hilton, com um hotel e um Walmart.

— Olha só! — Karen provocou.

— Ei, foi um grande acontecimento quando o mercado chegou. Metade da cidade era contra. Diziam que não precisavam dele. A outra parte gostou, por ter mais opções para fazer compras.

Eles diminuíram a velocidade enquanto passavam pela rua principal. As crianças andavam de bicicleta, sem capacete, e algumas mulheres empurravam carrinhos. Plantas floridas penduradas em vasos pendiam dos postes de luz, e não havia pichação em nenhum muro.

— É tão limpo — ela disse.

— E o meu pai não precisa guardar a tinta spray com cadeado, como fazem em LA. Quando éramos crianças, o xerife nos fazia mijar nas calças só com um olhar.

— Tenho certeza de que ainda assim existem crianças se metendo em encrenca.

— Ah, sim... Elas só não se divertem estragando a propriedade alheia. Aqui o lance é roubar trator para dar uma voltinha, fazer fogueira e festas da cerveja. E caçar cervos fora da temporada.

Karen não conseguia imaginar.

— Você caçava?

— Faz anos. Mas sim.

— E gostava?

Ele desviou da rua principal e saiu da cidade, em direção à parte residencial de Hilton.

— Mais ou menos. Acho que eu curtiria mais se gostasse do sabor da carne. Minha mãe cozinha bem, mas eu nunca gostei do gosto forte da carne de caça.

Karen sorriu para um casal que parou para vê-los passar.

— Não tem gosto de frango?

— Nem de longe.

— Mas deve ser melhor que caracol.

Michael explodiu em uma gargalhada. Os dois tinham tentado comer escargot e chegaram à conclusão de que os franceses certamente riam de todos os americanos que comiam aquela porcaria.

— *Americanos idiotas, comem qualquer coisa* — ela disse com seu melhor sotaque francês. Os dois riram com a lembrança do período que passaram na França.

Havia vários carros estacionados nas ruas. Ao contrário da Califórnia, aqui havia espaço suficiente entre as casas, e cada uma parecia diferente da do vizinho. Ele diminuiu a velocidade na frente de uma construção tradicional de dois andares, com uma vaga livre na garagem para o carro alugado.

— Preparada? — perguntou.

Karen nunca teve uma casa para a qual voltar. Embora seus batimentos cardíacos tivessem aumentado quando ele estacionou, ela estava animada para conhecer as pessoas com quem Michael havia crescido. Independentemente de o casamento não ser real, Michael era seu amigo, e ela não se lembrava de ter visto um sorriso tão verdadeiro no rosto dele quanto o que via agora. Isso a deixou muito feliz.

— Sim, e você?

Michael mal virou a chave na ignição, e a porta da casa se abriu, revelando um bando de gente.

Assim que ele saiu do carro, uma adolescente correu até ele, de braços abertos.

— Mikey!

Aqui vamos nós.

―――※―――

Zach se deteve e deixou a família acolher o filho famoso. Hannah não pôde conter o entusiasmo quando pulou nos braços de Mike e ele a girou. Judy a seguiu rapidamente, enquanto o pequeno Eli perambulava pelos pés dele com animação. O menino não sabia muito sobre Mike, exceto pelas fotos e explicações de que era seu tio.

— É ela? — a mãe de Zach sussurrou para ele quando estavam na varanda, esperando que as irmãs dessem a Mike e a Karen uma chance de sair do carro.

— Sim.

— Ela é diferente das fotos.

Ele olhou para Karen.

— É mesmo. — *Mais bonita pessoalmente.*

Como se percebesse, Karen olhou diretamente para ele. Zach ficou imóvel, e o ar ao redor pareceu tenso.

— Ela é bem gostosa — Joe sussurrou atrás dele, tirando-o de seus pensamentos.

— Você não é casado com a minha irmã?

Joe e Rena haviam se casado logo após o ensino médio e se adoravam.

— Mas não sou cego.

Sua mãe se moveu, e os demais a seguiram.

— Oi, Rena. — Mike abraçou a irmã mais velha e fez cócegas no queixo do bebê. — Ela cresceu.

— Vai fazer um ano e meio na semana que vem.

Rena recuou e deu a vez à mãe. Mike a puxou para um abraço e a levantou do chão.

— Estava começando a pensar que você tinha esquecido da gente — Janice disse.

— Tive um ano maluco — ele respondeu. Então, como se percebesse pela primeira vez que a esposa estava a seu lado, ergueu o braço para Karen e a convidou para se juntar ao círculo familiar. — Mãe, esta é a Karen. Karen, minha mãe, Janice.

A loira sorriu, os dentes perfeitos reluzindo.

— É um prazer, sra. Gardner.

— Ah, me chame de Janice. Por favor. — Zach viu a alegria no rosto de Karen quando a mãe a puxou para um abraço.

As garotas se afastaram e deixaram Mike apresentar a esposa.

— Estamos tão animadas por você finalmente estar aqui.

— O Michael teve uma agenda intensa este ano. Eu ouvi muito sobre todos vocês.

— Onde está o papai? — Mike perguntou enquanto olhava ao redor.

— Fechando a loja — Rena respondeu.

Zach sentiu a decepção de Mike. Não que esperasse algo diferente. Seu pai colocava o trabalho em primeiro lugar, quase antes da família. Sempre fora assim.

— Este é o Joe, marido da Rena — Mike disse a Karen.

Ela estava muito perto para fazer qualquer coisa que não fosse apertar as mãos, o que lhe parecia estranho.

— E o Zach você já conhece.

Se apertar as mãos de Joe parecia estranho, não era nada parecido com o abraço que deu em Zach. Era como se ela soubesse que eles já deveriam ter um pouco mais de familiaridade... E ela agiu de acordo, mas o breve abraço entre os dois só o fez lembrar do xampu de pêssego que ela usava e da intensidade que sentia em sua presença.

O desejo de abraçá-la, de puxá-la para seus braços, fez com que Zach a mantivesse próxima uma fração de segundo a mais.

Ela recuou e não olhou para ele. Em vez disso, desviou o olhar.

Zach virou e tentou se concentrar. Limpou a garganta.

— Mike, Karen... esta é a Tracey... minha namorada.

7

DURANTE TODO O TEMPO EM que Karen ficou sentada entre os Gardner, só conseguia ver a única pessoa na sala que não era da família.

Tracey caminhava pela casa, colocando a mão no ombro de Zach para chamar sua atenção, agindo como se aquele fosse seu lugar. E era. Muito mais que de Karen.

Zach ainda não tinha feito contato visual com ela por mais de um segundo. Nenhum dos dois tinha esquecido ou interpretado mal o que havia acontecido na entrada da casa, em Beverly Hills. Por mais que Karen quisesse esquecer aquele momento, não conseguia.

Ela não tinha o direito de se sentir enganada por Zach ter uma namorada, considerando que ela era casada, mas o sentimento estava lá.

Felizmente eles não tinham se beijado. Ela nunca seria capaz de estar ali com Michael se tivesse provado os lábios do irmão.

A casa da família Gardner tinha uma sala de estar espaçosa com lareira, sofás desgastados e confortáveis e poltronas reclináveis. Rena colocou a filhinha para dar um cochilo em um dos quartos do andar de cima enquanto todos se reuniam na sala. Karen ainda não tinha visto onde Michael e ela dormiriam. Não conseguiu passar da sala antes que alguém sugerisse que os dois se sentassem para o interrogatório da família.

Como Zach já alertara, Hannah não parava de falar.

— Não acredito que vocês finalmente estão aqui — ela se apressou em dizer.

— E eu não acredito que vocês não vieram antes — Rena repreendeu.

— Deixe a bronca para a mamãe — Michael disse à irmã.

Todos os olhos se voltaram para Janice.

— Mais tarde eu faço isso. Agora quero fazer a Karen se sentir em casa. — Janice ofereceu a nora um sorriso caloroso.

— Ah, fiquem à vontade — Karen insistiu. — Além de mim, são poucas as pessoas na vida do Michael que o contrariam.

O comentário resultou em algumas risadas.

— Obrigado por me atirar debaixo do ônibus, meu bem. — Michael piscou para ela.

— Seu ego sempre foi muito grande para esta cidade — Zach disse.

— Quando fica grande demais em casa, eu mando o Michael colocar o lixo para fora e abaixar a tampa do vaso — Karen brincou.

— Que nojo, Mike — Hannah o repreendeu.

Tracey se sentou no braço do sofá e abraçou Zach. Karen desviou o olhar.

— Como vocês se conheceram? — Tracey perguntou.

— Você não viu o vídeo no YouTube? — Hannah pegou o celular no bolso de trás da calça jeans.

— Vocês se conheceram no YouTube? — Obviamente, Tracey não entendia o site ou como ele funcionava. A namorada de Zach tinha olhos expressivos e cabelos castanho-escuros. Era alguns centímetros mais alta que Karen e tinha alguns quilos a mais, mas isso não a desfavorecia. Ela não usava muita maquiagem, porém Karen podia afirmar que se esforçara para parecer bem. Ela ficava olhando para Michael, e era impossível deixar de notar o leve rubor em suas bochechas quando ele sorria para ela. Karen via isso acontecer mais vezes do que poderia contar. Uma coisa era ver uma celebridade na tela, e outra bem diferente era conhecê-la pessoalmente, e ali estava Tracey, em uma sala com um superastro, tentando manter uma conversa normal, quando era óbvio que estava tendo um momento de fã.

— Não, boba. Eles se conheceram quando o Mike foi num desses lugares onde as crianças vão depois da escola, para não ficarem nas ruas. — Hannah se virou em direção a Tracey e Zach enquanto navegava habilmente na internet com um dedo e contava sobre o encontro *casual* de Karen e Michael.

Karen olhou para Michael e notou o sorriso em seu rosto. Os dois sabiam que não havia nada de casual naquele encontro. Na verdade, ambos tiveram a oportunidade de examinar o perfil do outro na Alliance e concordaram que eram compatíveis, pelo menos no papel, para um casamento passageiro.

Pelo celular de Hannah, Karen ouviu o som familiar das crianças no clube, conversando e dizendo a ela que "Michael Wolfe acabou de te convidar para sair". Ela tinha visto o vídeo no YouTube várias vezes e de pontos de vista diferentes nas semanas seguintes. Ele foi exibido em dois programas televisivos de entretenimento e até no noticiário noturno local.

Michael realmente era bom ator. Naquele dia, ele convenceu todos no clube que eles tinham acabado de se conhecer e que estava encantando por ela. Quanto a Karen, é óbvio que ela sabia que o casamento seria temporário, mesmo antes de os dois se conhecerem. Gwen percebeu a orientação sexual dele assim que o conheceu, então Karen sabia desde o início que ele era gay.

A partir de então, o gaydar de Gwen ficou famoso. Em muitas festas de Hollywood, Michael se aproximava dela para descobrir a sexualidade dos homens ali presentes.

Tracey assistiu às imagens da internet com interesse. Zach olhou por um breve momento para a tela do celular.

— Eu me lembro de você ter usado a mesma cantada com a Suzie Baker no primeiro ano do colegial.

Karen lançou um sorriso brincalhão para Michael.

— Você usou a mesma cantada comigo? — perguntou com uma piscadela.

— Eu, um ator? Usando a mesma cantada com *você*? Nunca!

Eles estavam rindo quando o som de um carro parando na frente da casa chamou a atenção de Eli.

— Vovô.

Michael se aprumou e seu sorriso se desfez. Karen apertou a mão dele.

Ele olhou para ela. Por algum motivo, Sawyer Gardner deixava Michael tenso, e Karen estava determinada a ajudá-lo a enfrentar seja lá o que o homem apresentasse. Por mais platônica que fosse a relação entre eles, ela realmente amava o marido.

O peso do olhar de alguém a fez escanear a sala. Várias pessoas a miravam. Rena parecia estar deduzindo algo enquanto encarava Karen. Zach parecia concentrado nas mãos entrelaçadas dela e de Michael. Quando seus olhos se moveram até os dela, Karen olhou novamente para Rena, que agora observava Zach.

A esposa de Michael fechou intencionalmente os olhos e respirou fundo. Quando os abriu de novo, se forçou a olhar para a porta da frente.

Janice acolheu o patriarca da família Gardner, assim como o pequeno Eli, que correu para o avô de braços abertos.

Os dois filhos da família tinham a altura do pai, Karen pensou. Sawyer tinha quase um metro e noventa e parecia poder facilmente erguer coisas pesadas na loja de ferragens ou arrastar madeira em construções. Os cabelos escuros estavam ficando grisalhos, mas não davam sinais de calvície, o que provavelmente servia de alento para Michael e Zach.

Michael se levantou e a ajudou a ficar de pé para apresentá-la ao pai.

— Olha quem está aqui — Janice disse ao marido.

O olhar de Sawyer passeou pela sala e hesitou em Karen por um breve momento antes de pousar em Michael.

O que vai ser, um aperto de mãos ou um abraço?

Michael deu um passo à frente e o aperto de mãos venceu.

— É bom te ver, pai — ele disse.

— Achamos que você tinha esquecido da gente.

Karen se encolheu. Quantas vezes tinham ouvido isso na última hora? *Demais para contar.*

Em vez de oferecer uma desculpa ou explicação, Michael se virou para a esposa.

— Pai, quero que conheça a Karen.

Ela ofereceu a mão, como fez com Janice.

— Prazer em conhecê-lo, sr. Gardner. O Michael me falou muito do senhor.

— É mesmo? — ele perguntou enquanto retribuía o cumprimento. — Ele não falou nada de você. — O olhar inquietante de Sawyer disparou através dela.

— Nossa, pai, assim você vai deixar a Karen constrangida — Hannah disse.

— É, vai com calma, tá? — Zach interveio.

Michael simplesmente balançou a cabeça, como se soubesse que o pai agiria feito um babaca. Era óbvio que o homem comandava a casa e esperava receber um nível de respeito diferente do que oferecia.

— Sawyer! — Janice se intrometeu.

— Está tudo bem, Janice. O Zach nos disse, quando esteve na Califórnia, que todos vocês estavam chateados por não termos vindo visitar antes. Tenho certeza de que ele amenizou os sentimentos de todos vocês no esforço de poupar o meu. — Ela não pôde deixar de olhar na direção de Zach ou de notar a maneira como ele olhava para o pai. Até agora, Sawyer ainda não tinha conseguido sorrir, mesmo com Eli em suas pernas e Rena tentando puxar a criança de volta.

— Como eu disse para a mamãe — Michael falou —, minha agenda estava complicada desde que eu e a Karen nos conhecemos.

Ela colocou a mão em seu braço.

— Mas parte da culpa é minha pela demora em conhecer vocês.

Michael olhou para ela.

— O Michael sabe que não tenho família, e ele ficou com medo que eu me sentisse intimidada por vocês serem muitos.

Janice inclinou a cabeça.

— Nenhum irmão?

Karen negou e ofereceu a todos sua mentira ensaiada, de uma só vez.

— Os meus pais se foram faz algum tempo, e eu sou filha única. Minha tia é a única família que eu tenho.

Michael colocou a mão em suas costas e suspirou. Não que Karen estivesse buscando simpatia, mas suas palavras pareceram mudar o clima na sala.

Hannah foi a primeira a dizer alguma coisa.

— Bom, agora você tem a gente. Somos barulhentos, mas somos legais.

Karen ficou surpresa com o fato de a filha mais nova assumir o papel de mediadora. Geralmente quem fazia isso era o filho do meio, que seria Michael, mas agora ele olhava para o pai, quase o desafiando a dizer alguma coisa.

Karen achou que Sawyer não falaria mais nada e, felizmente, Janice se aproximou.

— Preciso ir ver como está o jantar. Karen, por que não vem comigo e deixa os homens conversarem?

Pronta para escapar, Karen olhou para Michael, ergueu as sobrancelhas como se dissesse "boa sorte" e seguiu Janice. A casa tinha uma cozinha tradicional, separada, o que dava a elas um pouco de privacidade.

— Por favor, não se ofenda com o comportamento do meu marido — a mulher disse, assim que não podiam mais ser ouvidas da sala de estar.

— Eu entendo — Karen respondeu, embora realmente não entendesse. A verdade é que ela nunca havia estado tão próxima de uma família tão numerosa, que sempre dizia o que lhe vinha à cabeça, sem maiores constrangimentos. Para Karen, quando você não conhecia alguém, era educado até que o estranho se tornasse amigo ou inimigo. Naturalmente, isso poderia acontecer em questão de horas, mas geralmente era preciso de mais do que uma única conversa para encontrar um motivo para não gostar de alguém.

Sawyer, no entanto, conseguiu fazer isso em uma frase.

— Posso ver pelo seu rosto que você ficou chateada — Janice disse.

Rena entrou na cozinha nesse instante.

— É claro que ela ficou chateada. O papai foi estúpido. — Ela se aproximou da geladeira, abriu e pegou uma garrafa de vinho. Com um aceno, perguntou: — Gostaria de tomar um pouco, Karen?

Meu Deus, sim.

— Por favor.

— Daqui a um ou dois dias as coisas vão melhorar — Rena explicou.

— O Michael falou a mesma coisa. — Karen se sentou em um banco alto que estava escondido embaixo da ilha da cozinha.

— Nós ficamos chocados quando soubemos que o Michael tinha se casado — Janice desabafou enquanto amarrava o avental na cintura e abria o forno para verificar o que cozinhava lá dentro. Pelo aroma rico, Karen supôs que era alguma carne assada. Ela não conseguia se lembrar da última vez em que havia comido uma carne assada caseira. Tia Edie era uma mulher de massas, uma vez que seu primeiro marido era um autêntico italiano.

— Foi meio que uma surpresa para nós dois também — Karen disse.

Rena enfiou um saca-rolhas na garrafa e começou a abri-la.

— É verdade que vocês só se conheciam há algumas semanas quando se casaram? — perguntou.

— Sim. Quando eu penso nisso, vejo como foi imprudente nos casarmos tão rápido. — As falas combinadas, algumas sinceras e outras nem tanto, começaram a sair de sua boca. — Acho que ele se encantou pelo fato de eu não ligar para a fama dele. Ficou intrigado.

Rena lhe ofereceu uma taça de vinho e depois se serviu.

Sabendo que não escaparia da cozinha sem dar mais explicações sobre o seu relacionamento com Michael, Karen contou todos os detalhes, exceto o verdadeiro motivo pelo qual haviam se casado.

— O Michael começou a falar de casamento quase desde o primeiro encontro.

Janice trocou olhares com Rena.

— E você achou isso normal?

Karen tomou um gole do vinho, saboreou e se xingou de esnobe antes de tomar o próximo. Michael odiaria. Ainda bem que ele beberia cerveja enquanto estivesse em Utah. Parte da imagem de machão que ele tanto gostava de passar significava só beber vinho em público durante festas de Hollywood e jantares extravagantes. Karen tentou explicar que muitos homens heterossexuais também bebiam vinho, mas ele não faria isso. Ele era um esnobe e tanto em relação a vinhos, e ela estava pegando essa mania dele.

— Achei uma loucura, mas por que não? Nós sabíamos que não teríamos muito tempo para nos conhecer de verdade antes que ele tivesse que viajar para gravar mais um filme.

— Então por que apressar as coisas? — Janice perguntou.

Karen deu de ombros.

— Eu realmente não consigo explicar, Janice. E, quanto a não vir visitá-los, acho que tem a ver com o fato de nós dois sabermos que nos precipitamos. — As duas olharam para ela.

— Mas vocês estão casados há um ano.

Karen assentiu.

— E posso contar nos dedos de uma mão quantos meses passamos juntos nesse período. O Michael não estava mentindo quando disse que a agenda dele era estressante. Seu filho trabalha muito.

— Está sugerindo que vocês mal se conhecem?

Karen balançou a cabeça.

— Não. Acho que nos conhecemos melhor do que qualquer pessoa com quem convivemos. O próprio Michael admite que tem muitos amigos superficiais. Isso é difícil evitar em Hollywood.

As mulheres pareceram relaxar. Karen sabia que assim provava para a família que não estava usando Michael, mas também não estava disposta a declarar amor eterno por ele, não com o divórcio a alguns meses de distância. Um pouco de dúvida suavizaria o golpe de ganhar uma nora e cunhada no mesmo ano em que se despediam dela. Essa poderia muito bem ser a primeira e última vez em que Karen passaria com a família Gardner. Ela precisava se lembrar disso e se proteger. Deu mais um gole e pôs a taça na bancada. O vinho já estava subindo. Olhou para o relógio e notou que ainda não eram quatro e meia da tarde. *Ah, são cinco horas em algum lugar.*

A porta da cozinha se abriu e Tracey entrou.

— Espero que não se importem de eu interromper. Pensei em levar uma cerveja para os rapazes.

— As coisas estão ruins por lá? — Karen perguntou.

Rena encontrou cerveja na geladeira e entregou a Tracey. A moça ofereceu um sorriso educado.

— Digamos que isso aqui vai tornar a conversa mais fácil. Vou levar a cerveja lá e voltar o mais rápido possível.

Rena revirou os olhos.

— Você devia fazer alguma coisa, mãe.

Janice balançou a cabeça.

— Seu irmão merece uma bronca. Não só porque se casou sem nos comunicar, mas porque não deu muita atenção para a família desde que ficou famoso.

Karen tinha tantas coisas para dizer, mas se manteve calada. Janice Gardner podia exercer um efeito calmante no marido, mas não estava feliz com a falta de contato do filho. Karen só esperava que Sawyer não mandasse Michael embora antes que eles desfizessem as malas.

Tracey saiu da cozinha e voltou com a mesma rapidez.

— A Judy levou a Hannah para fora com o Eli.

— Ah, ótimo. Só espero que eles não comecem a gritar e acordem o bebê.

— Janice, posso te perguntar uma coisa? — Karen falou.

— Claro, querida. — Sua sogra temporária pegou um saco de batatas de uma caixa e as empilhou na pia antes de abrir a torneira.

— Quantas horas por semana o seu marido trabalha?

Janice olhou para o teto, como se ele tivesse a resposta para a pergunta de Karen.

— Muitas vezes mais de doze horas por dia.

— E nos fins de semana?

— A loja fecha aos domingos.

— Tudo fecha aos domingos — Rena disse, com uma risada.

Karen bateu com os dedos no balcão.

— Então ele trabalha doze horas por dia, seis dias por semana? — Parecia cansativo, mesmo para ela.

— Não o tempo todo — Janice defendeu.

Karen girou o vinho na taça antes de tomar outro gole.

— Quando foi a última vez que vocês tiraram férias?

Como se entendesse a linha de raciocínio de Karen, Janice abrandou suas respostas.

— Fomos à primeira pré-estreia do Michael.
O que significava, pelo menos, oito anos.
— Alguma coisa desde então?
— Vamos até a cabana no verão. Passamos o dia lá.
— Um ou dois dias? — Karen perguntou.
— A loja não funciona sozinha.
Rena serviu mais vinho na taça de Karen.
— Você parece o papai — ela disse à mãe. — A verdade, Karen, é que o meu pai não sai muito da cidade e trabalha mais do que qualquer pessoa que eu já conheci.

Karen ofereceu um sorriso, pegou a taça e se levantou para ir à sala.
— Foi o que eu pensei.
Armada com conhecimento, ela entrou no campo de batalha, pronta para lutar.

8

ZACH QUERIA MUITO BEBER UÍSQUE em vez de cerveja. A tensão na sala crescia a cada segundo. Joe sentou perto da janela e fez questão de olhar para fora, como se procurasse um motivo para fugir.

— Pode demorar três dias para gravar cinco minutos de filme, pai. — Mike estava tentando explicar ao pai seu horário de trabalho, mas Sawyer não estava ouvindo. Não que Zach pensasse que ele o faria. O pai só ouvia mesmo o que queria.

— Não me importo se leva um mês. Você devia ter vindo para casa antes.

— Eu não cheguei aonde cheguei sendo negligente — Mike retrucou.

A réplica de Sawyer estava na ponta da língua quando a porta da cozinha se abriu novamente.

Zach terminou a cerveja na esperança de que houvesse outra a caminho. O pai olhou para eles e fechou a boca.

— Não parem por minha causa — a voz de Karen deslizou sobre a pele de Zach. Ela se moveu calmamente até a beirada do sofá, do outro lado da sala onde Mike e o pai estavam. Ofereceu um sorriso a Joe, que desviou o olhar.

— Eu estava explicando ao meu filho como ficamos decepcionados por ele não ter arranjado tempo para a família. — Sawyer não pedia desculpas a ninguém.

Karen enrijeceu a coluna e cruzou as pernas antes de se inclinar no sofá.

— Eu achei que, de todas as pessoas, o senhor entenderia.

Zach piscou e olhou para o pai.

— O que você quer dizer com isso?

— Que o senhor trabalha muito.

Seus olhos se estreitaram.

— Eu vejo a minha família todos os dias.

— É claro, todos moram na mesma cidade.

— Morar em outro estado não é desculpa.

Mike levantou a mão no ar.

— Deixa pra lá, Karen. Ele nunca vai entender.

Ela tomou um gole de vinho. O único sinal de nervosismo era seu pé, que não parava de balançar. Zach se sentiu um pouco mais relaxado.

— Ah, não sei não, Michael. Acho que eu acabei de perceber a quem você puxou.

— O quê?

— A quem você puxou. Sr. Gardner, há quanto tempo o senhor é dono do próprio negócio?

— Há mais de trinta anos.

— O senhor deve ter se sacrificado muito em todos esses anos. — Os olhos de Karen não se desviavam dos de Sawyer.

Zach olhou para Joe, que estava mais perto de Karen do que qualquer um deles, enquanto a admiração surgia nas feições do cunhado.

— Pequenos sacrifícios são válidos por aquilo que vale a pena.

— Coisas como longas horas de trabalho, sem descanso aos fins de semana e sem férias?

Sawyer compreendeu e estreitou os olhos.

— O Michael trabalha demais, e na maior parte do tempo ele faz isso no trailer de um set de filmagem, muito longe da própria cama. Quando finalmente volta para casa, está exausto. Soa familiar?

Sawyer olhou para o filho.

— O Michael é como o senhor. Trabalha duro todos os dias, vai além dos próprios limites e, às vezes, se esquece da família. Mas estamos aqui agora. E eu apostaria que o senhor não arranjou tempo para passar com a gente.

Zach sabia que Sawyer planejava abrir a loja de manhã. Os sábados eram movimentados.

— Sou o dono da loja. Posso sair quando quiser.

Mike riu e perguntou:

— E quando foi a última vez que fez isso?

— Não me questione.

O sorriso permaneceu no rosto de Mike.

— Esse tom intimidante funcionava quando eu tinha dezessete anos, pai. Mas você está certo. Não preciso questionar. Já sei a resposta.

— O Michael cancelou todos os compromissos dele pelos próximos dez dias para passar um tempo com todos aqui. Ele me prometeu que não atenderia nenhum telefonema para garantir que esse encontro fosse proveitoso. Quantas horas o senhor vai estar disponível para ficar com ele? — Karen estabeleceu o desafio e se recostou no sofá.

Todos os olhos na sala se voltaram para Sawyer. Zach notou o punho do pai no braço da cadeira.

— Não sei se gosto de você.

— Pai! — Mike gritou.

— Não sei se gosto do senhor também, sr. Gardner. — Karen lançou um olhar fulminante para o sogro.

— Talvez a gente deva ir embora. — Mike baixou a cerveja e se levantou.

— Ah, nem vem! — Zach também se levantou. — Pai, você passou dos limites. Você sabe que a Karen tem razão, ou não estaria tão puto. — Colocou a mão no braço de Mike. — Se quiser, vocês podem ficar comigo.

— Só sobre o meu cadáver. — A mãe deles parou perto da porta da cozinha e olhou para o marido.

Rena e Tracey estavam ao lado de Janice, boquiabertas e de olhos arregalados.

Janice apontou o que parecia ser um descascador de batatas para Mike.

— Michael Gardner, sente-se. Você e a Karen não vão a lugar algum. — Virou o descascador para o marido. — Sawyer, quero dar uma palavra com você, por favor! — E saiu da sala em direção às escadas, esperando que o marido a seguisse. Zach não conseguia se lembrar da última vez em que a mãe obrigara o pai a sair da sala para conversar. Devia ter sido quando ele e Mike eram crianças.

Sawyer resmungou e seguiu Janice pelas escadas. Todos na sala se viraram para Karen.

— Você é bem corajosa — Rena disse.

Mike começou a rir. O som era contagiante e, por fim, Joe o seguiu e Zach também encontrou um sorriso no rosto.

Karen deu de ombros.

— O quê? Ele não me intimida. Eu sou a nora, alguém tem que me odiar.

— Você pode fazer o meu pai surtar, talvez, mas não te odiar por isso.

— O Mike tem razão. — Zach deu um tapinha nas costas do irmão. — Caramba, é bom ter você de volta.

Mike pegou sua cerveja.

— Bem, se eu não aparecer por aqui de novo nos próximos dez anos, já vai saber por quê.

— Não diga isso. — Rena apontou o dedo na direção de Mike. — Ele não é a única pessoa aqui que sentiu a sua falta. O papai só não sabe como dizer isso.

Zach notou que Mike e Karen trocavam olhares. Ambos pareciam reservados, e ele se perguntou o que Mike tinha dito a Karen antes de eles chegarem.

— O papai ainda deixa o uísque trancado? — Mike perguntou.

༺❦༻

Exausta, Karen se jogou na cama de casal e pousou o braço nos olhos.

— Isso foi doloroso.

— Não diga que eu não avisei.

Sawyer Gardner aperfeiçoou a tática do silêncio e a usou na maior parte da noite. Ele a encarava a todo instante e desafiava Michael como se fossem inimigos em um campo de batalha.

— Agora eu sei por que você foi embora. Ele sempre foi assim tão... cruel?

Michael balançou a cabeça.

— Parece que ele reserva esse lado para mim. E só depois que eu fui embora.

Karen tirou o braço dos olhos e o observou caminhar pelo pequeno quarto enquanto tirava a camisa de dentro da calça e a desabotoava.

— Acho que a Rena resumiu bem a situação. Ele não sabe dizer o que está sentindo.

— Ele me disse exatamente como se sente. Não respeita o meu trabalho, pensa que o fato de nos casarmos do jeito que fizemos é uma piada e não está feliz por não termos vindo antes. — Ele se sentou na beirada da cama e tirou os sapatos.

— Sabe o que eu acho?

— O quê?

— Acho que ele está puto por você não morar em Hilton e não estar trabalhando duro para agradá-lo. — No entanto, algo lhe dizia que Michael estava sim tentando agradar ao pai, ou pelo menos ganhar o seu respeito sendo bem-sucedido na profissão que havia escolhido. O que seria necessário para Sawyer se orgulhar do filho pelo que ele era?

— Eu não sinto falta dele. Mas sinto saudade de todos os outros. A Hannah já é praticamente uma mulher, e eu perdi a maior parte do crescimento dela.

Karen sentou e acariciou as costas de Michael.

— Ninguém pode esperar que os filhos fiquem perto de casa a vida inteira. Não se culpe.

Ele se levantou, pegou a mala e a colocou na cadeira antes de abri-la.

— Gostaria que as coisas ficassem mais fáceis com ele.

— Você me disse que levaria alguns dias para ele ficar mais maleável.

— Ele nunca foi tão frio.

A última coisa que Karen queria era que o relacionamento de Michael com sua família piorasse por causa da visita.

— Se ele não ceder em alguns dias, podemos dar uma desculpa e ir embora.

Ele pegou a escova de dentes e apontou para ela.

— Combinado.

— A que horas o seu irmão vai vir amanhã? — Zach queria mostrar a Michael a obra em que estava trabalhando na cidade vizinha. Na verdade, Karen achou que ele queria tirar o irmão de casa bem cedo, para ele não precisar bater de frente com o pai mais uma vez.

— Sete e meia.

Ela levantou e imitou Michael, pegando o nécessaire e o pijama.

— Me acorde antes de entrar no banho. Acho que vou aproveitar o ar puro do campo e correr um pouco. Pode ajudar a aliviar o estresse do dia.

Ele olhou para a pequena cama que iriam compartilhar.

— Acho que você não vai ter que se preocupar em perder a hora. Esse colchão é o mesmo em que eu dormia quando morava aqui.

Karen deu umas palmadinhas no colchão. Não havia uma mola firme, o que significava que sentiriam cada movimento que o outro fizesse.

Seriam dez longos dias, se Sawyer resolvesse melhorar seu humor.

Dormir ao lado de Michael era como deitar ao lado de uma amiga em uma festa do pijama na adolescência. Karen não sentiu vergonha de puxar as cobertas quando ele se virou segurando-as com força, ou de cutucar seu ombro para mandá-lo parar de roncar.

Ela desistiu de dormir pouco depois das seis e meia, saiu do quarto e foi para o banheiro do corredor vestir um top e um short de corrida. Escovou os dentes e prendeu os cabelos em um rabo de cavalo desajeitado, saiu do banheiro e encontrou Judy esperando do lado de fora.

— Bom dia — Karen esboçou um sorriso tímido. Quando foi a última vez em que teve alguém em casa esperando para usar o banheiro? Ela não conseguia lembrar.

Judy lhe deu uma olhada rápida.

— Vai correr?

Karen assentiu.

— Pensei em aproveitar o ar puro.

Os lábios grossos de Judy, ligeiramente diferentes dos demais membros da família Gardner, se abriram em um sorriso. Ela tinha olhos castanho-claros, que contrastavam com o cabelo escuro. Karen pensou mais uma vez que a família toda era realmente linda.

— Se incomoda se eu for com você? — ela perguntou.

— Você corre?

— Não tenho certeza se o que faço é correr. Mas estou tentando evitar que a minha bunda fique ainda maior do que no primeiro ano da faculdade.

— Você não está indo para o último ano? — Karen podia jurar que Michael dissera que Judy tinha acabado de fazer vinte e dois anos. Ou talvez tenha sido Zach.

— Estou. Mas os sete quilos que ganhei no primeiro ano têm que ser queimados a cada verão.

Ela se lembrava dos dias em que a faculdade, os estudos e a permissão de beber cerveja legalmente pela primeira vez mantinham os quilos extras.

— Nos encontramos lá embaixo em cinco minutos? — Karen perguntou.

— Combinado.

Cinco minutos depois, as duas partiram em uma corrida lenta e continuaram conversando. A manhã ainda estava fresca, mas Karen podia jurar que seria um daqueles dias em que o calor se apossava de você de uma hora para outra.

— Você costuma correr todos os dias? — Judy perguntou.

— Eu tento. A rua da casa do Michael não é tão segura para andar a pé. Tenho uma amiga em Malibu e nos encontramos algumas vezes por semana. Às vezes eu pego as crianças do clube para correrem comigo depois da escola. E você?

Judy tinha colocado um boné da moda na cabeça e prendido os cabelos para trás. Olhou por debaixo da aba e lançou um olhar estranho para Karen, que imediatamente percebeu que havia se referido à casa de Michael como *dele*, não *deles*. Felizmente, Judy não comentou nada.

— No ano passado montamos um clube de corrida na faculdade. Mas só deu certo por algumas semanas, depois todo mundo começou a encontrar uma desculpa para dormir até mais tarde.

— Bem, se isso te faz sentir melhor, não parece que você precisa perder sete quilos. — Não parecia mesmo. O rosto de Judy parecia um pouco cheio, mas Karen não sabia se era algo recente, já que tinha acabado de conhecê-la.

— Eu sempre tive uns quilinhos a mais do que gostaria. Queria ter ficado com a altura da Hannah.

Hannah havia puxado ao pai. Tinha pelo menos um metro e setenta e cinco e talvez crescesse mais um pouco. Karen entendia a admiração de Judy pela irmã caçula. Hannah tinha o perfil ideal para posar e desfilar. As pernas compridas e o corpo esbelto se encaixariam perfeitamente no mundo de Michael.

— Existem vantagens em ser mais baixa que a sua irmã — Karen disse.

— Ah, é? E quais seriam?

Elas dobraram a esquina e se depararam com casas de um lado e pastos do outro. Algumas vacas pastavam por ali, mas não próximo o suficiente para encher o ar com o cheiro de estrume, o que era uma bênção para os proprietários das casas.

— Os seus namorados quase sempre são mais altos que você. Você pode usar salto sem parecer uma amazona, e pode comprar jeans sem se preocupar se vai ficar curto.

Judy suspirou.

— Pelo visto você pensou bastante nisso.

Karen balançou a mão entre elas.

— Eu não sou muito mais alta que você. E tive alguns anos a mais para me acostumar com as vantagens de ser baixinha.

— Quantos anos você tem?
— Vinte e sete. — Seus músculos finalmente estavam começando a se aquecer. — Quer aumentar o ritmo ou está bom assim?
— Posso forçar um pouco mais.
Elas aceleraram.
— O que você está estudando?
— Comecei fazendo administração. — Algo melancólico no tom de Judy fez Karen se virar para olhá-la.
— E agora?
— Continuo em administração. — Judy parecia deprimida, e Karen ficou confusa.
— Mas não é o que você quer.
A moça lhe deu um olhar rápido e um sorriso ainda mais rápido.
— Não, não é isso... Eu posso trabalhar com administração.
Karen percebeu que a verdade não sairia de Judy espontaneamente, não sem algum incentivo.
— Quais são as suas eletivas?
— As minhas eletivas? — Judy parecia perdida em pensamentos.
— É, as aulas que não têm nada a ver com administração, mas que você precisa fazer para completar o currículo.
— Ah, essas. Design — ela disse sem hesitação.
— Design de interiores, de moda ou gráfico?
— Design arquitetônico, na verdade.
Karen não tinha previsto aquilo, mas as comportas estavam abertas agora, e Judy se animou para falar sobre sua paixão.
— Eu sou fascinada com projeto de edifícios. Como os arquitetos tomam decisões sobre o design com base nos materiais que vão utilizar, por que algumas casas são construídas como se fizessem parte da paisagem e outras estão ali para dar um contraste... Você já foi ao Walt Disney Concert Hall?
Elas aceleraram o ritmo ainda mais enquanto Judy falava.
— Não.
— Sério? Você mora lá perto. — Suspirou. — É incrível.
— Você já foi?
Ela balançou a cabeça.
— Não. Quando fomos a LA para a pré-estreia do Michael, eu ainda não me interessava por arquitetura. Meu pai e o Zach trabalham na área da cons-

trução, e nunca achei que houvesse muito mais envolvido nisso além de madeira e concreto. — Ela respirou fundo e continuou: — Crescer em Hilton, onde o prédio mais alto é o cinema e a coisa mais próxima do conceito de design arquitetônico é quando o time de futebol cobre com papel higiênico a casa do quarterback na noite anterior ao primeiro jogo, não deixa muito lugar para a imaginação.

Karen deu uma risadinha.

— Não acho que cobrir a casa de alguém com papel higiênico possa ser considerado design.

— Só a enormidade do esforço já é digna de um espaço numa revista — Judy brincou.

Elas passaram pelas casas além da Main Street.

— Por que você não estuda arquitetura?

Judy olhou para Karen como se ela estivesse louca.

— O que eu vou fazer com um diploma desses em Hilton?

— Quem disse que você tem que ficar em Hilton? — Mesmo enquanto as palavras saíam da boca de Karen, ela sabia a resposta. *Sawyer*.

— B-bem... Eu só...

Obviamente, ela havia alarmado a garota com suas perguntas.

— A faculdade deve abrir a sua mente para as várias possibilidades que existem na vida, e não fechá-la em um arquivo do que outra pessoa quer que você seja. — Sawyer amaria Karen por esse conselho, mas ela seria negligente se não o desse. — É a sua vida, Judy. Você tem uma escolha. Não deixe ninguém te dizer como viver.

Elas correram em silêncio por um tempo, o que foi ótimo, já que o trecho a seguir era um leve declive, e Karen estava respirando muito mais rápido do que quando haviam começado.

Depois de mais alguns quarteirões, ela perguntou:

— Então, temos um destino ou vamos correr até a Califórnia?

Judy riu.

— Não. Eu corro até o celeiro dos Beacon e depois volto. São quase sete quilômetros, ida e volta.

Geralmente Karen corria cinco quilômetros, mas dois a mais não era algo impossível.

— Acho que nenhum carro passou pela gente.

— Trânsito aqui é quando dois carros param no semáforo.

— É muito calmo. Não sei se eu aguentaria morar aqui.

— A minha mãe jura que é o melhor lugar para criar os filhos.

Karen olhou para ela.

— Foi um bom lugar para crescer?

— Sim. Não posso reclamar. É bom voltar para visitar.

Karen notou um "mas" oculto em suas palavras.

— Mas?

— Não estou pronta para casar e ter filhos.

— Claro que não. Você ainda nem terminou a faculdade.

— Mas o meu pai espera que eu volte e ajude nos negócios quando eu terminar.

Quanto mais Karen ouvia sobre Sawyer Gardner, menos gostava dele e de sua mania de querer definir o futuro dos filhos sem lhes dar chance de opinar.

— Me deixe adivinhar... Essa ideia te apavora.

Judy soltou uma risada estrangulada.

— Mais me sufoca.

— Você devia conversar com o seu irmão. A vida é muito mais gratificante quando se vive para si do que para outra pessoa.

A garota olhou para Karen, os lábios comprimidos em uma linha fina.

— Você é profunda.

— Que nada. Sou tão superficial quanto posso — ela brincou.

Judy desacelerou o passo e voltou. Karen olhou para o descampado e a seguiu.

— Pensei que íamos até o celeiro dos Beacon...

Ela acenou com a mão no ar.

— Ah, o celeiro queimou há mais de dez anos.

— Então por que você ainda chama de celeiro dos Beacon, se não existe mais?

— É uma cidade pequena, Karen. Cada rua, cada celeiro queimado, cada pedacinho desta cidade está ligado a alguma lembrança do passado que ninguém nunca vai esquecer. O banco do lado de fora do posto do xerife é o mesmo onde Millie Daniels disse ao pai que estava grávida antes de entrar em um ônibus e nunca mais voltar. Todo mundo chama de banco da Millie.

— Pobre Millie Daniels. Há quanto tempo foi isso?

— Há seis anos. — Judy correu por um tempo sem falar. As duas diminuíram o ritmo, facilitando a conversa. — Existe um poste de luz onde Steven Ratchet foi pego colocando os bofes para fora depois de uma noite inteira de farra.

— Isso acontece muito por aqui? Parece que cidades pequenas atraem menores para a bebida tanto quanto qualquer outro lugar.

— O Steven vem de uma longa linhagem de mórmons. Beber está lado a lado com transar antes do casamento aos olhos da igreja. O coitado não conseguiu esconder o porre por aqui.

— Vomitar em público é bem difícil de esconder.

— Especialmente quando metade da cidade é mórmon e a outra metade é rápida para apontar quem são os "bons" e os "maus" mórmons.

Karen enxugou a testa com o braço. Estava suando quando atravessaram a Main Street pela segunda vez.

— O que você quer dizer com "bons" e "maus"?

Judy sorriu.

— Como você distingue um bom mórmon de um mau?

— Isso até parece piada.

— Você pergunta se ele bebe café quente ou frio. Os mórmons não ingerem cafeína, ou pelo menos assim são ensinados. Maus mórmons tomam café, e os bons tomam refrigerante. A maioria das crianças com quem eu cresci não ligava para isso e bebia o que quisesse. O Steven contrariou a família a maior parte da vida. Saiu da cidade no dia em que completou dezoito anos.

Karen franziu o cenho.

— Para onde ele foi?

— Acho que para Las Vegas.

Karen não pôde deixar de se encolher. Um rapaz de dezoito anos em Vegas era errado em muitos aspectos.

— Ah, não se preocupe. Ele voltou para casa. Só levou alguns anos. Ele tem uma esposa e três filhos agora.

A notícia fez Karen se sentir melhor.

— Isso é que é meio louco nesta cidade. Parece que muita gente foge, mas acaba voltando quando constitui a própria família.

Karen pensou em Michael, que nunca faria isso.

Elas viraram na rua dos Gardner quando Zach estava saindo da entrada da casa, com Michael no banco do carona.

Karen ignorou o suor que escorria pela camiseta e a forma como algumas mechas de cabelo caíam do rabo de cavalo quando os dois pararam ao lado delas e abriram os vidros da janela.

— Aproveitou a corrida? — Michael perguntou, vestido de forma mais casual do que Karen podia lembrar. Ele estava de camiseta velha e jeans desbotado. Ela se inclinou sobre o carro e olhou para dentro. Zach acenou e rapidamente desviou os olhos para Judy.

— Não sei nem o que fazer com tanto ar puro.

Ele riu.

— Me ligue se precisar de alguma coisa.

Judy entrelaçou o braço no de Karen como se fossem velhas amigas. Depois da corrida, Karen teve de admitir que conhecia a irmã de Michael e Zach muito melhor.

— Vamos cuidar dela, Mikey. Vamos levar a Karen no Petra's hoje, depois desfilar com ela pela cidade inteira.

— Vão? — Karen olhou intrigada para Judy.

— Sim, temos que te preparar para o desfile.

O sorriso no rosto de Karen se desfez.

— Desfile?

A garota virou o rosto para Michael.

— Você não contou para ela?

Ele se contorceu no assento.

— Você e a mamãe podem dar os detalhes. Estamos atrasados... certo, Zach?

Karen sentiu o olhar de Zach antes de confirmar que ele estava olhando para ela. Ela afastou a camiseta suada para longe do corpo.

— Sim, temos que ir. Até mais tarde, meninas. — Zach arrancou com o carro.

Karen ficou olhando os dois se afastarem, depois virou para Judy.

— Que desfile é esse?

9

— COMO FOI DEPOIS QUE todos foram embora? — Zach perguntou a Mike enquanto deixavam Karen e sua camiseta que mais parecia uma segunda pele. Ele realmente precisava se livrar dessa atração ridícula que sentia pela esposa do irmão. Ele tinha namorada, pelo amor de Deus. Havia sugerido a Tracey que voltasse para sua casa na noite anterior, em vez de ficar na casa dele, argumentando que talvez Mike e Karen aparecessem para dormir lá e que ele não queria complicar as coisas. A desculpa era esfarrapada, mas funcionou. Ele estava namorando Tracey havia quase seis meses. Ela morava em Monroe, a cidade vizinha, mas quase todos a conheciam em Hilton, antes do início do namoro.

Eles se davam bem, gostavam dos mesmos filmes e riam das mesmas piadas. No entanto, nenhum dos dois tinha sugerido morarem juntos ou dar o próximo passo na relação. Ele se importava com ela, mas não havia aquela química que se acendia apenas com um olhar.

Certa vez, sua mãe lhe perguntou se ele se via casado com Tracey no futuro. Ele não tinha pensado em ficar com ela para sempre. Em algum lugar do seu subconsciente, uma vozinha continuava fazendo aquela mesma pergunta: *É isso? Esse é o tipo de relacionamento que as pessoas buscam a vida inteira e não conseguem se imaginar sem?*

Zach sabia que sua vida não estava no rumo certo. Acordou uma hora antes do que havia planejado e ficou olhando para o teto do quarto. Ficou ali, contemplando a vida, como se fosse a merda de um poeta ou algo assim. Aos trinta e um anos, ele tinha a rotina de um homem muito mais velho. Ia trabalhar todos os dias no mesmo horário, fazia sempre os mesmos trajetos e tirava férias previsíveis com as mesmas pessoas, ano após ano. Desde que voltara da Califórnia, sentia que não era o mesmo. Viajar sozinho pelo deserto em cima de uma moto foi o suficiente para que o momento James Dean o lembrasse dos dias em que ele era jovem e tinha o mundo inteiro à sua frente.

Agora ele estava levando Mike para visitar sua última obra, tanto para mostrar suas realizações quanto para aliviar o irmão da pressão da casa dos pais.

— O papai foi deitar cedo — disse Mike, respondendo à pergunta. — A mamãe tentou ajudar a Karen a entendê-lo.

Zach deu uma risada apática.

— Nós vivemos com ele a vida toda e mal entendemos o homem. Eu não espero que a Karen compreenda o grande e poderoso Sawyer Gardner.

O olhar de Mike viajou até Zach na caminhonete.

— Eu sempre achei que você entendia o papai mais que qualquer um de nós.

— Só porque eu trabalhei mais tempo com ele, não significa que o entendo.

— A Karen sacou o papai. Ela tem um jeito de descobrir por que as pessoas se comportam dessa ou daquela maneira. E, quando pressionada, não tem medo de pressionar de volta, usando o que for preciso para que ela tenha um momento de clareza.

Zach notara isso a respeito dela. Ele se sentiu estranhamente orgulhoso quando ela disse ao pai deles que não tinha certeza se gostava dele também. Rena tinha razão, Karen era corajosa. Zach ouvia a admiração na voz de Mike quando ele falava sobre a esposa. Sua esposa sexy, inteligente e corajosa.

Ele odiava aquele sentimento que o fazia reconhecer as raízes profundas da inveja quando se tratava do irmão. Jamais se ressentira de Mike por causa da fama ou do sucesso. Ele sabia que o irmão trabalhava muito, e Karen estava certa: ele agia assim porque tinha o exemplo dentro de casa. Os dois tinham aprendido com o pai a ter uma ética dura no trabalho, o que não era uma característica ruim, a menos que isso os impedisse de aproveitar a vida.

— O papai podia ter tido um momento de clareza bem antes — Zach disse ao pegar a estrada em direção à cidade vizinha.

— Ele ainda insiste em ficar na loja de ferragens como se fosse o único que pode administrá-la?

— A mamãe o obriga a ir para casa almoçar quase todos os dias, mas, sim, ele acha que precisa abrir e fechar a loja. Monroe está crescendo, rendendo mais negócios. Ele não pode competir com as grandes lojas. Os construtores encomendam em St. George e os pedidos são entregues.

— A loja nunca rendeu rios de dinheiro.

— É mais um meio de sobrevivência — Zach concordou.

Mike olhou pela janela quando Zach saiu da rodovia após alguns poucos quilômetros de onde eles tinham entrado.

— Eu tentei dar dinheiro para eles. — Mike soltou um suspiro. — O papai não aceitou.

Zach pensou por um instante.

— Ele tem dificuldade até de aceitar que eu pague o almoço. A melhor forma de contornar isso é dar presentes.

— Não acho que ele dirigiria a McLaren.

Os dois riram com o pensamento.

— Você pode dar um pouco de dinheiro para a Judy. Ela está sempre pedindo mais para a faculdade. E a Hannah vai embora daqui a um ano. Pagar os estudos de todos nós na faculdade deve ter sido um golpe na aposentadoria deles.

— A Hannah sabe para onde quer ir?

— Ela está pensando no Colorado. A Judy quer que ela vá para Washington.

— Mas a Judy vai se formar no ano que vem.

— Talvez.

— Ela está atrasada nas matérias?

— Não. Não é isso. Acho que ela está considerando mudar de curso.

— Para quê?

Zach deu de ombros.

— Não tenho certeza. A última vez que conversamos, ela disse que não estava animada para trabalhar na área de administração depois da faculdade. A ideia de voltar para Hilton para trabalhar com o papai a deixa deprimida.

Mike olhou para Zach.

— O que você disse a ela?

— Disse para ela aproveitar o próximo ano para estudar o que realmente gosta, e dane-se o que o papai pensa.

— Sério?

Zach se irritou quando soube que Judy estava com medo e vivia a vida como se ainda tivesse quinze anos e precisasse da aprovação dos pais para namorar um cara. Se algum deles entendia o que era se sentir preso por obrigações familiares, esse alguém era ele.

— Por que você não seguiu o seu próprio conselho? — Mike perguntou calmamente.

A pergunta deixou Zach tenso.

— O que te faz pensar que eu não segui? — Ele não conseguiu afastar o tom defensivo das palavras. — Ter uma licença de empreiteiro pode me levar a qualquer lugar.

— E mesmo assim você continua em Hilton.

Em vez de defender a razão pela qual permanecia na cidade, Zach decidiu ser honesto com o irmão.

— Estou pensando em me mudar. — Enquanto as palavras escapavam da boca de Zach, ele percebeu como gostava da ideia.

Um sorriso aberto se espalhou no rosto de Mike.

Hannah e Judy arrastaram Karen pela cidade e a apresentaram a quase todo mundo, ou algo próximo disso, Karen pensou. Sua mente vibrou com nomes e rostos... nenhum dos quais ela se lembrava, passado um tempo. Aparentemente, Sawyer Gardner tinha uma irmã que morava em Monroe e ela também tinha um monte de filhos. Parecia que todos que Karen conhecia eram parentes de alguém.

Elas estavam a caminho do Petra's, um dos dois salões de cabeleireiros da cidade. A curta caminhada pela Main Street trouxe muitos rostos novos. "Você conhece a esposa do Mike?... Esta é a mulher do Mike... O Mike se casou no ano passado, esta é a esposa dele..."

Karen tinha certeza de que ninguém na cidade a conheceria pelo nome. Ninguém ali chamava seu marido de Michael, assim como ninguém em Hollywood o chamava de Mike. Ocasionalmente, Hannah o chamava pelo apelido Mikey. O nome trouxe um sorriso ao rosto de Michael na noite anterior.

Depois de várias apresentações, Karen se inclinou para Judy e perguntou em um sussurro:

— O que há com esse corte de cabelo? — Todas as mulheres das quais elas tinham se aproximado usavam um corte de cabelo estilo chanel, com a parte da frente mais longa e a nuca bem curta. O estilo fora popular há uma década ou mais, mas poucas mulheres continuavam usando. Para Karen, parecia que o profissional tinha errado o corte, e ela estava feliz em ver que os cabeleireiros estavam fazendo coisas diferentes hoje em dia. Não que ela se ligasse nas novas tendências de cortes de cabelo. Ela mantinha os seus na altura dos ombros, para prendê-los com facilidade em um coque ou rabo de cavalo.

— É horrível, não é? — Judy riu, e elas tentaram não rir ainda mais quando outra mulher com o corte terrível passou. — A Brianna é a outra cabeleireira da cidade. Ela voltou de um desfile em Salt Lake, em março, e disse a todas as clientes que esse era o "novo visual" do ano.

Hannah entrou na conversa.

— É melhor que o permanente que ela fez em todas as mulheres da cidade no ano passado.

Karen não tinha tanta certeza.

— Acho que vocês não costumam frequentar o salão da Brianna.

Elas pareceram horrorizadas.

— Jamais. A Petra corta tão rápido quanto fala, mas nunca faz um corte que te faça parecer idiota. — Hannah insistiu.

— E ela também não fica fofocando — Judy acrescentou.

— Mas a fofoca não é o passatempo favorito em uma cidade pequena? — Karen perguntou. Assim como os bares, os salões de beleza são conhecidos por possibilitar que os clientes descarreguem o lixo emocional. Deve ter algo a ver com sentar em uma cadeira e não se mexer por horas a fio. Só assim para desabafar todos os problemas com um estranho.

— Sim, é o *único* passatempo em uma cidade pequena — Judy respondeu.

— A menos que você saiba fazer tricô.

O salão de Petra exalava o cheiro familiar de xampu e produtos químicos para cabelos. Não havia um salão de cabeleireiro no mundo que não tivesse o mesmo odor característico. Hospitais e salões — pelo cheiro, você sempre sabe onde está, mesmo que seja cego ou esteja em um país diferente.

Como em quase qualquer salão pequeno, havia duas bancadas com cadeiras giratórias. Em um canto havia um lavatório, onde as clientes se recostavam na posição mais desconfortável possível.

— Ah, que bom, você não se atrasou. — A mulher que Karen imaginou ser Petra acenou sobre a cabeça de uma garota sentada na cadeira. — Achei que não viria, já que está mostrando a cidade para a mulher do Mike.

— Eu disse duas horas — Hannah falou. — Oi, Becky. — Ela acenou para a menina na cadeira, que parecia ter a idade de Hannah. Os cabelos macios e castanhos estavam secos e flutuavam ao redor do rosto como uma nuvem.

— Oi, Hannah. Oi, Judy. Voltou para o verão? — Becky perguntou.

— Não consegui escapar — Judy disse à menina. — Petra, Becky, esta é a Karen, mulher do Mike.

Karen acenou para elas.

— Oi.

Hannah se aproximou da amiga e levantou uma mecha de cabelo.

— Gostei do toque de cor.

Becky corou com o elogio e se olhou no espelho.

— Eu também gostei.

— Gostou? — Petra perguntou com uma risada. — É perfeito para você. Veja como os seus olhos brilham.

Hannah riu, mostrando sua idade.

— Tem certeza que não foi o Nolan que colocou esse brilho nos seus olhos?

Petra tirou o avental de plástico dos ombros de Becky, que impedia que mechas de cabelo grudassem em suas roupas.

— Você está namorando o Nolan Parker? — Judy perguntou com interesse.

A menina levantou e seus olhos deslizaram para o chão. Hannah deu um empurrão de brincadeira no braço dela.

— Ele levou a Becky ao baile.

Enquanto as garotas conversavam e riam sobre o que era, claramente, um assunto excitante, Karen se sentou e observou, como fazia muitas vezes quando estava no clube. Ela aprendia muito sobre as crianças quando as observava interagindo. Havia sempre uma hierarquia entre os adolescentes. As meninas populares tendiam a liderar o grupo e as conversas. Nesse trio, parecia que Hannah tinha vantagem em relação a Becky, mas, obviamente, Judy era uma rival. Provavelmente por causa da idade.

Quando Becky levantou da cadeira, se inclinou para pegar uma presilha de cabelo que caíra. Assim que fez isso, a camiseta dela se ergueu e uma marca vermelha feia apareceu por baixo. Ela rapidamente puxou a camiseta quando ficou de pé.

Karen desviou o olhar para as meninas, que não pareceram notar, e para Petra, que tinha percebido a marca também.

— Não acredito que os seus pais deixam você namorar o Nolan.

O sorriso tímido de Becky se desfez.

— O meu pai não gosta dele.

— Porque ele não é mórmon?

Becky deu de ombros.

Karen sentiu o estômago apertar. *Até que ponto o pai não gosta do Nolan?*

— Que bobagem — Judy disse. — O Nolan é um bom garoto. O melhor empregado que o meu pai já teve.

Petra andou pelo salão e ficou ouvindo em silêncio, algo que pareceu estranho para Karen. *A Judy não disse que a Petra falava à beça?* Parecia que ela estava ouvindo bastante.

Inconscientemente, Becky colocou a mão no abdome e ofereceu um sorriso tímido.

— O meu pai não vai gostar de ninguém que eu namore.

— Pais são assim.

— Quem é a primeira? — Petra perguntou enquanto a conversa começava a morrer.

Judy deu um passo à frente.

— Eu. Não encontro ninguém em Washington que faça o meu cabelo direito.

Karen se sentou numa cadeira e pegou uma daquelas revistas de fofocas que sempre ficam jogadas nos porta-revistas dos salões. Entre aquelas e as dedicadas a penteados, os salões de beleza são conhecidos por oferecer material para no máximo dez minutos de leitura. Embora ela fingisse ler as últimas fofocas de Hollywood, observava Becky de canto de olho. A garota esfregou a barriga várias vezes, e, quando pegou a bolsa, Karen notou outra marca em seu braço.

Ver a menina sair do salão matou Karen. Os alarmes soavam em sua cabeça alto o bastante para impedir que ela ouvisse o que Judy e Hannah estavam falando assim que Becky se foi.

— O Nolan, sério? — Judy perguntou a Hannah depois que Becky foi embora.

— Alguém pegou ele beijando a Becky depois do jogo de boas-vindas. Depois disso, eles estavam sempre de mãos dadas nos corredores da escola.

— Aposto que o pai dela está chateado.

Hannah praticamente desabou na cadeira ao lado de Karen.

— É possível. Ela ficou bem mais sociável desde que começou a ficar com o Nolan. Ele faz bem para ela.

Mais sociável? Becky parecia muito tímida.

— Ele sempre dizia que ia embora dessa cidade de merda quando se formasse, mas não fez isso. Acho que foi por causa da Becky. — Hannah se virou para Karen e explicou: — O Nolan se formou este ano.

— Ah.

— Aposto que eles vão fugir juntos depois que a Becky terminar o colégio.

Judy se reclinou na cadeira do lavatório.

— Você e a Becky são muito amigas? — Petra perguntou.

— Somos amigas desde a terceira série. Mas não saímos muito. — Novamente, Hannah virou para Karen para explicar: — A família dela é mórmon, e eles não gostam quando a Becky anda com pessoas que não são.

— Do jeito que você fala, parece uma seita — Judy reclamou.

— Mas é verdade. Você já foi convidada para alguma festa do pijama dos seus amigos mórmons?

Judy não respondeu.

— Exatamente. Eu e a Becky ficamos juntas na escola.

— E ela está namorando um dos funcionários do seu pai? — Karen perguntou enquanto folheava as páginas da revista *People*.

— Nolan Parker. Ele é um gato. A Becky quase morreu quando ele começou a paquerar com ela na aula de química. Eles foram o assunto principal na escola durante o ano todo.

O desejo de descobrir mais sobre Nolan Parker e a família de Becky a atraía. Karen tinha visto sua parcela de adolescentes assustadas. Embora Becky não estivesse chorando nem visivelmente assustada, havia alguns indícios inconfundíveis de que ela estava passando por algum tipo de problema. Meninas normalmente alisam a barriga por dois motivos, e Becky não pareceu doente para Karen.

— Ah, meu Deus, é você. — Hannah pegou a revista do colo de Karen e a virou para Judy e Petra. — E esses são o Mike e o Zach. Uau, que legal!

— Me deixe ver isso.

A revista tinha uma foto dela entre os irmãos Gardner na noite da festa de aniversário de casamento. Michael estava olhando para a câmera, Zach tinha a mão no braço dela, e eles olhavam um para o outro. Os pelos nos braços de Karen se arrepiaram. Eles estavam bem juntos.

— Deve ser legal sair em revistas como esta.

Karen esfregou a testa.

— Não é tudo isso. Os seus irmãos tiveram que correr atrás desse cara no pátio da casa do Michael.

Hannah lhe lançou um olhar intrigado.

— No pátio da *sua* casa?

— Não foi isso que eu disse?

— Não. Você disse "o pátio da casa do Michael".

Karen engoliu em seco.

— Ah, você entendeu.

Hannah mirou a revista novamente, dessa vez perguntando quem Karen tinha encontrado nas páginas.

Petra voltou a ficar em silêncio. Só que agora ficou olhando para Karen.

Droga.

10

APARENTEMENTE, PETRA PASSOU DO MODO "coleta furtiva de informações" para "eu sou a rainha deste salão e você vai fazer o que eu digo".

A cabeleireira era alemã e se mudou para os Estados Unidos depois de conhecer e se casar com um militar. Como Karen descobriu após uma explicação breve e *precisa*, o marido de Petra teve um problema estomacal e acabou no hospital dos veteranos pouco depois de ela ter dado à luz. O problema acabou se revelando um câncer, e ele morreu seis meses após o diagnóstico.

— Então, o que eu podia fazer?

Antes que Karen respondesse, Petra continuou:

— A família do Richard estava aqui, e eles queriam me ajudar com o Alec. O meu inglês não era muito bom naquela época.

— Naquela época?

— Já faz dezoito anos.

— Nossa, que triste.

— Foi horrível, mas eu sobrevivi. O Alec era terrível na adolescência. Tão selvagem, o meu menino.

Agora Karen reconhecia a mulher de fala rápida que Judy e Hannah descreveram. Com os cabelos de Hannah em uma mão e a tesoura na outra, ela cortava, apontava para o espelho e penteava. Parecia que tinha três mãos.

Judy se sentou de lado com seu novo corte, embora Karen fosse capaz de apostar que era idêntico ao antigo, apenas mais curto.

Aparentemente feliz com o resultado, Petra jogou a tesoura de lado, pegou o mousse e pulverizou a espuma branca na palma da mão antes de espalhá-la nos cabelos de Hannah.

— O Alec não era tão ruim assim — Judy disse, atrás da revista.

— Para uma mãe solteira, ele era terrível. Ficava fora até tarde sem avisar. Eu quase enfartei quando ele me disse que queria ir embora da cidade sem terminar o colegial.

— Ele se formou? — Karen perguntou.

— Não. Se mudou para a Flórida.

— E deu certo?

Petra ligou o secador e pegou uma escova, e então praticamente gritou:

— Ele está bem agora. Fez supletivo e se juntou à guarda costeira. Eu o visito uma ou duas vezes por ano, em Key West.

— Viu? Eu disse que ele não era tão ruim. É esta cidade. Faz você querer ir embora antes que as pessoas digam que está tudo bem.

Judy tinha um bom argumento.

Em poucos minutos, Petra tirou o avental dos ombros de Hannah e disse a Karen:

— Sua vez.

— Eu não preciso cortar o cabelo — ela protestou.

Petra se deteve por um instante e inclinou a cabeça.

— Eu vi fotos suas durante meses. Todos que vêm aqui querem ver as fotos do Mike e da esposa. Toda vez seu cabelo está preso, como agora, ou simplesmente escorrido na cabeça.

— Não gosto de nada muito diferente.

Petra fez um estalido com a língua e apontou para o lavatório.

— Confie em mim.

Judy levantou a sobrancelha.

— É melhor obedecer. Ela é implacável.

— É só cabelo — Hannah disse. — Cresce de novo.

— Não vou fazer nada que demore mais do que cinco minutos para arrumar. Aposto que você tem dor de cabeça pelo menos uma vez por semana.

Karen caminhou em direção a Petra.

— Tenho mesmo. É estresse.

— Não. É o elástico. Toda essa pressão no seu couro cabeludo dá dor de cabeça.

Karen deixou Petra lavar seus cabelos e observou como a mulher penteava as camadas e passava os dedos pelas pontas enquanto pensava.

— Mais curto. Com algumas camadas mais longas ao redor do rosto. Isso!

Vinte minutos depois, Karen deixou o salão com a sensação de que estava uns três quilos mais leve. Não que seus cabelos estivessem muito compridos, mas com o estilo mais curto e mousse na medida certa, Petra mudou sua aparência.

— Gostei. — Hannah brincou com as pontas do cabelo de Karen e sorriu.
— Ela é boa.

Uma caminhonete familiar estava estacionada no lado oposto da rua. Karen olhou e viu o letreiro "Loja de Ferragens" afixado na parte mais alta do prédio.

— É a loja do seu pai?

— É. — Hannah segurou sua mão e a puxou. — Vamos lá. Vamos mostrar para o Zach o seu novo visual.

Isso mesmo, era a caminhonete de Zach, em que ele e Michael saíram naquela manhã. Embora a rua estivesse vazia, era estranho para Karen andar pelo meio dela sem sentir que um carro viraria a esquina a qualquer momento. A energia interminável de Hannah pesava sobre ela à medida que o dia passava.

Elas entraram na loja e o sino no alto da porta tocou.

Assim como salões de cabeleireiros, lojas de ferragens também tinham cheiros familiares. O trabalho da vida de Sawyer estava disposto em corredores cheios de prateleiras, onde havia caixas com tudo o que uma casa poderia precisar. As filas estreitas de mercadorias tinham dois metros e meio de altura e ocupavam todo o espaço do galpão. Na frente da loja, havia uma caixa registradora sem nenhum operador.

— Pai? — Judy chamou quando a porta se fechou atrás delas.

— Ele não está — uma voz jovem soou lá de trás, e Hannah foi em direção a ela.

Judy colocou a bolsa no balcão e foi até o depósito, nos fundos.

— Preciso usar o banheiro.

Sozinha no balcão, Karen olhou ao redor e notou algumas placas atrás do caixa. Em uma delas, os escoteiros da cidade agradeciam a Sawyer Gardner pela doação para o projeto final das crianças, e outra emoldurava um recorte de jornal com notícias do negócio em expansão.

O sino da porta soou e Karen se virou.

— Pode pegar a de cima, Nolan?

As mãos de Zach estavam cheias de caixas, o que o impedia de vê-la ali parada. Karen colocou a bolsa no balcão e segurou a caixa surpreendentemente pesada no alto da pilha.

— Peguei — ela disse enquanto aliviava Zach do peso extra.

Seu olhar encontrou o dela.

— Oi. — Ele piscou algumas vezes, parando com as caixas nas mãos. — Não esperava te ver aqui.

— Estávamos no cabeleireiro e a Hannah me trouxe aqui na loja. — Ela trocou a caixa de mão.

Os olhos de Zach focaram em seu cabelo, e o sorriso se ampliou.

— Gostei.

Karen não pôde evitar o rubor no rosto.

— É difícil dizer "não" para a Petra.

— Combinou com você.

— Obrigada.

Com as mãos ocupadas, eles ficaram ali, olhando um para o outro, até que Hannah e um adolescente os rodearam.

— Aqui, eu pego isso — disse o rapaz, pegando a caixa das mãos de Karen.

Zach e o garoto — que Karen presumiu que fosse Nolan, o namorado de Becky — caminharam para os fundos da loja.

— Aquele é o Nolan. Bonitinho, né? — Hannah disse.

Karen riu.

— Um pouco novo para mim.

A garota revirou os olhos com uma risada.

— Sem falar que você é casada. A Becky tem sorte.

Karen balançou o dedo no rosto de Hannah.

— Os meninos é que têm sorte de encontrar uma garota legal.

Ela não pareceu convencida.

— Eu gostaria de encontrar o meu Nolan.

Karen passou o braço ao redor dela.

— Você vai encontrar. Acho que os garotos vão ficar bem tímidos, porque você é muito bonita.

— Não sou, não.

— É, sim. — Karen lhe deu um abraço rápido.

Judy surgiu correndo, acenando com o celular no ar.

— Ai, meu Deus, Hannah, era para estarmos no salão de recreação, trabalhando no carro alegórico.

— Carro alegórico? — Karen perguntou.

— É tipo um trailer que vai ser puxado por uma caminhonete, mas é para o Mike, e estamos encarregadas da decoração. Eu esqueci completamente. — Judy pegou a bolsa e puxou a mão de Hannah.

— Quer vir? — Hannah perguntou antes de chegarem à porta.

— Estou bem. Sei o caminho de volta para a casa dos seus pais.

— Tem certeza? Parece que estamos abandonando você.

Karen fez um movimento com as mãos para dispensá-las.

— Vão. Vocês duas estão me cansando — disse com uma piscadela.

Judy puxou a irmã.

— Vamos, estamos meia hora atrasadas.

Em um piscar de olhos, as meninas estavam correndo pela rua.

Não havia clientes na loja, e Zach e Nolan ainda não tinham retornado do que ela imaginava ser o depósito. Karen pegou a bolsa e caminhou até os fundos.

Antes de vê-los, ouviu a conversa e parou.

— Essas horas extras seriam muito úteis, Zach. Eu vivo dizendo para o seu pai que ele pode me usar em tempo integral. Não estou mais na escola.

— E o que ele disse?

— Que eu devia estudar. Mas nem todo mundo tem vocação para a faculdade — Nolan respondeu. — Além disso, alguns de nós não têm dinheiro para continuar os estudos.

Karen espiou ao dobrar o corredor e viu os dois conversando por cima das caixas que tinham colocado no chão. Zach colocou a mão no ombro de Nolan.

— Vou ver o que posso fazer.

Uma expressão de alívio surgiu no rosto jovem do garoto.

— Valeu, Zach. Eu agradeço. Eu preciso muito do dinheiro.

— Está tudo bem?

Nolan passou a mão pelo cabelo, comprido demais.

— Está. O meu velho não pode ajudar com muito, só isso. É hora de me virar sozinho.

Zach cruzou os braços.

— Já pensou em trabalhar com construção?

O rosto de Nolan se iluminou.

— Construindo coisas?

— É. Você conhece a loja, mas sabe para que servem todos esses itens?
Nolan assentiu.

— Sei. Um pouco, pelo menos. Mas posso aprender o que eu não sei.

— Vou falar com o meu pai. Se ele não puder te colocar em horário integral, talvez eu possa encontrar algo para você comigo.

O coração de Karen se aqueceu. Era evidente que Nolan estava fazendo um grande esforço, e ela tinha uma ideia do motivo. Zach também entendera as necessidades do rapaz e reagira com soluções. Nada colocava um sorriso no rosto de Karen mais rápido do que alguém disposto a ajudar sem receber nada em troca.

Ela limpou a garganta e entrou na sala.

— Desculpem interromper — disse. — As meninas foram embora e eu vou voltar para casa.

Zach deu meia-volta.

— Eu posso te levar. Só vim deixar algumas coisas.

— Não é longe.

— Está tudo bem. É caminho.

Um protesto surgiu em seus lábios, mas ela o deixou morrer. Estava quente lá fora, e parecia que ela tinha percorrido a cidade inteira cinco vezes desde que acordara naquela manhã.

Nolan sorriu para ela, e Karen estendeu a mão.

— Você deve ser Nolan Parker.

— Ah, desculpa. Nolan, esta é Karen Jones — Zach a apresentou. Pela primeira vez desde que chegara, alguém não a apresentou como uma extensão de Michael. Ela sorriu.

— Eu conheci a Becky uma hora atrás mais ou menos.

O rosto de Nolan se iluminou com a menção do nome dela. *É, ele está de quatro.*

— Ela passou aqui depois de cortar o cabelo. — Ele olhou para Zach. — Só ficou uns minutinhos.

Zach sorriu.

— Qual é a graça? — perguntou em seguida.

Nolan abriu um sorriso convencido e pegou as caixas do estoque.

— Muito prazer, sra. Jones.

Karen seguiu Zach pela loja e esperou enquanto ele abria a porta da caminhonete para ela. Ele se sentou no banco do motorista e ligou o motor.

— Ele parece um bom garoto — Karen disse.

— E é mesmo. É meio surpreendente que ele não tenha saído da cidade depois de se formar. — Zach ligou o ar-condicionado no máximo.

— Ele não vai embora sem a garota dele — ela disse, confiante.

Zach estava prestes a sair da vaga, mas olhou para ela.

— Como você tem tanta certeza?

Se havia uma coisa que Karen odiava era fofoca, mas, se suas suspeitas estivessem certas, Nolan precisaria de um emprego de verdade, com dinheiro de verdade entrando, ou Hilton teria mais dois fugitivos para engrossar a lista.

— Você conhece a namorada dele?

— Eu a vi algumas vezes. É uma boa menina. — Ele seguiu para a Main Street depois que um carro passou por eles.

— Eu acho que ela está grávida.

Zach balançou a cabeça para Karen, descrente.

— Sério?

— Eu adoraria estar errada, mas meu sexto sentido diz que não estou.

— Ah, droga. As minhas irmãs sabem?

Karen balançou a cabeça.

— Não. Acho que os únicos que sabem são o Nolan e a Becky.

— Como você chegou a essa conclusão?

— Efeito colateral do que fiz a maior parte da vida. Eu trabalho com adolescentes e já vi a minha parcela de meninas grávidas que tentam esconder isso do mundo. Você conhece os pais dela? — Karen perguntou.

— Sei quem são, mas não posso dizer que conheço.

— Gravidez não planejada na adolescência não é fácil para ninguém. E é muito pior se os pais não aprovam o rapaz.

— O Nolan é um bom garoto.

— Eu ouço isso o tempo todo. Mas parece que a Becky é mórmon, e o Nolan não é.

Zach deu de ombros quando chegaram à rua dos pais dele.

— Não sei por que a religião de alguém deve ditar por quem se apaixonar.

— Eu também não, até conversar com a Judy e a Hannah. Elas acham que isso é um problema enorme para a Becky e o Nolan.

Zach soltou um longo suspiro. Karen continuou:

— Eu sei. De qualquer forma, você pode convencer o seu pai a contratar o Nolan em período integral?

— Você também ouviu isso?

— Foi sem querer.

— Tudo bem. Vou conversar com o meu pai. E, se ele não concordar, vou ver se o Nolan tem alguma habilidade com o martelo. — Ele parou na casa da família Gardner.

— Mas também é possível que eu esteja errada.

Zach encontrou os olhos dela.

— Ele parecia desesperado para ganhar mais dinheiro. Se não é porque ela está grávida, pode ser algo tão importante quanto.

Karen resolveu não mencionar as marcas no corpo de Becky. Isso exigiria mais investigação. Negligenciar uma criança que poderia estar sofrendo não era algo que ela faria.

— Por favor, não diga nada...

Ele assentiu.

— Claro. Nem precisa pedir.

Ela estendeu a mão para abrir a porta.

— Você vai entrar?

— Não. Amanhã eu volto. — Mais uma vez ele a encarou, e aquela corrente maluca que aparecia em momentos de silêncio zumbiu entre eles.

— Até lá.

⁂

— E aí, o que achou da Karen? — Judy perguntou a Hannah enquanto colavam pedaços de papel coloridos para o carro alegórico de Mike.

— Eu achei ela ótima!

Judy também. Quase boa demais para ser verdade.

— Você não achou estranho eles não terem vindo antes? Quer dizer, ela parece perfeita, mas o Mike não faz questão de exibi-la.

Hannah se inclinou sobre a beirada do banco onde Mike se sentaria durante o desfile.

— Você conhece o nosso irmão melhor do que eu. Eu era só uma criança quando ele morava aqui. Lembro que ele era meio tímido com as mulheres.

— Eu também achava. Diferente do Zach, que sempre estava com as namoradas a tiracolo.

— Talvez a gente note isso porque o Zach mora em Hilton. É meio chato a gente não conhecer o Mike tão bem quanto devíamos.

A lembrança da conversa que Judy tivera com Karen enquanto corriam lhe trouxe um sorriso.

— Acho que vamos ver muito mais o nosso irmão, agora que ele está casado.

— Espero que você esteja certa.

༺✦༻

O almoço de domingo com os Gardner era muito parecido com uma reunião de *A família sol-lá-si-dó* quando todos os filhos já estavam crescidos e com sua própria família. A casa de Janice e Sawyer era pequena para acomodar o clã que aparecera para comemorar a visita de Michael. Eles montaram tendas no parque e requisitaram várias churrasqueiras para assar uma variedade de carnes.

Zach não via Karen desde que a deixara em casa, no dia anterior. Isso não significava que não tivesse pensado nela. Na verdade, não tinha parado de pensar, e isso estava começando a irritá-lo.

Tracey o encontraria no parque no fim do dia. Ele se esquivara de seu encontro normal de sábado à noite, que geralmente não terminava até a manhã de domingo, e não podia se dar um bom motivo para isso.

Era mentira, mas ele não tinha problemas em mentir para si mesmo. Ele era um babaca por querer saber como seria pressionar seu corpo contra o da esposa do irmão, mas não iria tão longe a ponto de transar com Tracey imaginando Karen em seu lugar. Ele se perguntou se a namorada tinha se dado conta de que eles não transavam desde que ele voltara da Califórnia.

Ela estava começando a agir como aquelas mulheres que têm mil palavras na ponta da língua, mas apenas suspiram ou balançam a cabeça em vez de expressá-las. O lance com ela não estava mais dando certo. Ainda que ele não se sentisse atraído por Karen, o fato de pensar nisso lhe dizia que ele não podia continuar com Tracey por muito mais tempo. Ele se perguntou por que estava esperando para terminar, mas já sabia a resposta. Ter uma namorada o mantinha em uma espécie de rédea curta, aumentando as restrições que o impediam de olhar para Karen de um jeito inapropriado.

Zach estacionou e foi até a parte de trás da caminhonete pegar a rede de vôlei e a bola para o jogo da família. Será que seu irmão ainda estava em forma desde que se tornara o sr. Hollywood?

Vários rostos se iluminaram e mãos acenaram enquanto ele caminhava entre a enorme família. Zach cumprimentou todos pelo nome e percebeu que havia mais pessoas do que só os familiares reunidos ali. Alguns amigos de longa data de Mike e suas famílias haviam se juntado à diversão.

Incapaz de resistir, Zach espiou por cima das cabeças, procurando uma certa loira que se destacava como um cisne branco em um lago cheio de patos.

Ela estava em uma mesa de piquenique com a sobrinha dele, a pequena Susie, no colo. Karen ria de alguma coisa, e o som viajou acima de todos os outros ruídos e o atingiu.

Larry, um dos amigos de escola de Mike, foi a seu encontro e pegou a bola de sua mão.

— Oi, Zach. Há quanto tempo.

— Eu estou sempre por aqui. A Kim veio? — Kim e Larry haviam se casado há alguns anos e já tinham o pequeno Larry perambulando em algum lugar.

— Claro. Deve estar conversando com o seu irmão. Ela quase se mijou quando eu disse que ele estava na cidade.

— Mais uma mulher impressionada para incluir no fã-clube. O ego do Mike vai explodir desse jeito.

Larry assentiu, meneando a cabeça em direção ao grupo de mulheres que cercavam o irmão de Zach.

— Elas vão se acostumar antes de ele ir embora.

— Duvido.

Zach largou a rede longe de onde a comida estava sendo servida.

— Quer chamar alguns garotos para montar isso?

Larry jogou a bola no ar e se afastou enquanto chamava alguns dos adolescentes para fazer o trabalho. Zach foi até a mesa do bufê e pegou um pouco de batatas fritas. Beijou a mãe no rosto e fez cócegas no queixo de Susie.

— Oi, pessoal.

Tentou ficar indiferente quando Karen sorriu para ele, mas sentiu se derreter por dentro.

— Finalmente. Estávamos começando a achar que você tinha esquecido — Rena disse, abrindo grandes recipientes de plástico e colocando-os sobre a mesa, ao lado dos outros.

— Não estava conseguindo encontrar a rede de vôlei.

— Ah, boa desculpa. Você não queria era ficar preso na churrasqueira.

Zach olhou de relance e notou o pai perto do fogo. Joe estava ao lado dele e do tio Clyde.

— Parece que isso já está sob controle.

Susie fez movimentos com os dedos como se quisesse pegar algo e pular em seus braços.

— Já cansou de mim? — Karen perguntou, enquanto lhe entregava o bebê.

— Ela adora o tio Zach — Rena disse com orgulho.

— Escolher os rapazes bonitos em vez das garotas é bem esperto — Karen disse com um sorriso.

Zach a observou e entregou uma batata com queijo à sobrinha.

— Acho que tem mais a ver com o que eu deixo ela comer do que com a minha aparência — ele disse, com uma piscadela.

Karen corou. Rena pegou a batata da mão da filha.

— Ela vai ficar com isso na mão o dia todo se você der para ela.

Susie fez biquinho.

— Desmancha-prazeres.

Ele pegou outra batata quando Rena se virou e seguiu para a churrasqueira para cumprimentar os homens. Susie mordiscou a batata cheia de queijo que o tio lhe deu.

— Que gentileza a sua se juntar a nós — Joe falou. — Chegar atrasado e pegar o bebê no colo para ninguém te pôr para trabalhar, hein? — E acenou com uma espátula na direção de Zach. — Eu conheço a sua estratégia, amigo.

— Por que você não arrastou o Mike para cá?

— Não, ele vai ficar encarregado de lavar a louça — Joe disse, o que arrancou uma risada de todos que estavam próximos.

Zach se afastou e entregou Susie para tia Belle, que estava sentada entre os membros mais velhos do clã Gardner. Beijou a tia, abraçou a avó e seguiu em direção ao irmão para ajudá-lo a se afastar das fãs apaixonadas.

— Vamos lá, mano. Está na hora de ver se todas as acrobacias que você faz na telona são só de brincadeira ou se você ainda está em forma.

Zach ignorou os protestos das mulheres que cercavam Mike enquanto o levava.

— Valeu — Mike sussurrou em seu ouvido enquanto caminhavam para onde os adolescentes estavam montando a rede.

Zach deu um tapinha em suas costas.

— Eu sempre vou te salvar. — Mas, assim que as palavras saíram de sua boca, seu olhar foi atraído por um par de olhos às suas costas.

Ele se virou e pegou Karen olhando para os dois.

Droga!

Os times foram divididos pela ordem hierárquica habitual: idade, obrigação familiar e habilidade. Não exatamente nessa ordem. Zach e Mike começaram na mesma equipe, com Joe e mais três caras, que eram atletas na época da escola. Larry, Ryder e Keith eram as estrelas do time que permaneceram em Hilton ou que, em algum momento, voltaram. Eles montaram sua equipe com velhos amigos do futebol.

Com seis homens em cada time, a bola foi para o ar e o jogo começou. Depois de alguns sets, Zach soube que atuar não estava enfraquecendo o corpo do irmão.

A multidão se concentrou ao redor deles, alguns escolhendo um time pelo qual torcer, enquanto outros apenas aplaudiam. Estavam jogando havia uns bons trinta minutos, até que Mike reuniu a equipe.

— Eles estão evitando o Larry. Se focarmos nele, vamos ganhar o jogo.

Zach sacou e fez a bola voar sobre a rede duas vezes antes de Mike aproveitar a oportunidade para cortá-la na direção de Larry. Até Zach se espantou ao vê-la voltar para o lado deles da rede. Ele levantou a bola e Mike bateu em direção a Larry novamente, marcando o ponto.

A partida terminou e todos apertaram as mãos. Então jogaram a bola para o pessoal mais novo fazer a própria partida.

— Exibido. — Rena sorriu e deu um soquinho no ombro de Zach.

Karen fez cara de pouco caso, mas o sorriso em seu rosto combinava com o sorriso que tinha nos olhos.

— Homens!

Janice trouxe a primeira bandeja de carne e a colocou sobre a mesa. Zach e Mike se afastaram enquanto as mulheres se acotovelavam ao redor da mesa, destampando travessas e se preparando para o ataque dos convidados.

Sawyer trouxe outra bandeja de carne e sorriu para os dois filhos antes de voltar para a grelha. Zach olhou para o irmão. Um sorriso suave acompanhou o olhar de Mike enquanto ele observava o pai se afastar.

— Ele pega no seu pé porque sente a sua falta.

Mike deu um tapinha nas costas do irmão antes de se servir e se deixar arrastar pelo parque por um de seus velhos amigos.

Zach também se serviu e suspirou com o apetitoso churrasco. Joe se sentou a seu lado, e logo Rena o seguiu. Havia gente em todos os lugares. Rena acenou para Karen se juntar a eles. Zach abriu espaço para ela sentar e tentou ignorar a proximidade.

— Para onde o Mike fugiu? — Joe perguntou.

Rena apontou para longe da mesa.

— Está conversando com o Keith e o Larry.

— Amigos da escola? — Karen perguntou.

— Você não ouviu falar deles?

Ela balançou a cabeça enquanto mordia uma espiga de milho. Zach observou seus lábios envolverem o milho e teve que se forçar a afastar o olhar. *Milho de sorte.*

— O Larry e o Keith eram os melhores amigos do Mike no último ano. Encheram o saco quando ele pegou o papel principal na peça de teatro da escola.

— Até que as garotas começaram a aparecer — Joe disse a Karen. — Então eles mudaram o discurso.

Karen riu e continuou comendo.

— Não acredito que o Mike não te contou sobre eles.

Ela engoliu seu milho de sorte e limpou a boca.

— O ensino médio já passou há muito tempo.

— Você não continuou a amizade com nenhum dos seus amigos do colégio? — Rena perguntou.

Um rápido aceno de Karen lhe deu a resposta.

— Não.

— Que pena. Os amigos do colégio são os que te conhecem de verdade. As pessoas que te mantêm com os pés no chão.

Karen olhou para Mike, e o sorriso em seu rosto se desfez.

— Fico feliz que o Mike tenha amigos assim. Ele precisa deles.

Zach olhou para além de Karen, depois de volta para a irmã.

— É mesmo? Por que você está falando isso?

Karen desviou o olhar e espetou seu churrasco com o garfo.

— É complicado em LA. Todo mundo quer que ele seja diferente do que é. — Ela enfiou a carne na boca e mastigou.

Antes que alguém pudesse fazer mais perguntas, Karen continuou:

— Aqui não. Tudo bem, tem alguns fãs que ficam encarando, mas eu nunca vi o Michael tão relaxado.

Zach e Rena viraram em direção a Mike, ao mesmo tempo. Trocaram um olhar de reconhecimento e, em seguida, concentraram a atenção de volta em Karen.

— Estou feliz que você o convenceu a vir nos visitar — Rena disse.

Ela balançou a cabeça.

— Não me agradeça. Foi o Zach quem fez acontecer.

Ele sorriu para ela e continuou a comer.

— Cadê a Tracey? — Joe perguntou quando estavam quase terminando a refeição.

Zach deu uma rápida olhada ao redor. Ele nem tinha percebido que ela não estava ali. Onde ela estava? Estendeu a mão para o celular, mas não havia nenhuma chamada perdida ou aviso de mensagem.

— Talvez tenha surgido algum compromisso.

— Está tudo bem com vocês dois? — Rena perguntou, e Zach notou Karen desviar o olhar.

— Sim. Tudo bem.

Joe soltou uma risadinha.

— Tudo bem? Isso não descreve uma mulher, nunca.

Rena deu uma cotovelada no marido. Antes que Zach pudesse responder, Eli correu para o pai e o puxou pelo braço.

— Papai, joga bola comigo?

Joe empurrou o prato e saiu da mesa para brincar com o filho. Tia Belle se acomodou no lugar vazio.

— Esta é a mesa das crianças?

Rena pegou seu copo vermelho.

— A mesa das crianças não tem álcool, tia Belle.

A mulher inclinou a cabeça para trás com uma risada e seu olhar recaiu sobre Karen.

— Então você é a esposa do Mikey?

Zach não pôde deixar de sentir o desconforto de Karen, que engoliu em seco.

— Sim, senhora.

— *Humph!* Engraçado que nenhum de nós foi convidado para o casamento.

Zach não podia olhar para Karen quando ela falava do seu casamento. Ele teria levantado da mesa, se isso não deixasse tão óbvio como o assunto o fazia se sentir desconfortável.

— Foi uma coisa repentina.

Belle estreitou os olhos.

— Quando é que o casamento se tornou uma *coisa*? — Karen bebeu do copo vermelho e não respondeu. — Bem, acho que isso responde à pergunta — a senhora emendou.

— E qual era a pergunta? — Rena quis saber.

Belle sempre teve uma mente voltada só para si e não costumava segurar a língua. Portanto o que ela disse em seguida não deveria ter sido um choque, mas, por alguma razão, aquilo deixou Zach pasmo.

— Eu sempre achei que o nosso Mikey era gay.

Rena deu risada.

Zach parou de respirar, e Karen quase cuspiu a bebida, engasgando com o líquido.

11

A TENTATIVA DE KAREN DE manter o vinho branco dentro da boca resultou em se sufocar com o líquido nos pulmões. O álcool queimou seu nariz até os olhos lacrimejarem. A mão forte de Zach esfregou suas costas enquanto ela lutava para recuperar o fôlego. Rena olhava para ela com um sorriso, e tia Belle levantou a sobrancelha. Quando Karen olhou para cima, tentando recuperar o fôlego, viu preocupação nos olhos de Zach.

— Você está bem?

Karen tossiu no guardanapo e pegou a água. Assim que conseguiu falar, apontou o dedo para tia Belle e riu.

— Essa é boa.

Em seguida escondeu o rosto atrás do copo de água e continuou a tossir no guardanapo, mesmo que não fosse mais preciso.

— Eu achava — tia Belle continuou, quando estava claro que Karen ia sobreviver.

— Acho que podemos afirmar que não é o caso — Zach disse.

Tudo o que Karen podia fazer era assentir atrás do copo e torcer para não demonstrar nenhuma reação indesejada. Ela tentou lembrar o assunto que estavam discutindo antes de tia Belle sentar e quase estragar o que até então parecia ser o papel fácil de enganar a família de Michael, mas tudo o que estavam falando antes desaparecera de seu cérebro.

Do outro lado, Karen ouviu Michael rir. Por mais que quisesse ir até ele naquele momento e deixá-lo saber o que estava acontecendo na mesa, não o fez.

— Certo, e os bebês?

— Tia Belle! — Rena repreendeu. — Eles estão casados faz só um ano.

— Você teve o Eli nove meses depois de se casar — Belle registrou. — Ou foram oito meses e meio?

A boca de Rena se abriu.

— Foram onze.

Karen sentiu o celular vibrar no bolso traseiro. Feliz pela distração, ela o pegou e verificou as mensagens.

> A tia Belle está se comportando?

Era de Judy. Karen olhou ao redor e a notou observando de outra mesa.

> Uma saída pela tangente seria bem-vinda. Socorro!

Karen colocou o telefone no bolso e esperou.

— Bem, você não é exatamente uma jovenzinha — tia Belle disse. — É mais fácil engravidar antes dos trinta.

— Vou levar isso em consideração — Karen respondeu.

A mulher era muito afiada.

— Tia Belle, dá um tempo para a Karen, tá? — Zach pediu.

Ela lhe ofereceu um sorriso agradecido no momento em que sentiu um toque em seu ombro.

— Ei, Karen, pode nos ajudar a resolver o dilema sobre quem é mais gostoso, Brad Pitt ou Bradley Cooper? Você deve conhecer os dois, deve saber em primeira mão.

O sorriso que se espalhou pelo rosto de Rena era poético. Até Zach suspirou enquanto Karen passava as pernas sobre o banco.

— Eu adoraria. — Karen pegou seu copo, quase vazio, e saudou tia Belle. — Foi ótimo conversar com você.

Então entrelaçou o braço no de Judy e começou a falar:

— Não é uma loucura como dois homens com o mesmo nome podem ser tão diferentes? O que tem de tão especial no nome Brad?

Judy riu e olhou para o copo de Karen quando estavam longe o suficiente para tia Belle não ouvir.

— Ela é uma velha louca.

— Acho que ela estava prestes a me perguntar se estou ovulando.

Judy soltou uma gargalhada.

— Ela tem certeza de que a Rena casou grávida.

— Ela falou. Tem outras tias loucas que eu precise saber?

— Não, ela é a única.

— Graças a Deus.

Karen se sentou com Judy e suas amigas.

— Você conheceu mesmo o Brad Pitt?

— Não. Mas o Bradley Cooper é muito gato.

As garotas gritaram, e Karen contou detalhes que alimentariam a conversa durante os próximos dias.

Quando estava relativamente certa de que ninguém a estava observando, ela se dirigiu para o lado de Michael. Pelo leve brilho em seus olhos, notou que ele estava relaxado, o que não era algo muito comum, pelo menos em público.

— Oi, meu bem. — Ele colocou o braço sobre os ombros dela. — Já conheceu os caras?

— Você nos apresentou há algumas horas, seu idiota — Larry disse enquanto inclinava o copo para dar mais um gole.

— Oi. — Ela acenou para Keith e Ryder, que a observavam um pouco perto demais. — Posso falar com você um minuto? — perguntou a Michael.

— Claro. Já volto — ele disse aos amigos.

Ela o afastou para que ninguém os ouvisse.

— O que houve?

Karen se virou para ele, longe de toda a família.

— Sua tia Belle está desconfiada.

Michael estreitou os olhos.

— Desconfiada?

— Ela me disse que sempre achou que você fosse gay — sussurrou.

Ele enrijeceu e o sorriso brincalhão em seu rosto se desfez. Karen segurou seu braço para impedi-lo de virar.

— Não, não vire.

— Foi só isso que ela disse?

— Ela perguntou sobre bebês, coisas de costume. Mas, se eu tivesse que adivinhar, diria que é com ela que precisamos ter cuidado.

Um músculo no maxilar de Michael se contraiu. Ele se inclinou, como se estivesse pegando alguma coisa no chão, e, quando se levantou, Karen teve que virar as costas para os convidados para continuar olhando para ele.

Ele ajeitou uma mecha de cabelo dela atrás da orelha e olhou por cima da sua cabeça. Karen não sabia ao certo o que estava se passando na mente dele, mas havia uma ferocidade em seu olhar que ela nunca vira antes.

— Michael?

Algo brilhou no fundo de seus olhos quando ele olhou além dela, então, sem nenhum aviso, segurou sua nuca e colou a boca na dela.

Karen ficou imóvel, o corpo rígido enquanto Michael lutava com alguns de seus demônios e a usava como artilharia. Ele tentou puxá-la para perto, mas ela o empurrou. Ele nunca a beijara assim. Nem diante das câmeras, nem diante de sua família. Era um gesto selvagem, quase abusivo.

Karen sabia que ele estava fazendo isso para chamar atenção, mas essa consciência não a fazia perdoá-lo pela linha que ele estava cruzando. Quando a mão livre de Michael segurou a lateral do seu corpo, ela quase chutou a virilha dele para fazê-lo soltá-la. Lágrimas se formaram em seus olhos quando ela sentiu os lábios machucados.

Era quase impossível tocar a pele dele através das roupas, mas ela conseguiu beliscar seu braço com uma mão e o empurrar com a outra.

Michael ofegou e a soltou.

Eles se olharam, chocados.

Karen levantou a mão até os lábios para verificar se estavam cortados.

— Ah, meu Deus, Karen. — O remorso apareceu no rosto de Michael no mesmo instante.

Ela se livrou dele. Lembranças de outras mãos indesejadas sobre ela vieram à tona e a fizeram estremecer.

Nunca mais.

— Se você me tocar assim de novo, nosso divórcio vai ser tudo menos amigável. — Sem esperar uma resposta, Karen quase saiu correndo para fugir dele e de todos ali.

∽∾∽

Zach viu Mike olhando por cima do ombro de Karen enquanto eles estavam tendo uma conversa particular. Ele se repreendeu por olhar, mas algo no modo como Karen estava parada, com os dedos flexionados nas laterais do corpo, ou no olhar nervoso e inconstante do irmão, o manteve observando.

Quando Mike puxou a esposa para beijá-la, Zach começou a desviar o olhar. Mas então notou que Karen o empurrava.

Solte-a, Mike. Só que a mensagem mental de Zach ao irmão não funcionou.

Quanto mais o beijo se aprofundava, mais aparente ficava que Karen não estava gostando.

Esposa ou não, ninguém merecia ser maltratado. Antes que Zach desse um passo na direção deles, Karen se afastou de Mike e se apressou para fora do parque. Zach esperou para ver se o irmão a seguiria.

Quando não o fez, ele tomou a iniciativa.

Zach a alcançou quando ela virava a rua em direção ao celeiro dos Beacon. Seu ritmo era tão rápido que ele estava sem fôlego quando chegou ao lado dela.

Ela virou a cabeça por tempo suficiente para que ele visse as lágrimas em seus olhos.

Zach pensou em segurá-la pelo braço para fazê-la o encarar, mas imaginou que ela socaria o próximo homem que a tocasse. Em vez disso, correu na frente dela e parou.

— Ei.

Ela simplesmente deu a volta ao redor dele e continuou andando. Dessa vez, ele manteve o ritmo ao lado dela.

— Para onde estamos indo? De volta a LA?

— Talvez.

Ele decidiu que o silêncio estaria a seu favor naquele momento. Talvez ela superasse o que quer que a tivesse irritado e falasse alguma coisa, certo? Eles passaram pelo celeiro e continuaram até o que ele sabia ser um beco sem saída. Mas duvidava de que Karen soubesse disso, ou ela teria tomado outro caminho.

Após percorrerem quase um quilômetro em silêncio, Karen perguntou:

— Por que você está me seguindo?

Zach abriu os braços e olhou ao redor.

— Não quero que você se perca.

— Difícil se perder em uma cidade tão pequena.

— Então você sabe para onde está indo?

Ela caminhou outra quadra antes de responder:

— Pensei em ir ver se o velho Beacon quer ter um caso com uma mulher mais nova.

Zach gostou da luta em sua voz.

— O velho Beacon teria adorado. Pena que ele morreu há alguns anos.

Karen bufou, mas não sorriu.

— Sorte a minha.

Ele riu, esperando que ela fizesse o mesmo. Mas ela não fez.

— Sério, Zach. Você não precisa me seguir.

Ele não diminuiu o passo e não arrumou desculpas para ficar a seu lado.

Quanto mais se distanciavam do parque, menos Zach a ouvia fungar. Ele nunca conseguira lidar com o choro de uma mulher. Se Karen fosse tão forte quanto ele achava que era, essas lágrimas pesavam ainda mais sobre ele. Mulheres fortes não desabam facilmente, mas, quando o fazem, quem quer que tenha provocado isso merece pagar. Mesmo que esse alguém fosse o próprio irmão.

O fim da estrada se aproximou, e ele percebeu que Karen olhava ao redor, em busca de um caminho ou uma rota de fuga. Ela se virou, e ele notou que ela rejeitava a ideia de voltar.

— Vamos — ele disse enquanto a conduzia através das ervas daninhas e da trilha esquecida para além da propriedade dos Beacon.

Karen o seguiu enquanto ele se agachava na floresta atrás da velha casa abandonada. O amontoado de árvores ficava cada vez mais denso, e o feixe de luz a seus pés diminuía de intensidade. E então a trilha se alargou novamente e eles caminharam lado a lado. Ainda que estivessem em completo silêncio.

Passaram sobre árvores caídas e ao redor de um matagal enquanto andavam sem trégua. Zach sentiu o coração disparar, embora o ritmo da caminhada tivesse desacelerado. Ele ficou constrangido em dizer que suas pernas começavam a queimar com o ritmo de Karen.

Quando a lagoa Beacon — que estava mais para um lago do que para uma lagoa — apareceu diante deles, Karen finalmente parou. Zach teve vontade de comemorar.

— Uau. — Karen olhou para a lagoa majestosa e a paisagem tranquila. Zach se inclinou para a frente e prendeu a respiração.

— Acho que ninguém vem mais aqui.

Desviou o olhar dos seios dela, que empurravam a blusa a cada expiração profunda que ela soltava.

— É lindo. — Ela fez uma pausa. — E calmo.

— E sem tias malucas por perto.

Karen olhou para ele.

— Fale dela de novo e eu continuo por mais oito quilômetros. De subida.

Zach levantou as mãos em rendição.

— Eu disse alguma coisa?

Ela se aproximou da enorme lagoa e se sentou em um tronco caído. Ele parou ao lado dela e pegou algumas pedras no chão. Jogou uma na água e viu as ondulações fluírem do centro de impacto. Depois de alguns seixos chegarem até a água, Karen pegou a sua e se juntou a ele.

Ela grunhiu com um lance particularmente forte, e Zach decidiu que era hora de descontrair um pouco. O que quer que pesasse na mente de Karen, isso estava piorando em vez de melhorar.

— Quando éramos crianças — ele começou —, eu e meus amigos vínhamos escondidos aqui para pescar.

Depois de mais algumas pedras lançadas, ela perguntou:

— Por que vocês tinham que vir escondidos?

— O velho Beacon não gostava de crianças na lagoa. Ele quase nunca vinha aqui, mas queria a recompensa só para ele.

— Parece um caminho longo para um velho.

— Era o que a gente pensava, até o dia em que ele apareceu na nossa frente com uma espingarda. — A expressão horrorizada de Karen o fez rir. — Ele começou a atirar para o alto e nós saímos correndo, apavorados. Aposto o que você quiser que todas as nossas varas de pescar ainda estão no celeiro dele.

— O celeiro queimado?

Zach jogou outra pedra.

— Você já ouviu sobre isso?

— A Judy é a minha professora de história de Hilton.

Zach queria perguntar o que Mike tinha dito a ela sobre a cidade, mas mencionar o homem que a fez caminhar sem rumo seria pior que mencionar a louca da tia Belle.

— Depois que o Beacon morreu, eu e alguns amigos viemos aqui e brindamos ao velho.

— Brindaram ao homem que apontou uma espingarda para vocês? Estou surpresa por ele não ter sido preso.

— Ele era inofensivo. Provavelmente riu quando pegou nossas varas e os baldes de peixe que pescamos. — Ele passou a mão na barba por fazer. — Pensando bem, ele só espantou a gente depois que passamos metade do dia aqui e pegamos um montão de peixes.

Karen sorriu, e o efeito em seu rosto era quase mágico.

— Canalha dissimulado.

— Esperto, isso sim.

— Pena que ele não esteja por perto agora.

Zach riu.

Dessa vez, quando Karen riu, seu sorriso se ampliou e ela estremeceu. Levou a ponta dos dedos aos lábios, e foi quando Zach notou o inchaço.

Ele não conseguiu impedir que sua mão se aproximasse dela e a tocasse. Ela baixou os olhos e não o encarou, enquanto seu polegar tocava levemente os lábios.

A pulsação dele acelerou novamente, só que agora estava morrendo de vontade de socar o irmão.

— Ele nunca devia ter te beijado assim.

Karen se afastou, mas se manteve em silêncio. Embora ela não parecesse uma mulher que tolerasse abuso, Zach teve de perguntar:

— Ele já fez isso antes?

Ela balançou a cabeça.

— Não. E não vai ter oportunidade de fazer de novo. — Suas palavras eram amargas e cheias de raiva.

O que isso quer dizer?, ele pensou, desejando ardentemente perguntar.

Então Karen mudou de assunto.

— Alguma vez você trouxe garotas para cá e ofereceu algo interessante para o Beacon assistir?

— Ah, não... O ponto de inspiração de Hilton fica perto da cabana da minha família.

Ela se levantou e pegou algumas pedras. Inclinando-se, tentou jogar uma sobre a superfície plana da água, só para vê-la cair na lagoa sem quicar.

— A cabana não fica longe daqui? — A próxima pedra que ela jogou quicou uma vez.

— Longe o suficiente para não ser pego.

— Tem um lugar assim na cidade? — As três pedras seguintes caíram direto na água.

Zach se levantou atrás dela. Pegou sua mão e lentamente a guiou no movimento certo para fazer o seixo quicar.

— É com o pulso.

Ele demonstrou e a pedra quicou quatro vezes antes de afundar.

Karen tentou de novo, mas falhou. Zach colocou uma mão em seu ombro e a outra em seu braço. Na tentativa seguinte, a pedra quicou três vezes.

Ele manteve a mão no ombro dela, incapaz de se afastar enquanto ela tentava um pouco mais.

Ela endireitou a coluna, e ele esperou que ela se afastasse. Em vez disso, ela se recostou em seus braços e suspirou.

Ele a abraçou, e os dois olharam para a água em silêncio. Zach olhou para baixo quando a mão dela se estendeu para acariciar seu braço. O simples toque revelou muita coisa.

Ele encostou os lábios ao lado da cabeça dela e inspirou o cheiro de pêssego de seu cabelo. Então fechou os olhos e saboreou o momento.

— Se eu me virasse agora — ela sussurrou —, gostaria que você me beijasse.

Zach se esqueceu de respirar. Seus braços a apertaram enquanto ele a absorvia. A honestidade dela o deixou mortificado.

— Eu também gostaria de te beijar.

Em vez de tomar alguma atitude, eles ficaram ali e curtiram o abraço.

Quando Karen se afastou, Zach a deixou ir.

12

A CASA ESTAVA EM SILÊNCIO quando Zach a acompanhou até a varanda.

— Parece que todo mundo ainda está no parque.

— Os almoços de domingo vão até tarde — Zach explicou.

A caminhada de volta da lagoa Beacon não foi tão intensa quanto a de ida. Karen e Zach tinham chegado a um estranho entendimento. A atração estava lá, mas nenhum dos dois planejava tomar alguma atitude em relação a ela. No entanto, Karen sabia que, se precisasse, ele estaria ali. Ela quis chorar quando percebeu que Michael costumava ter essa importância em sua vida.

A ida até a lagoa Beacon a fez lembrar de outro momento de sua vida. Quando as águas turvas da realidade obscureciam seu cotidiano, fazendo-a questionar tudo. Se Michael não fosse um amigo, ela teria usado todos os meios necessários para fazê-lo pagar pelo que fizera no parque. Mas como ela sabia — em um nível mais profundo do que a maioria das pessoas — que ele agira por medo, permitiu que a leviandade passasse em branco. Não que ele não fosse pagar pelo abuso. Ah, ele pagaria, sim. Mas ela não sentia que ele precisava abrir mão de tudo.

No entanto, se ele fizesse aquilo de novo... Não, ele não faria. Karen tinha certeza disso.

— Você vai ficar bem? — Zach perguntou.

Ela tinha sobrevivido aos pais e podia sobreviver a isso também.

— Vou, sim.

Ele estendeu a mão. Ela a olhou, sem saber o que ele queria.

— Seu celular.

Ela o tirou do bolso de trás e lhe entregou. Ele digitou seu número e o devolveu a ela.

— Nunca estou a mais de quinze quilômetros de distância.

Uma risada estranha escapou dos lábios dela.

— É uma cidade bizarramente pequena.

Ele riu.

— É mesmo.

O riso se desvaneceu, e ela abriu um sorriso melancólico.

— Obrigada por não deixar que eu me perdesse.

Ele enfiou as mãos nos bolsos.

— De nada.

Então, como uma adolescente, ela se virou, entrou na casa dos pais dele e fechou a porta. Em seguida ficou encostada ali por vários minutos antes de seguir para o andar de cima.

Deitou na cama que estava dividindo com Michael nos últimos dias e colocou um braço sobre os olhos. Sua mente vagou, provavelmente por causa do estresse do dia, até se lembrar de seus pais.

A dor que tentara esquecer durante anos ameaçava vir à tona, fazendo com que lágrimas brotassem de seus olhos. Ela estaria condenada se permitisse que mais uma lágrima fosse desperdiçada com eles.

Sua mãe a abandonara quando Karen mais precisou dela.

Se não fosse por tia Edie, ela teria seguido o caminho de muitos adolescentes sem-teto.

Michael e seus milhões eram o bilhete premiado para ajudar os outros, mas ela não estava disposta a se vender para conseguir o dinheiro.

No bolso traseiro, sentiu o telefone vibrar. Considerou ignorá-lo, mas deu uma olhada para ver quem era.

Havia mensagens e três chamadas perdidas de Michael, mas ela não se preocupou em ouvir o que ele tinha a dizer.

E uma mensagem era de Judy.

> Onde vc está?

Ela não precisava que toda a família Gardner a procurasse pelas ruelas de Hilton. Tocou o queixo e então digitou:

> Em casa. Com muita dor de cabeça.

Esperou a próxima vibração.

> Mentira. O Mike está nervoso. Vcs brigaram?

Judy podia ser vários anos mais nova que Karen, mas era muito antenada.

> Vc está certa. Diga para o seu irmão não me encher.

Karen apertou "enviar" enquanto levantava da cama. Foi até a cozinha, encontrou uma garrafa de vinho e puxou a rolha antes da mensagem da cunhada chegar.

> Ihhhh, alguém vai dormir no sofá hoje!

Karen brindou a Judy na cozinha vazia.
— Boa ideia, maninha.
E enviou uma última mensagem:

> Bjs

Então ela sentou no sofá e esperou pelo marido. Como o sangue falava mais alto, Judy contaria a Michael que ela estava em casa, e, se ele sentisse o mínimo remorso, viria o mais rápido possível.

Quando a porta se abriu, dez minutos depois, Karen manteve os olhos voltados para o suporte de plantas de crochê ridículo que estava fora de moda desde os anos 70.

Michael se aproximou a passos lentos. Ele se acomodou na mesa de centro à sua frente, pois ela se recusou a olhá-lo.

— Me desculpa.

Ela piscou, considerando o que ele diria. E, porque o amava como amigo e sentiu que ele tinha violado essa amizade com seu próprio drama, disse algo que nunca havia contado a outro ser humano:

— Quando eu tinha treze anos, meu pai entrou no meu quarto uma noite e me beijou como nenhum pai jamais deveria beijar a filha.

Os olhos de Michael se arregalaram e ele empalideceu.

— Eu o empurrei, mas ele voltou e se forçou contra mim. Quando contei para a minha mãe, ela me chamou de mentirosa. No dia seguinte, os dois foram embora. Fiquei sentada em casa por quase uma semana até me dar conta de que eles não iam voltar.

Ela se recusava a chorar. Seu olhar encontrou o de Michael.

— Você cruzou essa linha hoje, Michael.

Não havia razão para amenizar as atitudes dele, e ela precisava fazer com que ele entendesse a intensidade dos seus sentimentos para que nunca sentisse que tinha o direito de fazer isso de novo.

— Me desculpa, Karen.

Ele apoiou a testa em seu joelho, mas não a tocou.

— Se quiser ser meu amigo quando tudo isso terminar, você vai ter que ouvir e concordar com o que eu vou dizer.

Ele olhou para ela e esperou.

— A partir de hoje, você não vai mais me beijar. Não vai me tocar de maneira íntima. Para o resto do mundo, nossas diferenças irreconciliáveis começaram hoje.

Ele engoliu em seco com um aceno.

— Tudo bem.

Ela tomou um gole de vinho e colocou a taça de lado.

Lá fora, notou faróis vindo na direção da casa. A última coisa que ela queria nesse momento era lidar com qualquer um dos Gardner. Então se levantou e foi até a escada. Quando Michael a seguiu, ela olhou para ele.

— Não sei aonde você acha que vai, amigo. Esse sofá parece muito confortável.

Isso o impediu de seguir adiante.

༺❦༻

Zach caminhou até o parque antes de entrar na caminhonete e dirigir para casa, desnorteado.

A lealdade a seu irmão pairava sobre ele como uma manta sufocante, e sua atração por Karen ameaçava despedaçá-lo a cada vez que dividiam o mesmo ambiente. Não que ele precisasse de confirmação sobre o que ela sentia, mas, agora que Karen havia verbalizado seus desejos, ele não podia mais fingir que a química não estava lá.

Ele estava totalmente ferrado.

O que Karen queria dizer quando falou que Mike não teria a oportunidade de machucá-la novamente? Vários sinais de alerta soaram na cabeça de Zach desde sua viagem à Califórnia. Era como se ele olhasse para uma foto dentro de outra e não conseguisse ver a imagem pretendida. Se pelo menos ele conseguisse saber o que se passava no íntimo de Karen, talvez pudesse descobrir o que estava acontecendo.

A dois quarteirões de sua casa, ele notou o carro de Tracey estacionado na entrada.

Mais uma vez, com a atenção em Karen, ele se esquecera de Tracey. Que belo canalha estava se saindo. Suas têmporas começaram a latejar quando percebeu que era hora de terminar as coisas com ela. Tracey merecia ser correspondida, ao contrário do que ele vinha oferecendo.

Ela estava sentada em uma das cadeiras na varanda.

— Oi — ele a cumprimentou enquanto descia do carro.

Ela não disse nada, deu apenas um sorriso triste.

— Eu não te vi no parque.

Ela olhou para longe e piscou algumas vezes.

— Eu estava lá. E vi você.

— Por que você não...

— Outra pessoa tinha toda a sua atenção, Zach.

Ele pensou em se fingir de desentendido, mas não queria insultar a inteligência de Tracey.

— Rolou um certo drama familiar que eu tive que resolver.

Ela fechou os olhos e balançou a cabeça.

— Você não é o mesmo desde que foi para a Califórnia.

Zach se encostou na coluna da varanda e olhou para o chão.

— Tenho pensado em mudar de vida — ele disse. — Talvez sair de Hilton.

Ela fez uma pausa e perguntou:

— Isso tem alguma coisa a ver com ela? — Ele congelou, sem querer admitir a ninguém seus pensamentos sobre Karen. — Não sei qual é o lance, Zach. Ou por que você escolheu a mulher do seu irmão para brincar, mas sei que está brincando com fogo.

Ela tinha razão, mas ele se sentia preso em areia movediça, tentando desesperadamente alcançar um galho distante, mesmo sabendo que seus movimentos vão apressar sua morte. A atração por Karen era muito intensa. Desafiava a razão e ameaçava todas as suas convicções.

— Eu não estou brincando. — Parecia que a vida é que estava brincando com ele. — Eu sei que não fui justo com você.

Os olhos de Tracey encontraram os dele e esperaram. Ela não facilitaria as coisas. E por que deveria?

— Não acho que as coisas têm funcionado entre a gente já faz algum tempo. Achei que os meus sentimentos fossem se intensificar, mas não aconteceu. — A verdade era essa. Com ou sem a presença de Karen, ele e Tracey não haviam sido destinados um ao outro.

— Então é isso?

Por favor, não torne as coisas mais difíceis.

— O que você quer que eu diga?

— Quase um ano da minha vida, e você não sente nada por mim? — Seu tom diminuiu.

— Eu me importo com você, Tracey. Só não como eu acho que deveria.

— Ótimo. — Ela levantou da cadeira e ficou na frente dele. Ele viu mágoa em seus olhos.

— Me desculpa.

O maxilar dela se tensionou.

— Eu gostaria de dizer alguma coisa legal, como "seja feliz" ou "foi divertido enquanto durou", mas não é isso que eu sinto.

Então seguiu pelo jardim, entrou no carro e bateu a porta antes de ir embora.

Ele esfregou a tensão da testa e abriu os olhos para encontrar o vizinho o encarando do outro lado da rua.

Zach o cumprimentou com um aceno e entrou em casa em busca da tão necessária paz.

13

MICHAEL TINHA MESMO FERRADO COM tudo e merecia toda a raiva que Karen sentisse por ele. Ele não achava que fosse possível agir de forma tão descuidada com relação aos sentimentos de outra pessoa, mas foi exatamente isso que aconteceu.

Apertou o travesseiro algumas vezes, virou-o e tentou se acomodar no sofá desgastado que seus pais haviam comprado na década de 80.

Quando Karen se aproximou no parque, ele estava em uma conversa animada com seus velhos amigos. Ver o único amante que teve em Hilton adicionou a quantidade certa de nostalgia para ajudá-lo a baixar a guarda. Ele nunca se preocupara que Ryder pudesse abrir a boca sobre sua sexualidade. Se fizesse isso, colocaria um alvo em suas costas também, e, como ele agora dava aulas no colégio, Michael sabia que não havia como o seu segredo vazar.

Ele se sentiu como se tivesse dezoito anos novamente. Nenhum estresse dos estúdios, ninguém dizendo como e quando ele deveria agir, até que Karen lhe avisou sobre a observação de tia Belle.

Ele ficou maluco. Depois de tudo que tinha passado para manter seu segredo, não deixaria que as divagações de sua tia maluca o atrapalhassem. Quando notou vários olhares sobre eles, puxou Karen nos braços e a beijou. De jeito nenhum ele seria descoberto pela própria família. O medo de ser desmascarado e a raiva por sua incapacidade de controlar os pensamentos dos outros alimentaram suas atitudes. Quando Karen o beliscou e se afastou dos seus braços, algo dentro dele morreu.

Ele sabia que a machucara. Viu a dor em seus olhos antes que ela fugisse.

Queria correr atrás dela, mas sabia que, se fizesse isso, chamaria mais atenção para eles. O que ele poderia dizer para ela ficar bem? Nada. Ele sabia que tinha cruzado um limite.

Michael relembrou a cena e tentou consertar o resultado para não sair como um babaca. Não deu certo.

Ele *era* um babaca.

Desistiu de dormir, sentou e apoiou a cabeça nas mãos.

Passos pesados desciam as velhas escadas da casa onde passara toda a infância. Ele não precisou virar para saber quem era.

Seu pai soltou um suspiro dramático enquanto dava a volta no sofá para ocupar o espaço que sempre fora o seu lugar, na poltrona. Apertou o interruptor e a sala se iluminou fracamente.

Michael não tinha certeza se receberia uma bronca ou um silêncio doloroso. Talvez os dois.

— Faz vinte anos que eu tento fazer a sua mãe trocar esse sofá — Sawyer disse, colocando as mãos sobre o abdome. Ele não era obeso, mas sempre teve uns bons dez quilos a mais. Quando Michael era criança, esse peso o intimidava. Agora só parecia desleixo. — Sabe o que ela me diz quando sugiro irmos às compras?

Michael balançou a cabeça.

— Diz que o sofá é ótimo para sentar. Que deixa muito a desejar para dormir, então eu devo me esforçar para não irritá-la, para não ser obrigado a usá-lo como cama.

Michael sentiu um sorriso nos lábios, apesar de saber que não merecia sorrir.

— Minha mãe é uma mulher inteligente.

Ficaram em silêncio por um tempo, então Sawyer começou:

— Quando você, o Zach e a Rena ainda usavam fraldas ou estavam começando na escola, passei mais noites nesse sofá do que gostaria de admitir. Talvez fosse o estresse de cuidar de filhos pequenos, ou talvez eu trabalhasse demais longe de casa, mas não tinha um mês em que eu não sentisse essa mola nas minhas costas.

Michael estava tentando dormir ali fazia só uma hora e já sabia de que mola seu pai estava falando.

— Você acha que a minha mãe vai me deixar comprar um sofá novo para o aniversário dela?

Seu pai riu.

— Ela provavelmente vai colocar o novo no nosso quarto e manter esta velharia aqui.

Depois de alguns momentos de silêncio, seu pai perguntou:
— Você e a Karen vão ficar bem?
As palavras de Karen surgiram em sua cabeça. *Para o resto do mundo, nossas diferenças irreconciliáveis começaram hoje.* Não adiantava fingir o contrário.
— Eu estraguei tudo, pai.
— Todo casamento tem altos e baixos.
Michael balançou a cabeça.
— Isso é diferente.
A confiança de Sawyer balançou.
— Quer conversar sobre isso?
Claro, pai... Que tal se eu lhe disser que sou gay? Que o meu casamento é uma farsa e que eu posso ter estragado tudo com a única amiga de verdade que já tive na vida?
— Acho que não.
Sawyer se levantou da poltrona.
— Você sabe onde me procurar.
A emoção fechou a garganta de Michael. Ele não conseguia se lembrar da última vez em que tinha trocado tantas palavras com o pai.
Antes que Sawyer subisse as escadas, ele se virou e deu mais um conselho:
— Não há vergonha em se rastejar um pouco.
Michael sorriu.
— Vou me lembrar disso.

∽∞∽

O sonho tomou conta e não a largou a noite inteira.
— *Se eu me virasse agora, gostaria de te beijar.* — *Por favor... me beije. Tire da minha cabeça a dúvida de qual é o seu gosto e me engula por inteiro.*
A mão de Zach apertou seus ombros enquanto olhavam para o lago Beacon, e então... Como se não pudesse se controlar, ele a virou, entrelaçou a mão em seu cabelo e tomou seus lábios. Ela se pressionou contra ele, deixando seu perfume de pinho se infiltrar em cada poro dela. Seus beijos desesperados eram molhados, indecentes e tão cheios de desejo que Karen não queria que acabassem.
Zach a apoiou contra uma árvore e se inclinou sobre ela.
De alguma maneira, Karen sabia que estava sonhando. Pensamentos vagos sobre Michael flutuavam em seu cérebro, fazendo seu coração doer. Ela não deveria estar beijando o irmão dele.

Ou deixando Zach tocá-la.

Você está sonhando, sua mente gritou.

Mas eu quero isso, a consciência a lembrou.

A necessidade se intensificou. Seu fôlego ficou preso na garganta, e, quando Zach subiu a mão no meio das suas coxas...

Karen se sobressaltou, o coração batendo forte no peito.

Um sonho.

Droga!

Ela afundou na cama barulhenta da adolescência de Michael, chutou as cobertas quentes e tentou dormir novamente.

⁓∞⁓

Havia uma escada nos fundos da casa da família Gardner, e isso permitiu a Karen realizar a fuga perfeita na manhã seguinte para sua corrida.

Ela precisava de paz e de um tempo sozinha para dar um telefonema muito necessário para alguém que sabia o inferno pelo qual ela estava passando.

Escapuliu com sua roupa de corrida e conectou os fones para ouvir música no celular. Com um ritmo acelerado, se dirigiu ao celeiro dos Beacon, seguiu em frente e desceu a estrada para a casa abandonada onde havia passado no dia anterior com Zach.

Quando teve certeza de que não havia ninguém por perto, discou o número de Gwen e aguardou que a amiga atendesse.

A voz alegre de Gwen trouxe um sorriso ao seu rosto.

— Karen! Como você está?

— Péssima. É assim que estou. Ah, meu Deus, Gwen...

— Ah, não. O que aconteceu?

— Vir até aqui foi um erro. — Em muitos sentidos.

— A família do Michael é horrível?

Karen esfregou a nuca.

— Não. Eles são muito legais. Eu e a Judy, a irmã do Michael, nos demos superbem. Até a irmã mais nova, a Hannah, é muito divertida.

— E os pais dele?

Ela não podia reclamar.

— Primeiro achei que eu e o pai dele iríamos brigar o tempo todo, mas ele parece ter amolecido. E a mãe, Janice, é ótima.

Gwen limpou a garganta.

— E o Zach?

Karen gemeu.

— Ah! Então o problema é o Zach.

— Eu sou uma pessoa terrível, Gwen. Me diga como é horrível estar sonhando com o cara.

Gwen não cumpriu a tão necessária repreensão.

— Desculpe, minha querida, mas você não vai conseguir isso de mim. Eu notei como ele olhava para você na festa. Acho que está olhando até agora.

— Está. E eu também.

— Eu sabia que isso ia ficar complicado — Gwen falou. — O Michael sabe que você está tendo sonhos na horizontal com o irmão dele?

— Quem falou que eu estou tendo sonhos eróticos?

Gwen riu.

— Acho que eu não falei "sonhos eróticos", mas obrigada por esclarecer.

— Ah, não! O Michael não sabe. Não que ele mereça saber, aquele idiota. — Ela contou a Gwen sobre o dia anterior e a linha que Michael havia cruzado.

— Esse comportamento não parece ser típico do nosso Michael.

Karen sentou na beirada de uma rocha enquanto conversava.

— Não, não. E é só por isso que ainda estou aqui. Acho que ele está tendo uma crise de identidade. Ter a família e os velhos amigos por perto tem sido bom para ele. Ele nem perguntou se o Tony ligou.

— Eu nunca o invejei. Parece que a vida inteira dele é uma farsa.

— Sim, e agora a minha também é. — Talvez Karen estivesse tendo uma crise de identidade também.

— Quanto tempo você vai ficar em Hilton? — Gwen perguntou.

— Uma semana. Tem um desfile amanhã, depois vamos para a cabana por alguns dias. Até o Sawyer está tirando uma folga do trabalho, o que é um milagre.

— Você me perdeu em "desfile".

Karen riu.

— Hilton comemora o aniversário da cidade com um desfile e queima de fogos. A Hannah e a Judy montaram um tipo de carro alegórico para o Michael desfilar, acenando para a multidão.

— Ah, que legal. Você vai desfilar com ele?

— De jeito nenhum. Ele que seja o centro das atenções sozinho. Além disso, não quero que a cidade me conheça mais do que já me conheceu. Não vou ser a sra. Michael Wolfe, ou Gardner... ou o que quer que seja daqui a um ano.

— Acho que é melhor mesmo. A menos que seus sonhos eróticos com o Zach se transformem em mais do que fantasia.

Karen fechou os olhos e ignorou o calor que lhe subiu ao rosto com a simples menção de ter alguma intimidade com Zach.

— Você não está ajudando, Gwen.

Ela riu, e Karen a imaginou jogando os longos cabelos por cima dos ombros.

— Eu pediria desculpas, mas nós duas sabemos que não estou arrependida. Sexo proibido é o melhor de todos.

— Não faço há tanto tempo que já esqueci como funciona.

As duas riram.

— É como andar de bicicleta e tudo o mais. A gente nunca esquece. Pense que, quanto mais tempo você ficar sem, melhor vai ser quando fizer de novo. E o irmão do Michael é muito gato.

— Você não é casada?

Gwen não conseguia parar de rir.

— E satisfeita em mais sentidos do que convém dizer por telefone, mas nós duas sabemos que o seu casamento de mentira te deixou frustrada por mais de um ano. E, se não me engano, você não teve nenhuma diversão durante meses antes de começar a usar a aliança de casamento.

Karen não precisava ser lembrada.

— Eu realmente preciso que você me diga para manter distância, Gwen. Se acontecer alguma coisa entre mim e o Zach, nós dois vamos sentir remorso em níveis colossais. Posso saber que não estou traindo o meu marido, mas o Zach não saberia. Que tipo de mulher transa com o cunhado? E que tipo de irmão vai atrás da cunhada? — Não importava como ela encarasse a situação, o resultado era sempre ruim.

— As questões do coração não são ditadas por restrições da sociedade, Karen.

Ela não precisava que Gwen dissesse isso. Estava casada com um homossexual havia um ano por causa da opinião da sociedade.

— Mas isso não muda os fatos. Se eu fizer alguma coisa que ponha em risco o segredo do Michael, nunca vou me perdoar. Eu o amo demais.

— E se o Michael desse a bênção?

— Isso não vai acontecer, a menos que ele conte o arranjo todo para a família. E, depois de ontem, acho que não vai ser o caso.

Gwen suspirou.

— Acho que você tem razão.

— Eu sei que tenho.

— Me promete uma coisa?

Karen olhou para as nuvens brancas e macias no céu e amaldiçoou o dia tão perfeito.

— Prometo.

— Se acontecer alguma coisa entre você e o Zach, você não vai se odiar por isso.

— Não vai acontecer nada.

— Tirando as boas intenções, se algo...

— Não posso deixar acontecer nada. — Deus era testemunha de que ela já tinha imaginado isso e que tinha sido incrível. As consequências, no entanto, eram uma droga... mesmo nos sonhos.

— Seja sincera consigo mesma, Karen. Você sabe onde me procurar se precisar de mim.

Karen agradeceu aos céus por ter uma amiga tão generosa.

— Obrigada. Mande um "oi" para todo mundo.

⁓∞⁓

Nolan chegou dez minutos antes e fez tudo o que Zach havia pedido. Ele não se deu o trabalho de conversar com o pai para tentar aumentar a carga horária do garoto. Trabalhar no varejo era bom se você fosse o dono do negócio ou tivesse outra fonte de renda, mas não era o suficiente para sustentar uma família. Com Zach, Nolan aprenderia um ofício que oferecia mais perspectivas.

Após ouvir as preocupações de Karen sobre o rapaz e a namorada, Becky, foi praticamente impossível para Zach ignorar os problemas dos dois. Não que ele não tivesse seus próprios problemas para resolver.

Depois de romper com Tracey e fantasiar com Karen a noite toda, Zach conseguiu dormir apenas algumas horas. Ele tinha que trabalhar o dia todo, considerando que a obra pararia para as festividades do aniversário da cidade, no dia seguinte.

Seu braço direito, Buck Foster, ficaria de olho nas coisas em sua ausência. A família Gardner costumava se reunir para passar férias na cabana depois desse feriado. Às vezes, passavam uma semana inteira na floresta; outras, ficavam só alguns dias. A vinda de Michael pela primeira vez em anos exigia uma grande comemoração.

Mas Zach estava com medo.

Ele sabia que, se visse Michael levantar um dedo contra Karen de forma agressiva, arrebentaria aquela carinha de Hollywood para lhe ensinar boas maneiras. Zach queria acreditar em Karen quando ela disse que Michael nunca a tratara mal antes. Mas não estava muito certo. Havia algo estranho em seu irmão, e ele tinha que descobrir o que era.

Além do mais, havia a própria Karen. Como ele dormiria no mesmo cômodo que ela, a poucos metros de distância? A cabana era simples. Havia um sótão enorme no andar de cima, onde, durante anos, todos dormiam nos beliches no fim do dia. O único quarto era no primeiro andar, e era o santuário de seus pais. Até Zach conseguir a licença de construtor, havia apenas um banheiro. Mas, com tantas mulheres debaixo do mesmo teto, ele não deixaria a cabana com um chuveiro só. Eles tinham mais de cem hectares no alto da montanha, e mais de uma vez Zach considerou construir uma segunda estrutura. Agora que a família de Rena e Joe estava crescendo, a cabana parecia cada vez menor.

Talvez ele levasse uma barraca... só por garantia.

— Onde encontrou esse garoto? — Buck perguntou enquanto os dois inspecionavam o último carregamento de suprimentos que tinha chegado naquela manhã.

— Ele trabalha para o meu pai. Acabou de se formar no colégio.

— Acho que o conheço. Ele tem energia.

Zach olhou de relance e notou Nolan arrastando um amontoado de madeira.

— Estou vendo. O que precisamos descobrir é se ele tem jeito para a coisa.

— Eu o coloquei com o Sean. Vamos ver como ele se sai.

Zach assentiu.

— Boa ideia. Me avise se tiver algum problema. Ele ainda tem horas para cumprir com o meu pai, então veja se podemos mantê-lo aqui por meio período.

Zach verificou os números das faturas sobre os paletes de ferragens da cozinha.

— Como vai o seu irmão? — Buck perguntou.

Zach tentou separar a imagem de Michael e de Karen na cabeça para responder.

— Não vejo a hora de afastá-lo das fãs apaixonadas da cidade. — E era verdade, decidiu.

— Primeiro você vai ter que tirá-lo do carro alegórico. Ouvi dizer que o prefeito tem uma placa para inaugurar amanhã cedo.

Ele tinha se esquecido disso. Em todo o país, as pequenas cidades americanas homenageavam suas estrelas com placas nas rodovias ostentando coisas como "HILTON, UTAH, TERRA NATAL DE MICHAEL WOLFE", na esperança de atrair dinheiro com o turismo. Hilton aproveitaria a oportunidade para conceder tal placa a Mike.

— O ego dele pode lidar com isso. — Pelo menos Zach esperava que sim.

Buck empurrou outro palete para verificar o conjunto de números.

— Ouvi dizer que a mulher dele é gostosa.

Ele tinha que mencionar Karen?

— Ela é linda. — Ele esfregou a nuca.

Buck cortou o celofane que envolvia as caixas com um grunhido.

— Sabe, quando ele começou a fazer aquelas peças na escola, muitos de nós apostávamos que ele era gay.

Zach congelou.

— Pelo visto estávamos errados. — Buck rasgou a embalagem com um palavrão. — Cacete, eu rasguei os números. Você consegue ver?

Zach balançou a cabeça, olhou para a fatura e repetiu os números que Buck havia pedido.

— Valeu.

Zach coçou a cabeça, perdido em pensamentos.

— É, valeu.

14

AS FLORES COMEÇARAM A CHEGAR logo depois que Karen saiu do chuveiro. Ela tinha voltado para a casa dos Gardner, mas Michael tinha saído. Ela não devia ter ficado surpresa, mas, com sua família observando cada movimento... Sem dúvida, todos se perguntavam o que tinha acontecido entre eles para resultar em uma noite no sofá. Ela se sentiu um pouco abandonada. Ah, aquele pirralho.

— Karen — Judy gritou lá de baixo.

Ela estava prestes a ligar o secador de cabelo quando ouviu seu nome.

— Tem uma entrega para você.

Ela colocou o secador de lado e desceu as escadas com a escova na mão.

— Entrega?

Judy estava ao lado de um garoto de vinte e poucos anos, que tinha um sorriso pateta no rosto e segurava um buquê de duas dúzias de rosas brancas.

— Você é a Karen?

Flores? Sério, Michael?

— Sou.

Ele ofereceu um sorriso tímido na direção de Judy e entregou as rosas para Karen.

— Ah, uau! — Hannah correu escada abaixo.

Se Michael achava que duas dúzias de rosas a dominariam, estava muito enganado.

— Gostou? — Karen perguntou a Hannah enquanto tirava o pequeno envelope do buquê para ler mais tarde.

— Acho que nunca vi tantas rosas juntas.

O entregador se virou para ir embora.

— Espere, vou pegar uma gorjeta.

Ele acenou para ela.

— Já está tudo acertado.

— Obrigada — ela respondeu.

Antes que a porta se fechasse, Karen virou para Hannah e colocou as rosas nas mãos dela.

— Para você.

A menina ofegou.

Judy exclamou:

— Eita.

O entregador comentou:

— Nunca vi isso antes.

Karen subiu as escadas e continuou sua rotina matinal. Trinta minutos mais tarde o mesmo entregador voltou, dessa vez com rosas cor-de-rosa... duas dúzias novamente. Karen arrancou o cartão, empurrou as flores nas mãos de Judy e voltou para o quarto.

Quando a campainha tocou pela terceira vez, Karen chamou Janice, que estava na cozinha, fazendo comida para a família para durar uma semana.

— Janice? Entrega para você. — Os lírios brancos ficaram maravilhosos na mesa da sogra.

Ao meio-dia, Judy já estava chamando o entregador pelo primeiro nome. Myles percorria três cidades até a floricultura, onde trabalhava meio período no verão. A casa cheirava como a banca de flores da feira de Los Angeles.

— Sra. Karen? — Myles falou enquanto lhe entregava o décimo primeiro buquê do dia.

— Sim, Myles?

— Eu estava meio que esperando sair com os meus amigos hoje à noite. Mas recebi ordens para continuar entregando as flores até você aceitar. — Ele arrastou os pés. — E estou ficando sem combustível.

Karen segurou o riso. Olhou para o buquê de orquídeas que segurava e aproximou o nariz para cheirá-las.

— Bem, Myles, pode dizer para o seu chefe que as orquídeas funcionaram.

Ele suspirou, aliviado.

— Obrigado.

Três pares de olhos a observaram pousar as orquídeas ao lado da cadeira de Sawyer. Ela puxou uma haste do buquê e sorriu.

— Acho que o Mike está arrependido do que fez — Hannah disse, e Janice a observou com os olhos estreitados.

— Você não vai ficar com nenhum buquê, né? — Judy perguntou. — Você só disse aquilo para o Myles não ter que continuar voltando.

Karen apontou a flor na direção de Judy.

— Garota esperta.

Hannah fez beicinho.

— Mas por quê? Acho que, se um garoto me mandasse um buquê, eu guardaria cada pétala dentro de um livro para sempre.

— São só flores, Hannah.

— Milhares de dólares em flores — Judy observou.

Hannah olhou ao redor da sala.

— Milhares? Mesmo?

— Uma dúzia de rosas no site deles custa cem dólares. — Obviamente, Judy usou o tempo entre as encomendas para fazer algumas pesquisas. — Sem contar a taxa de entrega.

Era hora de dar conselhos de irmã mais velha para a geração mais jovem. Conselhos que Karen havia dado a mais adolescentes do que poderia contar. Ela se sentou no sofá e olhou para as duas irmãs.

— Vou explicar para vocês como funciona o cérebro masculino. Os homens acham que enviar flores para uma mulher quando eles fizeram alguma coisa que a deixou brava é o seu "alvará de soltura". E muitas mulheres caem nessa. Sabem o que isso diz ao cara?

Judy falou primeiro:

— Que ele pode fazer o que quiser e enviar flores depois, que vai ficar tudo bem.

— Exatamente. Desculpas são apenas palavras, até serem apoiadas por ações.

— Mas as flores são lindas — Hannah argumentou.

— Não me importa se ele mandar diamantes. Tudo bem que diamantes não morrem. Mas ainda são apenas palavras, até o tempo provar que o Michael não vai estragar tudo de novo.

Karen viu o sorriso de Janice da porta.

— O que você vai fazer com todas essas flores, se não vai ficar com elas?

Um sorriso lento surgiu em seu rosto.

— Já ouviu falar do Desfile das Rosas?

Karen não se sentia culpada ao se sentar no banco da Millie enquanto tomava um sorvete de casquinha. Especialmente quando percebeu que o tal banco já tinha um ocupante.

Ela deu uma olhada rápida ao redor para ver se havia alguma bolsa grande o suficiente para guardar uma muda de roupa. Confiante de que não era o caso, Karen se sentou ao lado de Becky com um sorriso.

— Oi.

— Oi. — A garota baixou os olhos para a grama a seus pés.

— É Becky, certo?

O sorriso de Becky demonstrou que ela ficou feliz por Karen lembrar.

— Sim. Desculpa, não lembro o seu nome.

Karen lambeu o sorvete para que não pingasse com o sol quente de Utah.

— Karen. Mas todo mundo por aqui me chama de "esposa do Michael". É como se eu não existisse sem ele. — Seus anos de experiência em fazer os jovens falarem comprovavam que se abrir com algo pessoal os fazia se sentir especiais.

— Bom, todo mundo aqui conhece o Michael.

— Querida, vou te contar uma novidade: todo mundo, em todos os lugares, conhece o Michael.

Becky soltou uma risadinha, mas o sorriso em seu rosto não durou muito.

— Deve ser difícil ser casada com alguém tão famoso.

Karen apontou o sorvete na direção de Becky.

— Sabe de uma coisa? Você é a primeira pessoa em Hilton que me diz isso. As pessoas não param de falar como eu tenho sorte ou como deve ser legal. E sabe o que mais? *É* difícil. Não podemos ir a lugar nenhum sem que alguém tire fotos nossas ou se meta na nossa vida. — Karen deu uma risada meio falsa. — É como se estivéssemos em uma cidadezinha onde todo mundo sabe da vida de todo mundo. Mas você não quer que descubram seus segredos, então você tenta esconder. Mas em algum momento eles aparecem.

— Alguns segredos permanecem escondidos.

Karen pensou em Michael.

— Acho que sim. É por isso que eu acredito que é importante ter amigos próximos... ou uma pessoa em quem a gente confie para contar nossos segredos. Caso contrário, eles crescem dentro da gente até estourar em uma terrível confusão.

Becky parecia perdida em pensamentos.

— Ontem mesmo, eu contei algo ao Michael que nunca tinha contado para ninguém. E sabe de uma coisa? — Ela não esperou Becky responder. — Foi bom.

— E se os seus segredos afetarem outras pessoas?

Karen afastou o sorvete que pingava e desistiu de tentar tomá-lo.

— Bom, acho que depende do segredo. Se a sua melhor amiga te conta que gosta de um cara, que anda ficando com ele ou... coisas assim, pode ser uma boa ideia guardar segredo. Mas, se você soubesse que o rapaz com quem ela está saindo não é uma pessoa boa, então guardar o segredo pode não ser a melhor coisa a fazer.

— Mas, se você contar para alguém, a sua melhor amiga pode não querer mais a sua amizade.

Karen assentiu.

— É um risco que você corre. Mas, se ela for realmente sua melhor amiga, em algum momento vai se reaproximar.

Karen não sabia ao certo como elas tinham chegado a uma conversa sobre guardar os segredos de um amigo, mas Becky parecia muito pensativa e não mais tão deprimida.

— Você tem alguém em quem confia para contar os seus segredos? — Karen perguntou.

Becky era mesmo uma garota bonita quando sorria.

— O Nolan. Ele escuta tudo.

— Que bom. — Karen se sentiu melhor quando percebeu que o garoto por quem Becky estava apaixonada não lhe provocava nenhuma recordação dolorosa.

— E onde ele está agora?

— Ah, está trabalhando. Conseguiu um trabalho extra com o seu cunhado. Quer dizer, com Zach Gardner.

Ah, caramba... Ele realmente o ajudou. Que fofo. Ela precisava se lembrar de agradecer quando o encontrasse.

— Que ótimo.

— Sim. — Becky se levantou do banco da Millie e ofereceu um sorriso. — Foi legal conversar com você, Karen.

— Digo o mesmo, Becky.

Assim que a adolescente se afastou, Karen jogou a casquinha no lixo e entrou no salão de Petra.

— Se importa se eu lavar as mãos?

A mulher estava varrendo os cabelos do chão.

— De modo algum.

Karen ensaboou as mãos e as colocou debaixo da torneira do banheiro.

— Está gostando de Hilton? — Petra perguntou.

Karen saiu com uma toalha de papel.

— É um pouco maluco, para dizer a verdade. Não consigo lidar com o fato de que é tão pequeno e que todo mundo se conhece.

— Leva um tempo para se acostumar. — Usando um aspirador de pó, Petra limpou os cabelos do chão. — Eu vi você conversando com a Becky.

— Ela é uma garota doce. — Karen se lembrou da observação de Judy sobre Petra não fofocar. Mas isso não significava que a cabeleireira não soubesse exatamente o que estava acontecendo. — Conhece os pais dela?

— A mãe vem aqui algumas vezes por ano. O pai, não. Vai em um barbeiro em Monroe.

Apenas os fatos.

Hora de abordar o que as duas tinham observado.

— Eu me pergunto como ela conseguiu aquelas marcas.

Em vez de contestar as palavras de Karen, Petra comentou:

— Eu perguntei a ela na primeira vez que notei as marcas. Ela disse que tinha caído. Depois não apareceu mais aqui, por seis meses.

— Há quanto tempo foi isso?

— Dois anos.

Muito antes de Nolan.

Karen foi até a agenda de Petra e pegou a caneta que estava apoiada ali.

— Tenho a sensação de que a Becky vai precisar de mulheres mais experientes para ajudá-la muito em breve. Se souber de alguma coisa, por favor, me ligue. — Ela anotou o número do seu telefone. — A qualquer hora, está bem?

— Está planejando ficar em Hilton por mais tempo?

Karen olhou diretamente em seus olhos.

— Algumas situações requerem cuidado.

A cabeleireira assentiu.

— Também acho.

Nenhuma delas precisou expressar suas suposições para saber que desconfiavam da mesma coisa.

Karen deixou Hannah e Judy com a tarefa de decorar o carro alegórico de maneira digna do Desfile das Rosas e deu um passeio pela Main Street. O patriotismo da cidade estava em todos os lugares. Bandeiras com o nome dos rapazes e moças que se dedicavam ao serviço militar voavam sobre cada poste de luz. Bandeiras americanas pendiam de todas as lojas, e nenhuma indicava que estaria aberta no dia do aniversário da cidade.

Hilton levava o seu dia a sério. *Imagine como deve ser o Quatro de Julho.*

Ela passou do outro lado da rua da loja de ferragens de Sawyer, mas não se incomodou em parar. Lembrando-se do novo emprego de Nolan, pegou o celular e enviou uma mensagem a Zach.

> Obrigada por ter arrumado um emprego para o Nolan.

Seu telefone vibrou alguns segundos mais tarde.

> Ele é um bom garoto.

— Ei!

Karen virou e viu Michael correndo pela rua para alcançá-la.

— Oi.

Ele olhou ao redor.

— E-eu... fui até em casa.

Karen abriu os braços.

— Como você pode ver, eu não estou lá.

Percebendo a preocupação em seu rosto, Karen amoleceu.

— Não sou bom com essas coisas, Karen.

— Bem, vou te dar uma dica. Flores não consertam nada.

— Eu não devia ter mandado as flores?

— Eu não falei isso. Disse que elas não consertam nada. — Ela notou um casal que saía da loja de bebidas se virando para olhar para eles. Então começou a caminhar na direção oposta dos olhares espantados.

— Então eu devia ter mandado? — O coitado estava ficando cada vez mais confuso.

— Flores, presentes extravagantes... joias não são nada mau. Mas nada disso resolve.

Ele caminhou ao lado dela e perguntou:

— E o que resolve?

— O tempo, além de não repetir o erro.

— Te garanto que não vou repetir. Mas são apenas palavras.

— Agora você está entendendo.

— Meu pai me aconselhou a rastejar.

Karen riu.

— Pai esperto.

— O que "rastejar" significa para você?

Ela parou de andar. Ele deu dois passos à frente dela antes de perceber que ela não estava a seu lado. Seus olhares se encontraram.

— E aí? — ele perguntou.

Karen revirou os olhos.

— Flores, presentes extravagantes, joias, alôôôô? — Era difícil se manter séria, especialmente quando Michael começou a sorrir.

Karen desviou dele e continuou andando em silêncio. Ele enfiou as mãos nos bolsos.

— Ainda vou continuar dormindo no sofá, não é?

Ela deu um tapinha nas costas dele.

— Sabe, Mikey Gardner, você aprende muito rápido.

Ele resmungou, e ela riu.

— Aquele sofá é desconfortável.

— Que bom que é você quem vai dormir lá.

Eles caminharam até o fim da cidade e depois voltaram para casa.

— Sinto muito mesmo — ele sussurrou, olhando para o caminho que se abria à frente deles.

— Eu sei que sente.

15

O DIA DO ANIVERSÁRIO DA cidade era algo muito sério em Hilton. Famílias inteiras ocupavam seus lugares na Main Street algumas horas antes do desfile, com cadeiras espalhadas pela rua. Observar a cidade preparada para o desfile não foi tão chocante quanto a quantidade de pessoas que começou a aparecer.

Karen se inclinou para onde Janice colocava as cadeiras, bem em frente à loja de ferragens.

— De onde estão vindo todas essas pessoas?

A mulher olhou para a multidão.

— De cidades vizinhas em um raio de trinta quilômetros. Dificilmente você vai encontrar qualquer um de Hilton em casa hoje, a menos que esteja doente.

Karen sentiu mais alguns pares de olhos sobre ela. Algo comum sempre que Michael estava por perto. Só que ali os gentis moradores de Hilton tentavam disfarçar a curiosidade.

Rena acenou empurrando o carrinho de bebê com Susie, enquanto Joe carregava Eli nos ombros, para o menino ver tudo do alto.

— Oi, mãe.

— Oi, querida.

Eles cumprimentaram Karen enquanto colocavam o carrinho entre as cadeiras dobráveis. Os dois se revezaram oferecendo abraços em cumprimento.

— Onde estão o Zach e a Tracey? — Janice perguntou à filha.

Karen olhou para a rua, tentando não prestar muita atenção na conversa.

— Não sei onde o Zach está, mas não espere a Tracey.

— Ah. Por que não?

— Você não soube? — Rena perguntou de uma maneira que atraiu a atenção de Karen.

— Soube o quê?

— Eles terminaram.

Os ombros de Janice despencaram com a notícia, e Karen se sentiu terrivelmente mal por ficar aliviada. Não que ela tivesse qualquer motivo para ficar feliz com a separação de Zach...

Ah, quem ela queria enganar?

Tracey não era a mulher certa para ele.

Como se eu a conhecesse o suficiente para fazer esse julgamento.

Você é horrível, Karen. Horrível!

De alguma maneira, ela sabia que tinha algo a ver com o término do namoro de Zach. Ele não parecia ser o tipo de cara que ficava com uma mulher atraído por outra.

O que ele devia pensar dela? O fato de que ela pudesse se sentir atraída por outra pessoa estando casada devia fazê-la parecer péssima.

— Karen? Karen?

Ela afastou as perguntas confusas da cabeça quando percebeu que Rena estava falando com ela.

— Sim?

— Eu perguntei por que você não está no carro alegórico com o Mike.

Ela levantou as duas mãos em efusiva negação.

— O show não é para mim. A Hannah e a Judy ficaram mais do que felizes em acompanhá-lo.

— De qualquer forma, é melhor aqui. Acho que já andei nessa coisa pelo menos meia dúzia de vezes — Rena falou.

Janice se sentou na cadeira mais próxima da neta e corrigiu a filha:

— Você desfilou por seis anos seguidos com as bandeirantes, depois com a fanfarra da escola e pelo menos mais duas vezes com o Zach ou o Mike.

— Tem alguém nesta cidade que não tenha desfilado ou cavalgado?

— Não. Até o Sawyer já desfilou uma ou duas vezes, e eu organizei o desfile da turma da Rena por alguns anos, além de precisar acompanhá-las.

Quem podia imaginar que participar de desfiles seria um caso de família?

— Aí está você. — A voz de Joe fez Karen se virar para ver quem ele havia cumprimentado.

Zach abriu um sorriso caloroso e apertou a mão do cunhado.

— Não achou que eu perderia isso, né?

Joe revirou os olhos.

Zach abraçou a irmã, se inclinou e beijou a bochecha da mãe. Quando se virou para Karen e disse "oi", ela entrou no que poderia dar a impressão de um abraço impessoal, mas parecia muito mais. Seus braços eram fortes, o perfume de pinho de sua pele duraria mais se ele pudesse abraçá-la mais demoradamente, mas ele se afastou quase tão rápido quanto a tomou em seus braços. Ainda que um suave aperto lhe permitisse saber que ele desejava mais.

— Cadê o papai?

— Por aí — Janice disse, e então baixou a voz. — Sinto muito pela Tracey.

Zach respirou fundo e olhou para Karen.

— Essas coisas acontecem.

Janice continuou:

— Achei que vocês dois estavam...

— Não estávamos. — Ele piscou.

Karen se virou na direção oposta e acenou para Petra, que os observava do outro lado da rua.

— Vocês ajeitaram tudo para irmos para a cabana? — Joe perguntou.

— Se essa é a sua maneira de perguntar se a bebida está pronta para os copos vermelhos, então sim.

— Ei, estou perguntando sobre as motos. Mas bem lembrado.

Eles se instalaram nas cadeiras e conversaram sobre a viagem até a cabana enquanto o percurso do desfile começava a se organizar.

As crianças estavam alinhadas, segurando sacolas, ansiando pelos doces que seriam distribuídos pelas pessoas que desfilavam.

Havia um sistema de alto-falantes ao longo do trajeto tocando uma música patriótica.

— Vocês fazem isso de novo no Quatro de Julho? — Karen perguntou.

— Com certeza. Tudo é motivo para comemorar. — Rena riu da insanidade. — Patético, não é?

— Não sei. É saudável e não tem um apelo totalmente comercial. — Havia alguns vendedores oferecendo produtos, mas a maioria fazia parte de organizações de caridade que levantavam fundos para se manter.

O microfone apitou e a música parou abruptamente. Uma voz áspera chamou a multidão:

— Vamos dar início às comemorações! Todos de pé para a saudação à bandeira.

Bandeiras tremulavam por toda parte, e logo as formalidades terminaram e as caminhonetes que puxavam os carros alegóricos nos reboques começaram a fazer lentamente o percurso de três quilômetros da Main Street.

Rena pegou Susie do carrinho no momento em que Sawyer saiu da multidão e se sentou ao lado de Janice. Karen se acomodou atrás do grupo e Zach se sentou ao lado dela.

Não olhe para ele. Não olhe para ele.

Mas ele era lindo de se ver. Sempre tinha uma barba por fazer no rosto, o que lhe dava um quê de incerteza, como se dissesse: "Eu sei que é a minha barba sexy. Você não adoraria se eu arranhasse a sua pele com ela?"

Zach deslizou os olhos para os dela, e Karen rapidamente desviou o olhar.

Não fique encarando, sua idiota!

Uma fila de tratores abriu caminho primeiro. Um deles era tão alto quanto a maioria dos edifícios ao longo da Main Street, enquanto outros variavam entre colheitadeiras das mais luxuosas aos modelos vistos na maioria das fazendas.

Zach se inclinou.

— Existem muitas fazendas na região.

— Eu notei.

As pessoas acenavam, e as crianças corriam atrás dos doces nas ruas. A antiga tropa de bandeirantes de Rena marchou, seguida de perto pelos escoteiros. Agora foi a vez de Karen falar:

— Estou vendo que os meninos estão sempre correndo atrás das meninas.

Zach deu uma piscadela que a atingiu direto no estômago. Depois que a terceira fila de caminhões passou, Karen fez outra observação:

— Acho que caminhões feitos pelos americanos são os únicos permitidos no desfile. — Havia marcas como Ford, Dodge e Chevrolet, mas nenhum Toyota.

— É isso aí — Joe falou do outro lado de Zach.

O próximo Ford que passou tinha um adesivo da concessionária. Na janela, havia uma placa em que se lia: "COMPRE ESTA CAMINHONETE E GANHE UMA ARMA". Se isso não era um testemunho sobre cidadezinhas americanas, ela não sabia o que era. Havia um carro alegórico para a Miss Monroe, a Miss Hilton e a Miss Colegial, com as cores da escola.

No centro do desfile, o carro de Michael seguiu lentamente e Karen pegou o celular do bolso para tirar uma foto. Hannah e Judy tinham se superado espalhando todas as flores que ele havia mandado entregar no dia anterior. A multidão aplaudiu o filho famoso, e Michael jogou doces e acenou com seu enorme sorriso de Hollywood.

Ao redor do seu carro havia várias pessoas que Karen imaginava ser as amigas de Hannah e Judy, que caminhavam por ali entregando rosas às senhoras alinhadas nas ruas. Havia vários comentários, do tipo: "Não é fofo?" e "Que legal!", enquanto seu carro passava.

Hannah e Judy pularam lá de cima e entregaram flores para Janice e Rena. Então Judy entregou uma caixa de presente a Karen e riu.

A família inteira a olhou enquanto ela abria a caixa de veludo. Dentro, havia uma pulseira de ouro branco com duas fileiras de pequenos diamantes. Era muito bonita, mas não algo que ela usaria. No entanto, ela conhecia alguém que usava exatamente esse tipo de joia. Karen olhou para Michael e acenou.

— Ei, Rena, o Michael tem algo para você. — Então, com um grande gesto, Karen passou a caixa por cima de Zach e Joe e deu a Rena o presente de Michael.

Michael abriu um sorriso brincalhão para ela e balançou o dedo em sua direção, antes que o carro alegórico continuasse.

— Meu Deus, Karen, eu não posso aceitar isso.

— Claro que pode.

Zach a observava, assim como Joe. Janice apenas sorriu e agiu como se o fato de Karen dar os presentes de Michael fosse uma ocorrência diária. Se Karen não estava enganada, Sawyer estava tentando esconder uma gargalhada.

Rena tentou devolvê-lo.

— Não posso.

Karen encostou em Zach enquanto empurrava a caixa de volta.

— Se você não aceitar, vou dar para outra pessoa. Acho que a Hannah é um pouco nova para isso, mas a Judy pode querer.

— Mas o Mike...

— O Michael sabe que eu não vou ficar com isso. Confie em mim. Ele gostaria que você ficasse.

Rena desistiu de argumentar, colocou o presente caro de desculpas no pulso e esticou o braço para admirá-lo.

Quando o grupo voltou a atenção para o desfile, os lábios de Zach pairaram perto de seu ouvido.

— O que foi isso?

— Presentes para demonstrar arrependimento não funcionam comigo.

Zach esticou o pescoço para ver a parte de trás do carro de Michael.

— Todas essas flores têm a ver com isso?

— Sim.

Karen não pôde evitar de sorrir.

༺ᐟᐞᐠ༻

Zach manteve certa distância de Karen o restante do dia.

Mike, Hannah e Judy se juntaram a eles após o término do desfile e levaram todos para o pátio, do lado de fora do parque. Lá, o prefeito de Hilton apresentou a placa que ficaria na estrada, a trezentos metros da saída da cidade.

Zach achou que o irmão parecia desconfortável quando a placa foi mostrada. "HILTON, UTAH, TERRA NATAL DE MICHAEL WOLFE" se destacava em negrito.

Alguém do jornal da escola tirou fotos, e em seguida Karen pediu para toda a família se reunir ao redor da placa com Mike para registrar o momento também.

— Você devia estar aqui — Hannah falou.

Karen não concordou e insistiu que Mike e os demais se aproximassem.

Eles passearam pela cidade e compraram pinturas e peças de artesanato de alguns vendedores locais. Ocasionalmente, Zach sentia um par de olhos sobre si e notava Karen o observando.

O que ele achou interessante era como Mike raramente permanecia ao lado de Karen. Ele ria ao lado dela, mas logo se afastava. Zach ouviu Mike dizer a Rena que o bracelete havia ficado lindo nela, reforçando as palavras de Karen de como ele não esperava que a esposa aceitasse o presente. Depois de observar os dois juntos com os demais durante mais de uma hora, Zach se concentrou em Joe e Rena.

Eles faziam malabarismos com as crianças, mas também se abraçavam ou se beijavam. Até seu pai abraçava a mãe de vez em quando.

Zach imaginou que talvez a briga entre Mike e Karen tivesse causado esse afastamento, mas, quanto mais pensava nisso, menos se lembrava deles interagindo como um casal romântico.

Eles não trocavam gestos carinhosos entre si, mas também não se comportavam como se fossem um casal em eterno conflito.

Então, em que tipo de relacionamento se encaixavam?

Zach não tinha certeza, mas descobriria o que estava acontecendo entre os dois enquanto estivessem na cabana. Observar de longe era uma coisa, mas conviver de perto com eles seria completamente diferente.

16

A ESTRADA PARA A CABANA não era asfaltada. Na verdade, Karen achava que os próximos dias de suas férias em Utah seriam selvagens, a ponto de ter os cabelos cheios de poeira. Em comparação com as férias que tivera nos últimos dois anos, estas eram uma espécie de mochilão pela Sierra Nevada.

Joe conduziu Rena e as crianças em uma caminhonete e lotou a parte traseira do veículo com a maioria da bagagem e dos alimentos. Zach partiu em outra caminhonete, puxando um reboque com motos e dois quadriciclos. Hannah e Judy foram com o irmão mais velho, enquanto Karen e Michael acompanhavam Sawyer e Janice.

— Você costumava acampar quando criança? — Janice perguntou a Karen assim que eles pegaram a estrada de terra.

— Não.

— Isso não é acampar — Sawyer apontou. — É uma cabana com telhado e banheiro.

Michael olhou para ela.

— Comparado a LA, é como dormir em uma barraca.

— Não sou uma princesinha — ela lembrou. — Já dormi em barracas com as crianças do clube mais de uma vez.

— É como se fosse um acampamento — Janice disse.

Karen lançou um olhar duvidoso à sogra.

— Na verdade, não. Tinha cozinha, banheiro... Tudo bem perto. Foi mais uma mudança de cenário para as crianças.

— Você passa muito tempo com as crianças no Boys and Girls Club?

Michael bufou.

— Se pagassem para a Karen pelo tempo que ela passa lá, ela seria rica.

Ela deu uma risadinha, e Sawyer observou os dois pelo retrovisor.

— Eu adoro. Um dia quero abrir um centro para crianças carentes que fogem de casa.

Janice se virou do banco da frente.

— Por que não faz isso agora?

Karen olhou para Michael.

— Não é o momento certo. Mas algum dia vai ser. Existem muitas crianças que precisam de ajuda, porque não têm um lugar para dormir durante a noite. Muitas delas viajam para lugares como Los Angeles, achando que vão passear pelo Hollywood Boulevard, conhecer um produtor que vai lhes dizer que elas têm "a aparência per-fei-ta" para um papel no próximo filme e vão se tornar o mais novo sucesso do momento. Mas é preciso muito mais do que isso para se dar bem em LA.

Michael soltou um suspiro.

— Pode repetir isso mais vezes.

Karen bateu com os dedos no joelho. O gesto era tão normal para ela como respirar.

Ele sorriu em sua direção.

— Muitas vezes essas crianças são alvo de oportunistas, vigaristas e todo tipo de malfeitor.

— Sem falar das drogas e da prostituição.

Janice se encolheu.

— Nós nos preocupamos com tudo isso quando você estava na faculdade — disse ao filho.

— Eu não era um fugitivo — Michael lembrou. — E já estudava fazia mais de um ano e meio na faculdade antes de conseguir meu primeiro papel.

— Você ainda era muito jovem — Sawyer disse.

Michael assentiu e pareceu perdido em pensamentos.

— Acho que sim.

— Mas você tinha tanta confiança no que estava fazendo. E, quando o primeiro filme saiu, seu pai e eu já sabíamos que você não voltaria mais para a faculdade.

— A faculdade não ia me ajudar no que eu queria fazer — Michael disse.

Karen sentia que a conversa era a primeira entre Michael e seus pais. Eles já haviam conversado abertamente sobre sua escolha profissional? Talvez em uma conversa confusa pelo telefone, mas não assim, trancados em um carro, numa estrada empoeirada a caminho da cabana.

— Ficamos preocupados que o Mike acabasse como esses garotos de quem você falou. Foi uma época estressante para a gente — Janice admitiu.

— Meu primeiro filme me rendeu muito dinheiro, mãe.

— E o que imaginamos era que alguém poderia tirar tudo isso de você. Ser pai é um trabalho duro. Deixar os filhos fazerem as próprias escolhas... não é fácil.

— Sempre achei que vocês ficaram decepcionados. — As palavras pareceram escapar dos lábios de Michael antes que ele percebesse o que havia dito.

Janice girou no assento.

— Nós estávamos com medo, Mike... não decepcionados.

Karen fez questão de olhar para o rosto de Sawyer quando Janice falou. Ele não disse nada, mas ela podia jurar que ele sentia a mesma coisa.

Ela apertou o joelho de Michael e sentiu sua mão cobrir a dela. A cabana ficava em meio a um cenário de pinheiros e uma enorme campina na parte da frente. Um lago azul cristalino se estendia a vários metros da cabana e serpenteava para além da estrada.

— É lindo aqui — Karen observou.

— Não costumamos vir aqui tanto quanto deveríamos — Janice falou.

— Eu e o Zach vínhamos muito quando éramos adolescentes.

— Que sensação incrível de liberdade. — Karen adoraria ter tido um lugar como aquele para ir quando era nova.

Sawyer estacionou a caminhonete ao lado das outras e todos desceram. O ar fresco era pelo menos uns oito graus mais frio do que em Hilton. Karen ergueu os braços para absorver a frescura do espaço aberto.

— Meus pulmões não vão saber o que fazer com todo esse ar puro.

— Talvez a gente os convença a nos visitar com mais frequência. — As palavras de Janice lembraram a Karen que provavelmente aquela seria sua única visita. Um pensamento bem lúcido.

O interior da cabana cheirava como todas as estruturas de madeira fechadas. Um misto de umidade, poeira e carvalho que fez Karen pensar em aranhas e possíveis parasitas indesejados.

Janice e Rena entraram e começaram a abrir todas as janelas para deixar entrar ar e luz. Hannah subiu as escadas para o que Karen supôs ser o sótão de dormir, e logo a brisa da montanha pôde ser sentida no meio do enorme espaço aberto.

— As meninas ficam à direita e os meninos à esquerda! — Hannah gritou lá de cima.

Eli subiu as escadas com sua mochila e Joe montou um cercado para Susie na varanda da frente. Após algumas idas às duas caminhonetes, cada uma com um monte de suprimentos, comida e bagagem, Karen finalmente subiu para ver onde dormiriam. Parecia que estava em um acampamento juvenil novamente. Só que, em vez de os meninos estarem em cabanas do outro lado do lago, estavam no mesmo cômodo, com apenas uma cortina separando os sexos.

Eli pôs o cobertor ao redor do que parecia ser um jacaré de pelúcia em um pequeno beliche e sentou ao lado do animal para conversar com ele:

— Coma as aranhas, Nate.

Hannah correu para baixo e Karen ficou sozinha com Eli. Não que ela se importasse. Ela sempre amou crianças, mesmo as pequenas. Sentou na beirada da cama mais próxima da de Eli e perguntou:

— O Nate come aranhas?

Os olhos de Eli se arregalaram quando ele assentiu com entusiasmo.

— Sim.

— Ah, legal. Quando ele terminar de comer as aranhas daqui, pode comer as do nosso lado do quarto? Também não gosto delas.

Os olhos grandes de Eli piscaram várias vezes antes de ele enfiar a mãozinha fofa dentro da mochila e pegar outro amigo de pelúcia. Dessa vez um gatinho. Ele olhou para o gato, depois para Nate e, aparentemente, decidiu que o jacaré faria um trabalho melhor de protegê-lo das aranhas. Então entregou o bicho de pelúcia a Karen.

Ela não pôde deixar de pensar que o pobre garoto estava abandonando seu plano de segurança. Decidiu brincar com a preocupação em relação às aranhas.

— Esse gato é muito legal. Qual é o nome dele?

— Kitty.

— É um nome ótimo. Adequado também.

Eli sorriu.

Karen se levantou, caminhou até seu lado e olhou ao redor, como se inspecionasse o lugar mais provável para uma aranha se esconder.

A verdade era que ela tinha visto aqueles filmes vagabundos horríveis quando era criança, sobre aranhas gigantes que matavam com uma mordida, infestavam a casa inteira para matar seres humanos ou que mais pareciam pássaros, e realmente não queria pensar em pássaros agora e assustar mais o pobre Eli, que já estava bastante assustado.

— Onde você acha que o Kitty vai fazer melhor o trabalho dele?

Eli saltou do beliche enquanto apertava Kitty contra o peito. Ele olhou atrás dos beliches e imitou o que Karen fez. Ela procurou em volta das cortinas, notou algumas aranhas mortas e rapidamente baixou o tecido para o lugar original.

Coçou a cabeça, fazendo pose, e voltou para o lado onde Eli dormiria no quarto.

— Acho que talvez seja melhor deixar o Kitty perto da escada — disse à criança. Os degraus estavam perto do beliche dele, e as palavras trouxeram um sorriso a seus lábios. — Porque todo mundo sabe que as aranhas gostam de subir escadas, mas ele pode pegá-las antes que elas cheguem ao topo.

Eli balançou a cabeça, como se Karen fosse a pessoa mais sábia do mundo, e olhou ao redor procurando o lugar perfeito para colocar Kitty.

Quando ficou satisfeito com o posicionamento do gato, voltou para o beliche e tirou vários brinquedos da mochila. O ruído do andar de baixo subia, mas parecia que a maior parte da família estava lá fora.

Karen olhou e encontrou Zach de pé, no primeiro degrau, observando os dois.

Seus olhares travaram um no outro. Karen sentiu os braços se arrepiarem e a respiração acelerar.

Zach abriu um sorriso tão suave que ela se sentiu desfalecer. A necessidade que a atingiu, muito além do desejo, chegou até ela através dos olhos dele.

A atração magnética de Zach ameaçou desfazer a determinação de Karen de permanecer indiferente. Ela afastou o olhar e se concentrou no pequenino.

Do nada, lágrimas encheram seus olhos. Ela sugou o lábio inferior e o mordiscou suavemente para contê-las. Aquela semana seria a mais difícil da sua vida.

— Uau, Eli... foi ótimo pensar em colocar esse gato aqui em cima. Eu vi uma aranha correndo escada abaixo. Deve estar a meio caminho de Hilton agora — disse Zach, entrando no sótão.

O menino esqueceu os outros brinquedos e correu até onde Zach havia parado. Olhou para a escada, colocou a mão no queixo e desceu, tateando a parede, até o andar de baixo.

— Ele realmente não gosta de aranhas.

— Somos dois — Karen admitiu.

Ela seguiu para o seu beliche e tentou colocar distância entre eles.

— Você é muito boa com crianças.

— Elas são ótimas. Cheias de inocência e assombro na idade do Eli, cheias de descobertas e perguntas quando ficam mais velhas.

Pelo canto do olho, notou o olhar questionador de Zach. Em vez de deixar o silêncio se estabelecer entre eles por muito tempo, disse:

— Obrigada por dar um emprego ao Nolan.

— Você já me agradeceu.

Ela se lembrou da mensagem.

— Bom, obrigada mais uma vez.

O quarto ficou em silêncio. O andar de baixo estava quieto também, e lá fora ela ouviu o som de um quadriciclo, ou talvez fosse uma moto.

— Devíamos ir lá para fora... com os outros. — Mas suas pernas não saíram do lugar e seus olhos encontraram os dele de novo. Ela o encarou profundamente e depois se forçou a virar e descer as escadas.

Lembrete: não fique no quarto sozinha com Zach por mais de duas frases.

Esta seria uma semana muito longa.

※

Zach a observou fugir.

Primeiro ele a encontrou babando em Eli, como se fosse uma mulher desesperada para ser mãe e que não tivesse um parceiro, depois viu a vulnerabilidade em seus olhos quando ela percebeu que ele a observava. Viu o mal-estar em seu olhar quando os dois estavam sozinhos no quarto e notou que ela sentiu a energia que havia entre eles, que poderia ser detectada até por um medidor de radiação.

E então ela fugiu.

Como se não confiasse em si mesma.

Zach estava muito a fim de testá-la. Como se a cada hora que passasse no mesmo espaço que ela, sentisse a química aumentar.

Por meio das irmãs mais novas no trajeto até as montanhas, ele soube que Mike estava dormindo no sofá, mas nenhuma delas percebeu animosidade entre os recém-casados.

Em sua cabeça, Zach contemplou uma possibilidade. Será que seu irmão era gay?

A primeira reação foi: com certeza, não. Ele estava casado, o que provava que não era gay.

Ou era? Por mais que o incomodasse, Zach decidiu observar a interação entre Karen e Mike, com o pensamento de o irmão não ter nenhum interesse sexual na esposa.

Havia diferenças entre pessoas que se sentiam atraídas uma pela outra e as que não se sentiam. Que tipo de pessoas eles eram, afinal? Amigos ou amantes?

Zach desceu as escadas, saiu pela porta da frente da cabana e se concentrou em seu alvo. Karen caminhava ao lado de Hannah e Judy enquanto as duas se dirigiam para a beira da água. Mike se ajoelhou ao lado da moto de cinquenta cilindradas, na qual ambos aprenderam a pilotar quando tinham a idade de Eli.

— Zach? — Mike acenou para ele. — Eu lembro que tem algum tipo de truque para ligar essa coisa.

A moto trouxe de volta várias lembranças. Embreagem grudenta e tudo o mais. Zach perdeu um tempo com a embreagem e fez várias tentativas, até que a motoca rugiu. Eli veio correndo com um capacete na cabeça. Joe caminhou atrás do filho com um sorriso enorme.

Com uma pequena instrução a Joe sobre a embreagem, Zach e Mike recuaram e o viram instruir o filho a pilotar pela primeira vez.

Rena se aproximou deles enquanto Joe corria ao lado de Eli, que se afastava.

— Eu me lembro da primeira vez que você andou naquela coisa — ela disse para Mike. — O Zach estava mais animado que o papai para você dirigir.

— Não acredito que o papai ainda tem essa coisa — Mike comentou.

— Ele nunca vai se livrar dela.

Zach olhou atrás deles e notou os pais na varanda, segurando Susie e observando as atividades.

Rena entrelaçou os braços no dele e no de Mike.

— Estou tão feliz por estarmos todos aqui! Talvez daqui a alguns anos você possa mostrar aos seus filhos como subir nessa moto — Rena falou para Mike.

Ele lhe deu um cutucão de brincadeira.

— Por que você não amola o irmão mais velho sobre ter filhos?

— Porque você é o único casado.

— Não seria certo ser pai agora — ele disse. — Tenho compromissos de trabalho pelos próximos dezoito meses.

— Isso não é para sempre — Rena disse.

Zach ficou calado e observou Mike, que parecia desconfortável com a conversa a respeito de filhos.

— Eu vou ter filhos um dia — ele assegurou à irmã.

Engraçado que ele disse "*Eu* vou ter filhos", não "*Nós* vamos ter filhos". Zach soltou o braço da irmã e apontou para as motos ao se dirigir a Mike.

— Você ainda dirige?

Mike tirou os óculos escuros da frente da camisa e os empurrou sobre o nariz.

— Se tem uma coisa que eu não deixo os dublês fazerem são as cenas de moto.

Como nos velhos tempos, Zach e Mike subiram nas motos e desceram pelas velhas trilhas que conheciam melhor que a palma da mão.

~~~

— O nome do jogo é "Ou" — Judy disse enquanto sentavam ao redor da fogueira no segundo dia das férias. Sawyer e Janice tinham entrado, e Hannah estava no sótão tomando conta de Eli e Susie, que dormiam, e enviando mensagens aos amigos.

Os demais sentaram em um cobertor sob as estrelas enquanto as chamas se erguiam em direção ao céu. Os copos vermelhos permaneciam cheios fazia algumas horas, e nenhum deles poderia dizer que estava sóbrio.

Zach teve de admitir que ver sua irmãzinha tomar margaritas parecia estranho, mas precisava lembrar que ela não era mais criança.

— Eu lembro desse jogo — Karen disse do outro lado da fogueira. — Jogava na faculdade o tempo todo.

Judy apontou o copo na direção dela.

— Só existe uma regra: você tem que responder à pergunta com honestidade. Tudo bem, vou começar. Rena: margarita ou martíni?

— Essa é fácil. Margarita. — Rena tomou um gole de sua bebida e olhou para Karen. — Karen: Coca ou Pepsi?

— Coca. Michael: McLaren ou Ferrari? — Karen perguntou.

Mike se remexeu.

— Ah, essa é difícil. Tenho que dar preferência para o meu primeiro amor e dizer Ferrari.

— Não sei não, Mike. Aquela McLaren é um tesão sobre rodas — Zach disse ao irmão.

— Você precisa dirigir a Ferrari da próxima vez que for me visitar — Mike respondeu. — Tudo bem, Joe: explorar o espaço ou o fundo do mar?

Joe ergueu os olhos brilhantes para o céu.

— Eu prefiro tudo que está lá no alto.

As perguntas continuaram, a maioria delas num tom inocente, até que Karen decidiu que era hora de aumentar as apostas.

— Tudo bem, Judy: universitários gostosos ou professores gostosos?

O sorriso de Judy fez Zach pensar que talvez ela já tivesse experimentado os dois.

— Professores.

Ele fechou os olhos e tentou não imaginar sua irmã com um homem mais velho.

Joe cutucou o braço de Mike.

— Tudo bem, Mike: beijar Marilyn Cohen ou Jennifer Ashton?

Todos no grupo sabiam que Mike tivera a oportunidade de beijar as duas quando contracenaram juntos.

— Jennifer.

— Sério? — Joe perguntou. — Eu acho a Marilyn mais bonita.

Mike riu.

— E é, mas a Marilyn e eu somos amigos. Quando a gente se beijou, o Tom, marido dela, estava no set.

Karen deu uma risadinha.

— Bom, me avise da próxima vez que tiver que beijá-la, assim eu apareço e beijo o Tom para descontar.

— O Tom é tão gato! — Judy se abanou enquanto Mike e Joe balançavam a cabeça. — Karen: depilação brasileira ou perna inteira?

A imagem de Karen se depilando elevou a temperatura de Zach às alturas. Ainda bem que estava escuro e ninguém notou como a pergunta de Judy o afetou.

— O que é depilação brasileira? — Rena perguntou.

Mike começou a rir.

— É muito errado que a minha irmã mais nova saiba algo que a mais velha não sabe.

Judy expirou.

— Esse é o básico de estudar na faculdade. Depilação brasileira é quando a mulher tira todos os pelos da pepeca.

Rena ficou vermelha e riu.

— Nossa, parece doloroso.

— E é — Karen e Judy disseram ao mesmo tempo.

Zach estava igualmente mortificado que a irmã soubesse disso... Até se dar conta de que Karen também sabia. Ele encheu o copo de tequila e tomou um gole enquanto esperava a resposta de Karen.

— E aí? — Mike cutucou a esposa.

Ela corou.

— Vou escolher a brasileira, mas só para ficar registrado... é porque depilar a perna inteira é ainda pior.

— Sim, claro — Mike disse, rindo.

Zach sorriu por trás do copo e mal ouviu quando Karen chamou seu nome.

— Zach: uma prostituta em Las Vegas ou em Bangcoc?

Joe e Mike inclinaram a cabeça para trás e Judy bateu na mão de Karen.

— Boa pergunta — a garota falou.

Zach estreitou os olhos e tentou imaginar uma delas.

— Qual é o problema? Acho que eu escolheria a estrangeira — Joe falou.

Rena bateu no braço dele.

— Eca!

Zach levantou a mão no ar.

— Não, espera... Estou pensando que em Las Vegas tem muito programa por vinte dólares, e em Bangcoc deve custar uns cinco... Acho que eu teria mais chances de pegar uma doença na Tailândia. Então escolho Las Vegas.

Karen encontrou o olhar de Zach em frente ao fogo e o encarou. Esse joguinho de conhecer o outro era mais revelador do que ele imaginara. Parece que Karen não era totalmente santinha, afinal.

— E você, Mike... qual escolheria? — Judy perguntou.
— Concordo com o Zach. Eu ficaria com Vegas.
Karen afastou o olhar e continuou com as perguntas.
— Tudo bem, Judy: ombros largos ou bumbum duro?
Mais uma vez, Zach precisou fechar os olhos.
— Ah, essa é difícil...
Aparentemente, sua irmãzinha tinha preferência por ombros largos. Zach só esperava que ninguém perguntasse sobre o tamanho de pênis que ela preferia, ou ele seria obrigado a se retirar.

17

— NÃO, TONY... ELE NÃO vai fazer nada que possa mandá-lo para o hospital.

Karen estava a vários metros da cabana, onde o sinal do celular era mais forte. Parecia que mensagens de texto nas montanhas eram uma fonte de comunicação melhor do que conversas telefônicas de verdade.

— Eu sei que ele pratica motocross aí.

— Nada que ele não faça quando está gravando.

— As filmagens começam daqui a duas semanas, Karen. Tome conta dele.

Ela balançou a cabeça. O que ela queria mesmo dizer ao empresário de Michael era que havia mais na vida do que uma agenda de filmagens. Ela nunca vira Michael sorrir tanto desde que chegaram a Hilton. Ali em cima, com o ar puro e as lembranças da família, ele estava mais à vontade do que nunca.

Mesmo depois do divórcio, ela o encorajaria a visitar a família com mais frequência. Eles eram bons para Mike em muitos aspectos.

— Ele vai voltar para LA inteiro e pronto para fazer o melhor filme da carreira dele. Isso está sendo muito bom para ele, Tony. Confie em mim.

Um longo suspiro escapou do homem pelo telefone.

— Diga a ele que eu liguei.

— Vou dizer. E obrigada por ligar para mim e não para ele. Sei que isso está te matando.

Tony riu.

— Ei, é para isso que ele me paga.

— Logo mais a gente se fala — Karen se despediu e desligou.

O céu estava claro no quarto dia na cabana. Eles haviam comido sob o brilho das estrelas à noite e sentado ao redor da fogueira assando marshmallows enquanto brincavam de jogos de palavras. Karen mal podia esperar para fazer tudo de novo.

Sawyer, com toda a rudeza de quando se encontraram pela primeira vez, era realmente um homem mais delicado nas montanhas. Andava com o neto agarrado junto à perna e, quando achava que os outros estavam olhando, gritava alguma ordem para manter a moral. No fim das contas, Karen achou que ele simplesmente queria a família por perto. Mesmo que não praticasse seu desejo o tempo todo. Ela fez uma anotação mental para tentar encontrar um momento a sós com ele antes de partirem, a fim de incentivá-lo a dar liberdade para os filhos crescerem. Assim, quando todos se reunissem, seria um encontro amoroso e agradável, e não ressentido pelos filhos terem que se adaptar a um modelo que ele próprio construíra para cada um. Karen não sabia ao certo por que ela sempre queria consertar os relacionamentos das pessoas que a cercavam. Talvez fosse por não ter ninguém a seu lado quando era menina. Mas a verdade é que estava em seu sangue tentar fazer algo para resolver as coisas entre pais e filhos. Mesmo que os filhos fossem adultos.

O agora familiar rugido de um veículo off-road motorizado soou atrás dela. De volta à cabana, notou outra pessoa chegando. De longe, achou que era um dos velhos amigos de Michael.

Ela já estava indo se juntar aos demais quando Michael foi até ela e a virou na direção oposta.

— Você se importa se eu sair por algumas horas? — O sorriso no rosto de Michael era travesso.

— Claro que não, mas... — Ela olhou por cima do ombro e notou que o amigo dele os observava. Seu amigo solteiro... — Meu Deus, você vai transar! — ela sussurrou, dando um soquinho de brincadeira em seu braço.

Michael levantou as sobrancelhas algumas vezes.

— Talvez.

— Seu galinha! — No entanto, Karen compreendia a necessidade. Os dois não tinham nada havia muito tempo, e Michael sempre precisou ser muito cuidadoso com seus amantes. — Vá em frente.

— Tem certeza? Eu ia te ensinar a pilotar a moto hoje.

Ela revirou os olhos.

— Vá pilotar a sua própria moto... Vou pedir para alguém me ensinar.

Mike piscou, deu um apertão no braço dela e saiu correndo.

Ela bateu na coxa o livro que estava lendo antes da ligação de Tony e caminhou para mais perto do lago. Acomodou-se em uma árvore e abriu o livro, apenas para olhar para cima e acenar enquanto Michael e seu amigo passavam, acenando de volta.

Mimado.

Sorriu, realmente feliz por Michael.

Ela deixou a mente voltar para a história enquanto o sol aquecia sua pele. O livro não a estava envolvendo, e seus olhos se fecharam. As noites tinham se provado ser tudo, menos relaxantes. Entre a cama pequena, o ambiente desconhecido e o barulho dos outros no quarto, dormir não era tarefa fácil.

— Livro bom? — A voz de Rena a acordou, fazendo o volume escorregar de seu colo.

— Na verdade, não.

Rena sentou no chão e se apoiou nos cotovelos para olhar o lago.

— Está gostando daqui?

— Muito mais do que eu imaginei.

— É um ótimo lugar para recarregar as energias.

Karen podia afirmar, pelo modo como Rena brincava com a grama a seu lado, que ela estava matutando alguma coisa.

— Você acha que vai voltar para cá?

Karen hesitou, sabendo muito bem que não voltaria. A menos que os Gardner convidassem a ex-mulher de Michael para suas férias em família.

— Hum, sim.

Rena não olhou para ela, apenas assentiu lentamente.

— Você ama o Michael, não é?

Ela sabia que estava sendo conduzida por um caminho ardiloso, mas não tinha ideia de como escapar dessa conversa.

— Claro. — Ela amava Michael, pelo amigo que ele era desde que haviam se conhecido.

— Mas não está apaixonada por ele.

Ela abriu a boca para negar suas palavras, mas a cunhada a deteve:

— Não. Por favor, não precisa responder.

Karen engoliu as palavras e esperou.

— Num verão, quando o Mike tinha dezesseis anos, nos sentamos não muito longe daqui. Ele estava um trapo. Tinha tentado explicar para os nossos pais que queria fazer teatro na escola, que não se importava de trabalhar duro na loja, mas que não via isso como algo que queria fazer para ganhar a vida. Nosso pai não entendeu. Ele sentou aqui e me disse que tudo na vida dele era confuso e que nenhum de nós o compreendia.

— Dezesseis anos é uma idade difícil — Karen acrescentou.

Rena assentiu.

— Amadurecer é muito mais fácil se você não estiver lutando com a sua sexualidade.

Karen congelou. Através dos lábios tensos, perguntou:

— Todos os adolescentes não lutam com isso?

Rena a encarou.

— Uns mais que os outros.

Ah, Michael... sua irmã sabe.

— Sabe o que eu acho? — Rena perguntou.

Lá vem. Ela esperou que a bomba caísse e não pôde fazer nada a não ser observar.

— O quê?

— Vocês dois não vieram para cá antes porque o Michael não queria que nenhum de nós te conhecesse. Também acho que você e o Michael não estão falando de ter filhos e que você nunca fala abertamente de voltar para Hilton... porque estão planejando se separar.

Karen ficou boquiaberta.

Rena balançou a cabeça.

— Sou capaz de apostar que vocês poderiam pedir uma anulação, mesmo depois de um ano casados.

— Você tem uma imaginação fértil — foi tudo o que Karen conseguiu falar.

— Mas você não está negando nada.

Como poderia? Mentir para a irmã de Michael a faria parecer uma hipócrita quando eles pedissem o divórcio.

— O que você quer que eu diga, Rena? A minha lealdade ao seu irmão é mais forte do que a maioria dos laços familiares.

— Posso ver isso. Meu palpite é que você se sacrificaria, mesmo que por um tempo, só para ajudá-lo.

Karen hesitou e então disse:

— Seu irmão merece o amor e o respeito da família.

Em seguida olhou para a cabana, para o lago, para todos os lados, exceto para os olhos da cunhada.

Rena assentiu e mirou o lago novamente.

— Você vai contar ao Mike sobre essa conversa, não é?

— Você está pronta para a conversa que vocês dois podem ter como resultado? — Karen perguntou.

— Eu sinto falta do meu irmão. Todos nós vamos sentir falta dele. Não posso falar por todos, mas eu sempre vou escolher o Mike Gardner verdadeiro em vez do Michael Wolfe.

— Ele precisa proteger o Michael Wolfe. — Karen esperava que a mensagem por trás de suas palavras estivesse clara.

— Eu o protegi durante toda a minha vida — Rena disse. — Não vou parar agora.

Karen ficou de pé antes que Rena fizesse mais revelações.

— É um dia ótimo para dar uma corrida.

Rena olhou ao redor com uma careta.

— Você devia levar a Judy junto.

Karen deu um tapinha no bolso de trás.

— Estou com o telefone — disse, não se incomodando em voltar para a cabana para trocar de roupa antes de começar.

Não havia uma trilha específica ao redor do lago, mas Karen se manteve perto da margem. Ela precisava de um tempo sozinha, mas não precisava se perder.

De certa forma, esperava ficar longe por tempo suficiente até que Michael voltasse, e talvez Rena falasse com ele. Quem mais sabia sobre ele? Judy, não. Nem Hannah. Elas não faziam ideia.

Zach mantivera distância nos últimos dias, mas ela sempre sentia seus olhos nela, através da fogueira, ou quando ajudava Janice e Rena com as refeições. Os olhos dele também se demoravam no irmão.

Karen correu até não poder mais ver a cabana, em seguida diminuiu o ritmo para uma caminhada rápida. Olhou o telefone, percebeu que estava fora de área e o colocou de volta no bolso. Ligar para Gwen em busca de um conselho de amiga não era uma opção. Ela teria que descobrir sozinha o que fazer. Parte dela queria alertar Michael antes que ele voltasse para a cabana, mas outra parte queria que ele desfrutasse de seu tempo sozinho. Assim, pelo menos, ele poderia entrar em qualquer confronto saciado e pronto para a batalha.

Talvez a preocupação dele sempre tivesse sido de que passar um tempo com a família pudesse revelar seu segredo.

Um longo trecho apareceu diante de Karen, e ela saiu correndo. Cortou as árvores que ficavam ao longo da margem e voltou para o lago várias vezes antes de perceber como tinha corrido. Tirou o telefone do bolso e tentou encontrar sinal. Nada. Ainda era meio-dia, mas ela não sabia exatamente quanto se distanciara ou quantos quilômetros teria que percorrer para contornar o lago e voltar para o lado da estrada, então voltou. Andou mais uns dois quilômetros antes de descansar à beira da água.

Depois de uns bons trinta minutos pensando na vida, ouviu o zumbido de uma moto vindo em sua direção. Como imaginou, Zach se dirigia até ela com o cenho franzido. Derrapou até parar e desligou o motor.

— Estou te procurando há uma hora. — Seu tom acusatório a arrepiou.

— Estou bem aqui.

Ele olhou em volta e abriu os braços.

— Você nem sabe onde é *aqui*.

— Não estou perdida, Zach. Eu estava voltando.

— Você não devia correr por aqui sozinha. Existem caçadores aqui, trilhas que levam a lugar nenhum.

— Posso ser uma garota da cidade, mas até eu sei que não devo andar sozinha no bosque.

Ele abaixou o descanso e saiu da moto. Ela notou que ele não estava de capacete e se perguntou quão rápido tinha deixado a cabana.

— E se você se machucasse, torcesse o tornozelo ou algo assim?

— Estou com o celular.

Ele olhou para ela.

— Que não funciona na maioria das vezes.

— Caramba, Zach. Eu precisava de um tempo sozinha, tudo bem? — ela retrucou, e sua explosão cessou a dele.

Ele baixou as mãos, que estavam apoiadas na cintura.

Ela se virou para o lago e jogou a pedra que segurava em um arbusto próximo. Assim que a pedra caiu, o arbusto fez barulho e começou a se mexer.

Antes que Karen pudesse se afastar, um bando de patos levantou voo, vindo em sua direção.

Ela gritou e correu da pedra onde estava, mas escorregou e atolou na lama até os joelhos. Continuou gritando enquanto cobria a cabeça e se lançava em direção a Zach.

Pássaros... todos eles lhe davam verdadeiro pânico. Zach a segurou com firmeza.

— Ei. Está tudo bem.

Ela ouviu outro bater de asas, mas se recusou a abrir os olhos.

— Tira esses pássaros daqui.

— Eles foram embora.

Ela ficou imóvel, os olhos fechados e os ouvidos abertos. Uma mão protegia a cabeça, enquanto a outra estava presa à cintura de Zach. Ele a abraçou de volta.

Quando o ruído da revoada sumiu, ela abriu os olhos devagar, esperando que algum pássaro tivesse ficado para trás para assustá-la.

Mas estavam só os dois ali.

— Eles já foram?

— Sim. — Zach começou a rir.

— Não é engraçado.

— Nunca vi uma mulher correr tão rápido em toda a minha vida.

Ela se afastou dos braços dele e se olhou. Seus joelhos estavam cobertos de lama, a lateral da perna toda suja.

— Não gosto de pássaros.

— Percebi. — Ele continuou rindo. — Mas patos não são conhecidos por atacar pessoas. Acho que você está segura.

— Para de rir.

Ele mordiscou o lábio inferior, mas seus olhos ainda zombavam dela.

— Aves são imprevisíveis — ela argumentou. — Têm garras e bicos.

Zach a observou, toda molhada. Riu novamente.

— Ah, você... — Ela se abaixou, pegou um pouco de lama e jogou direto no peito dele.

Ele parou de rir.

— Ah, você não fez isso.

Ela jogou um pouco mais de lama nele e pôs as mãos na cintura.

— Para de rir.

Ele limpou a lama do peito e se inclinou para pegar um bocado. Quando ficou de pé, seu sorriso brincalhão encontrou o dela.

— Acho que faltou uma parte.

A lama atingiu o peito dela e a brincadeira começou.

Próxima da margem, a posição de Karen a beneficiava com a maior parte da munição. Ela o atingiu com duas bolotas de lama e ele ficou ensopado no mesmo instante. Então ele se afastou do outro ataque.

Ela deslizou perto da margem, pegou a lama e atirou na direção dele várias vezes. Quando estava a ponto de cair na água, recuou.

Ele a perseguiu ao redor da moto e perdeu um arremesso que apontou para o traseiro dela. Quando ela estava se inclinando para pegar mais lama, Zach segurou sua cintura e levou os dois para o chão.

Ela ria tanto que perdeu o fôlego, se esquecendo completamente dos pássaros.

Zach a rolou até ela estar de costas e cobriu seu corpo com o dele. Karen deu o último golpe e manchou o rosto dele de lama com a mão livre. Eles estavam rindo, e Karen mexia a cabeça de um lado para o outro para evitar que ele jogasse lama em seu rosto também.

Ele segurou as mãos dela e as colocou acima da cabeça, então se inclinou para esfregar a sujeira de sua bochecha na dela.

— Eca!

Os dois gargalhavam, o peito arfando, até que um deles se deu conta de onde estavam.

Ele a observou com os olhos azuis profundos enquanto tudo ao redor se acalmava, exceto as batidas de seu coração.

A mente de Karen disse para afastá-lo quando viu a indecisão nos olhos dele.

A floresta em volta se apagou, e a química que haviam negado desde que se viram pela primeira vez se intensificou. O olhar excitado de Zach se deteve sobre o dela.

— Me faz parar — ele sussurrou sobre sua boca, com a respiração acelerada.

Com os lábios dele assim tão próximos, a necessidade de senti-los era insuportável.

— Eu... não posso.

Seus olhos procuraram os dela.

— Eu também não.

O hálito quente de Zach não era nada em comparação a seus lábios. Macios, sensíveis e provocadores. Seu beijo era tão carinhoso que ela fechou os olhos e se permitiu sentir. Fazia tanto tempo que não se perdia em algo tão básico que havia esquecido como era maravilhoso ser beijada. Ela gemeu e o beijou de volta, abriu os lábios contra os dele para brincar e aprofundar aquilo que ambos haviam desejado por tanto tempo.

Zach soltou suas mãos e ela as levou para as costas dele a fim de puxá-lo mais para perto, enquanto a língua dele deslizava na dela, provando-a. Ele era todo pinho e testosterona, força e desejo unidos em um só.

O corpo dele a pressionou na terra macia, e ela envolveu a perna ao redor dele, o aproximando. Ela quebrou o contato brevemente, então se aproximou mais. Os músculos tensos das costas dele se estreitavam até a cintura e o traseiro firme. Quando foi a última vez que ela sentira algo tão perfeito?

Eles continuaram assim até que a respiração se tornou difícil, e um fogo quente se formou no ventre dela. O polegar de Zach tocou seu seio, e seu mamilo enrijeceu.

Então a razão começou a retornar. Se Zach não fosse irmão de Michael, ela receberia tudo. Seus beijos, sua carícia, a ereção que sentia contra sua perna.

Mas ela não podia fazer isso agora. Talvez em seis meses, quando ela e Michael estivessem divorciados. Mas agora? Enganar Zach, ser desleal com Michael...

Karen retomou o controle das emoções e terminou o beijo. Zach a observava sob o olhar enevoado.

— A gente não pode...

Ele fechou os olhos e apoiou a testa na dela.

— Eu sei.

Ela engoliu em seco e tentou recuperar o fôlego.

— Eu devia fugir de você agora mesmo — ele confessou.

O remorso pontuava suas palavras. Ela queria dizer que ele não era um irmão terrível e que ela não era uma esposa traidora, mas isso só levaria a ter que explicar algo que poderia prejudicar Michael.

— Não se odeie, Zach.

— Como não me odiar? Eu não paro de pensar em você. De sonhar com você. — Ele abriu os olhos e encontrou os dela de novo.

— Talvez, depois desse beijo, tudo isso desapareça.

Ele sorriu através da dor.

— Queria acreditar que é possível.

O pensamento a congelou. Ela também sonhava com ele.

— Precisamos ir. Antes que alguém venha nos procurar.

Ele assentiu, parecendo que ia beijá-la de novo, mas então se afastou e a ajudou a se levantar.

Quando ele virou, ela notou a marca de mão enlameada no traseiro dele e se encolheu. Em seguida olhou para si e notou as marcas dele no peito e na cintura.

— Zach?

Ele virou e ela apontou as próprias roupas.

— Ah, que droga — ele disse.

— Você também tem um pouco... — Ela apontou para o traseiro dele.

Zach notou que também tinha manchas nas roupas, então passou lama sobre elas para cobri-las. Karen fez o mesmo. Após esconderem as evidências, Karen sentou na garupa da moto, e ele a levou de volta para a cabana.

18

MICHAEL DIRIGIU ATÉ A CABANA, desligou a moto e desceu dela com um sorriso. Não se lembrava de se sentir tão relaxado. Ele realmente precisava agradecer a Karen por ter insistido em viajarem para Utah.

Sua mãe estava na pia, lavando alguns legumes, quando ele entrou. Pegou uma cenoura da pilha e a colocou na boca.

— Oi.

— Oi, querido.

— Cadê todo mundo?

A cabana estava estranhamente tranquila perto da hora do jantar.

— A Hannah e a Judy saíram com alguns amigos há algumas horas. Seu pai e o Joe estão ensinando o Eli a pescar, embora eu ache que eles simplesmente não querem ficar por aqui, para eu não colocar os dois para trabalhar. A Rena levou a Susie para tirar uma soneca no nosso quarto, e acho que o Zach foi procurar a Karen.

— Procurar a Karen? Onde ela foi?

— A Rena disse que ela foi correr. Mas já faz algumas horas, e começamos a ficar preocupados, então o Zach saiu de moto. Tenho certeza que ela está bem — Janice comentou, não parecendo nem um pouco preocupada.

— Aí está você — Rena exclamou enquanto entrava na cozinha. Deslizou o braço ao redor da cintura dele, e Michael beijou o topo de sua cabeça.

— Sentiu a minha falta?

— Está querendo um elogio?

— Talvez. — A interação entre eles sempre era assim, fácil e divertida. Rena o abraçou.

— Posso falar com você um minuto? — E acenou para a porta.

— Claro. — Ele pegou mais algumas cenouras e seguiu a irmã.

Eles se afastaram da cabana, e ela entrelaçou o braço no dele.

— O que foi? — ele perguntou entre mordidas.

Rena inspirou profundamente e não respondeu de imediato. Quando Michael sorriu para ela, o estômago dele se agitou.

— O que foi, Rena?

— Você sabe que eu te amo, não sabe?

Ele estreitou os olhos e jogou as cenouras no chão. Uma conversa que começava assim poderia terminar bem?

— Claro. Eu também te amo.

Ela puxou seu braço e continuou andando.

— Eu queria falar com você antes que a Karen voltasse.

O suspense o estava matando, mas ele continuou ouvindo, tentando não tirar conclusões precipitadas.

— Antes que ela pudesse falar sobre a nossa conversa.

— Que conversa? — ele perguntou.

— Não foi bem uma conversa, foi mais um monólogo... Eu falando com ela. Ela realmente se importa com você, Michael.

A palma das mãos dele estava suando. Lá se foi o seu dia perfeito.

— Eu também me importo com ela.

— No ano passado, quando soubemos do seu casamento, lembro de ter visto a cobertura na tevê e pensar que era tudo um truque de Hollywood. Uma brincadeira para um filme ou algo assim. Mesmo depois de conversar com os nossos pais e você ter dito a eles que tinha mesmo se casado, eu ainda não acreditava.

— Nós realmente nos casamos. — Ele tentou rir, mas o som saiu estrangulado.

— Sim, eu sei. Mas você não vai continuar assim.

Ele tropeçou, mas seguiu caminhando em silêncio.

— Foi o que eu disse para a Karen. Ela não pareceu surpresa com a minha observação.

Era disso que se tratava? Divórcio?

— Tivemos alguns problemas — ele explicou. — Ser casada comigo não é tão fácil. — Tentou colocar a culpa em si.

Rena soltou um suspiro exasperado.

— Por favor, Mike. Eu sei que você não vai se separar da Karen porque o relacionamento não está dando certo. Você vai se separar porque o plano era esse desde o começo.

A tensão em suas têmporas começou a latejar.

— Ela te contou isso?

— Claro que não. E pare de me olhar desse jeito. Você tinha uma vida aqui antes de ir embora, Mike. Você pode não se lembrar de todas as conversas que tivemos quando era garoto, mas eu lembro.

Eles pararam perto do lago, observando um ao outro.

— Eu acho que você casou com a Karen porque precisava disso para a sua imagem. O superstar Michael Wolfe precisava de uma esposa. Então, *puf!* Aqui está a esposa.

Ele engoliu em seco.

— Alguém mais pensa assim?

— Nossos pais? Não. Acho que nem a Hannah, nem a Judy, nem mesmo o Zach perceberam isso. Ainda não. Embora eu ache que o Zach desconfia que alguma coisa está errada.

— E o Joe?

— O Joe é meu marido. Nós conversamos sobre tudo. Como suponho que você e a Karen conversem sobre tudo também.

Ele queria dizer à irmã que ela estava errada... mas não conseguia.

— Por favor, não diga nada a eles.

Rena inclinou a cabeça e ofereceu um sorriso triste.

— Não vou dizer.

Uma sensação de alívio o invadiu. Pelo menos havia uma pessoa na família que entendia seu arranjo matrimonial. Uma aliada quando o divórcio fosse anunciado.

Michael abraçou a irmã. Antes que ele se afastasse, ela sussurrou:

— Eu também sei que você é gay.

❦

Quando vislumbraram a cabana, Zach sentiu Karen se endireitar na parte de trás da moto. Seus braços se afrouxaram ao redor da cintura dele e seus seios se afastaram das costas do irmão de Mike. Ele sentiu falta dela instantaneamente. Não tinha ideia do que faria a respeito daquela atração. Ela estava igualmente despedaçada, desesperada até. Em alguns momentos em sua vida, quando ouvia sobre alguém ter um caso, ele sempre se perguntava como duas pessoas podiam ser tão estúpidas. Por que alguém se arriscava tanto por uma transa? Mas, droga, não era assim com Karen. Era mais do que atração física, e os dois sabiam disso. Se fosse apenas atração, eles provavelmente já teriam cedido, mergulhado nisso de cabeça, e não ficariam enrolando com conversas.

Não. Zach queria explorar a mulher que estava atrás dele na moto, e não só na cama. Ele queria entender a tristeza em seus olhos quando ela falava sobre os jovens do clube, por quem sentia um imenso carinho. Por que ela dizia que não queria ter filhos, mas agia como se eles fossem a coisa mais preciosa do mundo?

Se havia uma coisa que o breve momento íntimo entre eles provou, era que ele não estava saciado. Queria mais. Muito mais.

Zach ajudou Karen a descer da moto e segurou seu cotovelo por um tempo longo demais. Seus olhos se encontraram rapidamente.

— Uau! Parece que vocês dois brigaram com o monstro do lago Ness.

Rena estava sentada na varanda com Mike, e os dois os observavam com sorrisos.

Sorrisos confiantes.

A situação estava deixando Zach mais enjoado a cada instante.

Karen ergueu os braços no ar.

— Tinha um bando de pássaros... e eu caí no lago.

O sorriso de Mike se desfez.

— Ah. Você está bem?

— Fiquei apavorada. — Karen ofereceu um sorriso tímido a Zach. — Então o Zach começou a rir.

— Ah, agora eu entendi por que o Zach está coberto de lama. Ela odeia pássaros, Zach. Tem verdadeiro pânico. Explicar que eles não vão bicar seus olhos ou agarrar seus cabelos não melhora nada.

— Ei, eu estou bem aqui! E eles fazem essas coisas o tempo todo. — Karen estremeceu. — Depois do ano passado com a Gwen... — Ela se abraçou, perdida em pensamentos.

— O que aconteceu com ela? — Zach perguntou.

— Tinha um cara perseguindo a Gwen, espalhando corvos mortos pela casa, nos nossos carros... — A voz de Karen sumiu, e Mike terminou por ela.

— O cara não estava propriamente atrás da Gwen, mas a usou para chegar até o Neil. Você conheceu os dois na festa.

— Aquele cara enorme e a inglesa, certo?

— Isso. O Neil era fuzileiro naval. O homem que estava atrás dele era um dos que tinham servido com ele. O cara se livrou dos vizinhos da Gwen e da Karen enquanto estávamos na França.

— Se livrou? — Rena perguntou.

— Matou — Michael explicou. — Graças a Deus a Karen não estava lá quando isso aconteceu. Parece que ele deixou corvos por toda parte.

— Foi horrível. — A voz de Karen diminuiu um tom.

Zach estendeu a mão e esfregou o braço dela, realmente se sentindo mal por ter rido dela, agora que sabia de toda a história.

— O que aconteceu com o perseguidor? — Rena perguntou, e Zach olhou para o irmão.

Mike fez um gesto rápido e cortante no pescoço, tornando clara a explicação.

— O meu medo de aves é antigo, vem de muito antes do ano passado. Isso só me levou ao limite — Karen disse.

Sem pensar, Zach a abraçou rapidamente, mas o abraço se afrouxou quando ele olhou para cima e encontrou Rena encarando-o. Mike, por outro lado, estava olhando para a irmã.

— Preciso de um banho — Karen anunciou enquanto se afastava e subia a curta escada até a cabana.

Mike a seguiu, e Zach observou os dois. Passou as mãos no peito para tirar pedaços de lama endurecidos antes de seguir para o segundo banho do dia.

— Ai, ai — Rena murmurou antes que Zach passasse por ela.

— O que foi?

Ela balançou a cabeça e não encontrou seu olhar.

— Nada. Acho que vou chamar as meninas para jantar.

~∞~

Tão logo Karen saiu do banho, Michael a confrontou.

— Precisamos inventar uma desculpa e ir embora — ele sussurrou e continuou olhando por cima do ombro, para as vozes que soavam lá fora.

— A Rena falou com você.

Ele assentiu.

— Ela sabe de tudo.

— Eu não...

Ele colocou o dedo em seus lábios.

— Eu sei que você não falou nada. Mas preciso sair daqui antes que alguém mais perceba.

Sua necessidade de ir embora daria a ela a oportunidade de se afastar de Zach. Ela provara ter uma enorme falta de força de vontade em relação ao filho mais velho dos Gardner.

— Eu já liguei para o Tony — Michael disse. — Pedi para ele telefonar daqui a uma hora. Parece que as filmagens vão começar mais cedo.

Michael iria embora, e ela ficaria sozinha na casa dele mais uma vez.

— Acho que eu devia começar a pensar em voltar para a casa de Tarzana.

Karen compartilhava a casa em Tarzana com Gwen, antes de esta se casar com Neil. O lugar pertencia a Samantha, e Rick, amigo de Neil, às vezes ficava ali. Mas, com o divórcio programado se aproximando, ficou subentendido que Karen voltaria a morar lá.

— Não precisamos pensar nisso agora, não é?

Karen olhou por cima do ombro de Michael, então de volta para ele.

— Não sei por que esperar. Você assinou contratos. Tem programação para os próximos dois anos.

— Vamos falar sobre isso mais tarde.

— Tudo bem.

O cheiro de carvão do churrasco a atingiu, lembrando que ela não tinha comido nada desde aquela manhã.

Durante a próxima hora, ela se juntou a todos da família. Eli se sentou ao lado do avô, perguntando por que o céu era azul. Ela nunca havia pensado que crianças faziam realmente esse tipo de pergunta, mas aparentemente estava errada.

Judy e Hannah estavam animadas com uma conversa sobre como os jogadores de futebol de Hilton haviam subido na vida. Ou nem tanto, para falar a verdade.

— Vamos, Rena, quem jogava futebol quando você estava na escola?

— Mason Reynolds foi o quarterback do último ano.

— O sr. Reynolds? — Hannah se encolheu quando disse o nome do homem. — Ele é gordo... e lento.

— E calvo — Judy acrescentou.

— E mora na velha casa do pai — Hannah apontou. — Viu só? Outro jogador de futebol condenado a não chegar a lugar nenhum e não fazer nada.

— Ei, eu joguei futebol — Zach protestou.

— Você é diferente — Hannah respondeu.

Karen riu e cortou o bife no prato bem no momento em que o telefone de Michael tocou.

Ele fingiu olhar para ver quem estava ligando.

— Tenho que atender. Desculpem. — Levantou e se afastou da família para conversar com Tony.

Zach e Rena o observaram enquanto o restante da família continuava a refeição. Karen abaixou o garfo, sem fome.

— A maioria dos jogadores de futebol atinge o ápice na escola — Judy explicou entre garfadas. — A menos que joguem bola na faculdade.

Joe riu e apontou para Eli.

— Acho que isso significa que você deve começar a jogar beisebol.

Eles estavam rindo quando Michael voltou para a mesa. Janice olhou para o filho e perguntou:

— O que houve?

Ele soltou um suspiro ensaiado, que Karen notou, mas não achou que a família percebeu.

— A produção do meu próximo filme foi adiantada em duas semanas. — Ele ofereceu um olhar simpático a Karen. — Temos que ir embora. Esta noite.

— Não! — Hannah protestou.

— Você precisa ir? — Judy perguntou.

— Ah, querido. — Janice parecia devastada. — Você não pode pedir para eles esperarem?

Michael apoiou a mão no ombro da mãe.

— Não funciona assim. Tem uma equipe enorme envolvida. É complicado.

Bela resposta evasiva, Michael.

A única na mesa que não parecia acreditar nele era Rena. Seu olhar deslizou até Karen e depois para o prato. Provavelmente se culpando pela partida precoce deles.

Karen saiu da mesa e apoiou o guardanapo no prato.

— Terminem o jantar — Janice insistiu.

— Eu já tinha quase acabado. Vou subir e arrumar as malas.

Judy se levantou.

— Eu ajudo.

Antes de entrar na cabana, Karen ouviu Zach dizer:

— Eu levo vocês de volta para casa.

Karen colocou a bolsa de cosméticos na mala e guardou as roupas sujas em uma sacola de plástico antes de acomodá-las em cima das limpas.

— Não acredito que vocês têm que ir embora correndo.

— Faz parte da rotina de trabalho do Michael. Sempre correndo.

— Não é justo.

Karen se sentou na beirada do beliche e descansou o braço ao redor dos ombros de Judy.

— Tenho certeza que ele vai voltar mais vezes, agora que passou um tempo com todos vocês. E você é sempre bem-vinda para nos visitar.

— Eu adoraria.

Karen abraçou Judy e pegou a bolsa. Michael se dirigiu para a cama dele com uma Hannah chorosa atrás.

— É melhor você não sumir da face da Terra de novo — ela o repreendeu.

— Quanto drama, Hannah-banana. Eu vou voltar. — Michael trocou olhares com Karen enquanto eles saíam do sótão.

No meio da escada, Zach a encontrou e pegou sua mala.

— Eu levo para você.

Ela murmurou um "obrigada" suave enquanto ele carregava sua bagagem pela porta. O nó na garganta aumentava à medida que os minutos passavam. Tendo crescido apenas com a tia, Karen tinha perdido grandes reuniões familiares e despedidas. Nesse momento em particular, estava feliz por essa perda.

A partida rápida era provavelmente a melhor saída, foi o que disse a si mesma.

Do lado de fora, a família tinha abandonado a refeição para ajudar com os preparativos da partida de Karen e Michael.

Rena parou, segurando os sapatos enlameados de Karen.

— Ei, Karen?

Ela caminhou até a cunhada e os pegou.

— Sinto muito — Rena disse em voz baixa.

— Não sinta. — Karen olhou ao redor e notou que não havia ninguém por perto. — Ele só precisa de um tempo, Rena. Seja paciente.

Ela sorriu, com lágrimas nos olhos.

— Não vamos te ver de novo, não é?

Karen deu de ombros, segurando as próprias lágrimas.

— Eu e o Michael nunca vamos deixar de ser amigos.

Rena a abraçou, pedindo desculpas mais uma vez.

Judy foi a próxima a lhe dar um abraço, dizendo que ligaria em breve. Hannah estava praticamente soluçando. Karen sabia que não havia muito a dizer, então a encorajou a enviar muitas mensagens. Afinal, adolescentes e mensagens sempre foram inseparáveis. Joe a abraçou. Karen beijou a bochecha de Susie e agradeceu a Eli por salvá-la das aranhas.

Michael também se despediu.

Janice abraçou Karen demoradamente, então segurou seus braços enquanto ela se afastava.

— Obrigada por trazer o nosso filho de volta.

— Obrigada pela hospitalidade.

— Você é da família — Janice respondeu, e Karen se esforçou para não se encolher. — É bem-vinda a qualquer hora.

— Obrigada.

Quando Karen se virou para Sawyer, ele a olhou com curiosidade.

— Sabe de uma coisa, Karen?

Algo como um sorriso se formou em seus lábios.

— O quê?

Ele a analisou por um momento e disse:

— Acho que eu gosto de você.

Ela se lembrou da primeira conversa que haviam tido e segurou o enorme sorriso que teve vontade de abrir.

— Sabe, Sawyer, acho que eu gosto de você também.

Quando ele a abraçou, ela soube que ele era durão, mas inofensivo.

Afastando as lágrimas dos olhos, ela se despediu rapidamente e foi em direção à caminhonete, onde Zach esperava para levá-los de volta à cidade.

Michael se demorou um pouco mais nas despedidas, enquanto Karen se sentava no banco de trás.

— Não precisa chorar — Zach lhe disse. — Você vai ver todo mundo de novo.

Karen olhou diretamente para ele.

— Não, Zach. Eu não vou.

19

KAREN SE REPREENDEU ASSIM QUE as palavras escaparam de seus lábios. Mas não tinha como voltar atrás. Ela não podia mais mentir para Zach. Era como se cada mentira sugasse sua alma para um abismo cada vez mais profundo. Felizmente, Michael entrou na caminhonete, e Zach não pediu explicações. Assim como Rena, talvez ele descobrisse tudo por conta própria. Ou talvez Rena deixasse escapar alguma coisa.

— Obrigado por nos levar — Michael disse ao irmão.

Karen acenou pela janela de trás, grata pela despedida. Estava ansiosa para voltar para casa e clarear as ideias.

Férias não deveriam ser relaxantes?

— Sem problemas.

Com um olhar questionador, Zach mirou o espelho retrovisor e encontrou o olhar de Karen.

— Você conseguiu reservar alguém para nos buscar no aeroporto de Los Angeles? — Karen perguntou a Michael, na esperança de manter a farsa da partida antecipada.

— Sim. O voo sai de St. George hoje às dez da noite.

Eram só cinco da tarde. Eles tinham muito tempo para chegar à casa dos Gardner e pegar o carro alugado para seguir até o aeroporto.

— Onde você vai filmar desta vez?

— Montreal.

— Quanto tempo vai ficar lá?

— Dois meses.

— Você não tem folga? Não vai para casa? — Zach perguntou.

— Tiro folga em alguns fins de semana prolongados, quando posso.

Karen ficou ouvindo as perguntas de Zach.

— Eles te pagam o suficiente para isso?

Michael se inclinou no banco.

— Trinta e dois milhões de dólares.

Zach ficou boquiaberto.

— Porra!

— Bom, né? Tenho certeza que você entende por que eu tenho que correr.

Zach voltou a encarar a cunhada.

— Só não se esqueça das coisas importantes em sua busca pelo dinheiro, maninho.

— Foi por isso que viemos até aqui. Certo, Karen?

Ela observava a paisagem enquanto eles desciam a montanha em silêncio. Quando chegaram à casa da família Gardner, colocaram as malas na parte de trás do carro alugado e pegaram mais algumas coisas que haviam ficado lá dentro.

Ela queria que tudo acabasse depressa. Não queria se demorar para se despedir de Zach. Seu coração não suportaria.

O celular vibrou em seu bolso. Várias mensagens tinham se acumulado. Um dos números não era familiar, e Karen quase o ignorou antes de verificar a mensagem.

> Me liga
> Petra

O corpo de Karen gelou. *Becky.*

Ela ligou de volta e entrou no quintal dos Gardner.

— É a Karen.

— Achei que você gostaria de saber — Petra falou.

— Saber o quê?

— A Becky sumiu faz dois dias.

— Não.

— Eu não a vi ir embora. Ela ficou sentada no banco da Millie todos os dias, então a mãe dela apareceu chorando, perguntando se eu tinha visto a menina.

— E o Nolan?

— Ele abriu a loja dos Gardner todos os dias. Vi o carro do xerife lá ontem.

Karen passou a mão pelo cabelo, olhou para a casa, e viu Michael e Zach conversando.

— Não faz sentido. O Nolan não a deixaria partir.

— Mais uma que fugiu de Hilton.

— Obrigada por ligar, Petra. Vou manter contato.

Karen desligou e correu até os rapazes.

— A Becky fugiu.

Zach arregalou os olhos.

— A garota que você acha que está grávida? — Michael perguntou. Ela tinha contado suas suspeitas sobre a menina quando conversaram pela primeira vez.

— Sim, ela mesma. Só que o Nolan ainda está na cidade.

— Você acha que eles terminaram e ela fugiu?

Karen balançou a cabeça.

— Acho que, aonde ela for, ele vai atrás. Se ele ainda está na cidade, ela também está por aqui.

Zach colocou o telefone no ouvido.

— Oi, Buck. Sim, foi ótimo. Não, eu só queria saber como vão as coisas com o Nolan.

Zach balançou a cabeça para ela e Michael.

— Não. Que bom. Eu volto em alguns dias. Sim, obrigado. — E desligou. — O Nolan tem aparecido e trabalhado duro.

Karen girou sobre os calcanhares, como se olhar em volta daquela cidadezinha pudesse revelar alguma coisa.

— Aposto quanto vocês quiserem que ela está aqui, em algum lugar.

Alguém tocou o ombro de Karen.

— Você não pode salvar todas as crianças.

Ela se livrou da mão de Michael.

— Não. Mas posso ajudar esta. Só preciso encontrá-la.

Decidida, foi até o carro e tirou as malas.

— O que você está fazendo?

— Não vou sair daqui até saber onde essa menina está e se está bem.

— Karen...

Ela colocou a mão na cintura e o olhou, furiosa.

— Você tem o seu trabalho. Eu tenho o meu.

— Isso não é sua responsabilidade.

— Eu resolvo isso, tudo bem? — Então, como ele simplesmente não entendia, ela o lembrou do que havia contado no início das férias. — Uma semana, Michael. Eu fiquei naquela casa por uma semana, cansada, com frio... perturbada. E eu não era uma adolescente grávida. A Becky precisa de alguém que cuide dela.

Os ombros de Michael despencaram.

— Vou ligar para o Tony...

— Não. Você não vai desistir de viajar. Eu posso sair por aí despercebida melhor do que você. Se eu encontrar a Becky, ela vai precisar ficar escondida, e eu posso conseguir isso. Você chamaria atenção.

Ele suspirou.

— Sinto que estou te abandonando aqui.

— Essa cidade grande não me assusta — ela brincou. — Mas pense na menina sozinha em LA ou em Salt Lake.

— É difícil pensar nela quando nem a conheço.

— Ela é uma boa menina. A Karen está certa, o namorado da Becky não a deixaria. Provavelmente ela ainda está na cidade — Zach disse ao irmão.

Michael esfregou as mãos no rosto.

— Tem certeza?

— Tenho. Vá. Me ligue quando aterrissar.

Michael estendeu as mãos e ela o abraçou, sentindo seus lábios no topo da cabeça. Ele nem sequer tentou beijá-la na boca.

— Cuide dela — ele disse a Zach.

Karen notou o pomo de adão de Zach subir e descer algumas vezes.

— Pode deixar.

Ela ficou ao lado dele quando Michael saiu da entrada da garagem e desceu a rua. Levaram as malas dela de volta para a casa e fecharam a porta.

— Sabe onde o Nolan mora? — ela perguntou.

— Sim. Eu o levei para casa algumas vezes quando ele começou a trabalhar para o meu pai. Antes de ele começar a dirigir.

— Acho que a maneira mais rápida de encontrar a Becky é encontrando o Nolan.

Ela abriu a mala, tirou um cardigã e o jogou nos ombros.

Zach olhava para ela quando ela se levantou.

— Você vai me explicar o que disse antes de o Mike entrar na caminhonete?

Rena já sabia sobre Michael e sua separação iminente. Os demais descobririam em breve, e Karen não queria que Zach ouvisse isso de outra pessoa.

— Eu e o Michael estamos nos divorciando.

Zach prendeu a respiração.

— O quê? Quando?

— Em alguns meses, talvez antes. Ainda não discutimos os detalhes.

— Discutir os detalhes?

Ela deu as costas para ele e fechou a mala.

— É tudo muito amigável.

Ele segurou o braço dela e a virou para encará-lo.

— Por que você não me contou? Antes de me beijar? Depois?

— Porque isso não muda nada. Eu ainda estou casada com o seu irmão, e o Michael não faz ideia da atração entre a gente. Ele odiaria isso.

— Mas você não o ama. — Ela notou o alívio em sua voz e a confusão em seus olhos.

— Eu sempre vou amar o seu irmão. Como amigo.

Essas palavras mexeram com Zach, que a puxou para perto e tocou com a palma da mão a bochecha dela. Então, sem uma palavra, ele a beijou. Sem nenhuma hesitação dessa vez, apenas com paixão reprimida, quando se apossou de seus lábios. Aparentemente, as preocupações dela sobre ainda ser casada com Michael não o afetavam. Ele deslizou uma mão por suas costas e a puxou para perto enquanto acariciava seus cabelos com a outra. Sua força de vontade começou a se esvair, e a necessidade de beijar Zach mais profundamente, de senti-lo em todos os lugares, atingiu sua coluna como minúsculas ferroadas.

Michael ainda nem tinha saído da cidade, e ela já estava nos braços do irmão dele.

Com o corpo tremendo pelo calor e pela sensação, ela se afastou e impediu que Zach a alcançasse de novo.

— Zach, por favor. Eu não posso...

— Mas você quer.

— Acho que isso é óbvio.

Ela se virou, esperando que ele não visse sua hesitação.

— Precisamos encontrar o Nolan. Descobrir onde ele escondeu a namorada.

Karen não perguntou se Zach a ajudaria. Apenas assumiu que ele faria isso e saiu pela porta.

〜∞〜

Os dois estavam indo para o outro lado da cidade, onde Nolan morava, à procura de uma adolescente grávida, e Zach não conseguia parar de sorrir.

Eles estavam se divorciando.

As palavras eram como música em sua cabeça. "É amigável", "em alguns meses", ela dissera. Ele sabia que as coisas entre Karen e Michael não estavam certas. Ainda tinha dúvidas, mas Karen não responderia a nenhuma delas. Bem. Ele podia esperar.

"Michael odiaria isso."

Sim, ele odiaria, mas isso não o impediria de correr atrás de Karen. Não adiantava fingir o contrário.

— Qual o sobrenome do Nolan?

— Parker.

Eles foram até o estacionamento de trailers que ficava ao lado da rodovia e seguiram até o espaço de Nolan.

— Por que os estacionamentos de trailers sempre ficam ao lado das rodovias? — Karen perguntou.

— Os terrenos são baratos.

— Você acha que o Nolan manteria a Becky aqui?

— Se bem me lembro, o pai do Nolan é alcoólatra. Duvido que ele exporia a Becky a isso.

— Humm. Isso não é bom.

Zach estacionou a caminhonete em frente ao trailer de Nolan e desligou o motor.

— Espere aqui. Vou ver se ele está em casa. — Olhou atrás da caminhonete. — Não estou vendo o carro dele.

Atravessou os paralelepípedos e bateu na porta. Não havia anoitecido, mas o sol estava baixo o suficiente no horizonte para as luzes da tevê piscarem através das janelas. Como ninguém atendeu, ele bateu de novo.

— Estou indo, droga!

Zach recuou e esperou. O homem que ele presumiu que fosse o pai de Nolan abriu a porta devagar e o olhou feio.

— Que foi?

Ele cheirava a uísque e nicotina.

— Estou procurando o Nolan.

— Você e todo mundo. Ele não está. — Em vez de oferecer qualquer outra coisa, o homem tentou fechar a porta, mas Zach o deteve.

— Quando o viu pela última vez?

O sr. Parker olhou para a mão de Zach e se remexeu.

— Você é da polícia?

— Sou o chefe dele.

— Vou dizer a você o mesmo que falei aos gambés. Ele entra e sai quando bem entende. E não, não tem nenhuma garota aqui.

— Ele vai voltar?

— Que parte de "ele entra e sai quando bem entende" você perdeu, patrão?

Zach percebeu que o pai de Nolan não sabia se ele voltaria.

— Obrigado. — Ele notou o olhar ansioso de Karen quando passou na frente da caminhonete. Balançou a cabeça ao entrar no carro. — Ele não está aqui.

— Onde você acha que ele pode estar?

Ele deu de ombros.

— Podemos esperar até amanhã e ver se ele aparece no trabalho. E aí falar com ele.

Karen apertou a ponte do nariz.

— Se eu estiver errada, o Nolan tiver ficado na cidade e a Becky fugido, quanto mais demorarmos para ter essa informação, mais longe estaremos dela. E se acontecer alguma coisa com a Becky?

Zach mudou de posição e olhou para Karen.

— Se você estiver certa e o Nolan estiver protegendo a menina, vamos descobrir amanhã cedo.

— Eu posso estar errada.

Ele não achava que ela estava. Em vez de discutir, perguntou:

— Onde ele a esconderia? Pelo jeito, não aqui. — Ele notou que a luz da rua começava a piscar e alguns adolescentes se aproximavam, atraídos por sua caminhonete.

— Onde fica o hotel mais próximo?

— Em Monroe, mas acho que a polícia teria procurado lá.

— O hotel mais próximo depois desse?

Em vez de responder, ele manobrou o veículo para longe da casa dos Parker, dirigiu até a rodovia e seguiu para o norte. Contornou seu local de trabalho e entrou em Bell, dez minutos depois.

— Existem alguns motéis por aqui. Todos muito simples.

— Acho que o Nolan não usaria cartão de crédito.

— Duvido que ele tenha um.

Eles procuraram o casal em todos aqueles motéis decadentes, e a informação que tiveram foi de que ninguém parecido com Nolan ou Becky estivera ali.

Estava completamente escuro, mas eles continuaram procurando nas cercanias de Bell, pensando na possibilidade de encontrarem o carro de Nolan estacionado em algum lugar. No entanto, as saídas se estendiam por quilômetros. Ele poderia ter levado Becky para qualquer lugar.

— Você acha que eles podem ter ido mais longe? — Karen perguntou enquanto olhava para a estrada.

— A próxima cidade fica a cinquenta quilômetros daqui.

— Parece pouco provável.

— O Buck me assegurou que o Nolan está aparecendo para trabalhar. Se ele souber onde a Becky está, não acho que esteja tão longe.

— Acho que estamos olhando para isso do jeito errado — Karen falou. — Se você tivesse dezoito anos e sua namorada estivesse grávida e precisasse fugir, para onde a levaria?

Se ele tivesse engravidado uma garota aos dezoito anos, a levaria para a casa dos pais dele, mas isso, obviamente, não era o que Nolan faria.

— Se eu fosse o Nolan, continuaria no trabalho até ter dinheiro suficiente para ir embora. Eu não gastaria em um motel.

— E, se os pais da garota achassem que você a estava escondendo, eles ficariam vigiando para ver se você ia deixar a cidade. — Karen coçou a cabeça. — Tem um quarto nos fundos da loja de ferragens?

Zach balançou a cabeça.

— O depósito está cheio. Mas talvez você tenha razão.

Ele fez o retorno e passou por várias saídas antes de Hilton. Se Nolan precisava de abrigo, por que não se esconder à vista de todos?

— Para onde estamos indo?

— O Nolan aparece cedo para trabalhar. Mas a que horas exatamente? Ou será que ele vai embora? — As obras do conjunto residencial estavam calmas e escuras quando ele seguiu pelas ruas de cascalho, passando pelas casas quase prontas.

— Esta obra é sua? — Karen perguntou.

— Sim.

— Bonita. Qual o tamanho das casas?

— A menor tem duzentos e dez metros quadrados, e a maior, duzentos e cinquenta e cinco.

Karen sorriu enquanto admirava uma das casas.

— Você faz um bom trabalho, Zach.

Um estranho sentimento de orgulho o envolveu. Ele não a levara até ali para mostrar suas habilidades, mas o fato de ela ter tirado um momento para cumprimentá-lo o fez sorrir.

Ele dirigiu para além da primeira fileira de casas e estacionou a caminhonete.

— Se o Nolan estiver aqui, ele não deixaria o carro à vista. Existem várias garagens para esconder um carro.

— E provavelmente ele nos viu chegar, se estiver aqui.

— Ou a Becky.

Eles saltaram da caminhonete e caminharam pelos fundos da primeira fileira de casas. A lua ajudou a iluminar o caminho. Quando Karen tropeçou em um cano, Zach segurou seu braço e a apoiou. Depois que ela quase caiu uma segunda vez, ele não largou mais o seu braço. De qualquer forma, ele gostava disso, decidiu.

— Será que vamos ver uma luz ou algo assim? — Karen sussurrou.

— Eu cortaria a luz, se fosse o Nolan.

Ela parou de andar.

— Escuta.

Zach prendeu a respiração e fechou os olhos. O gotejar da água chamou sua atenção para as casas do outro lado da rua.

Eles ficaram perto das sombras de uma casa e espiaram a escuridão por vários minutos. Então ele viu uma silhueta em uma janela no andar de cima da terceira casa. Apontou para que Karen visse. Ela observou, e a sombra reapareceu.

— Quantas portas tem na casa? — ela perguntou.

— Frente, fundos e garagem.

— Vou pela frente, porque não sei o caminho de volta. Você vai pela porta dos fundos, no caso de tentarem fugir.

— Você é sempre tão sorrateira, sra. Jones?

— Só quando estou em uma missão. Agora se mexa antes que eles nos vejam.

Ele fez uma saudação simulada e se manteve nas sombras enquanto rodeava a lateral da casa e os fundos. Girou a maçaneta silenciosamente e deslizou para o interior escuro. A casa estava quase pronta, só faltava colocar o piso, fazer a pintura e o acabamento.

Ouviu Karen abrir a porta da frente.

Em vez de fazer isso no escuro, Zach apertou o interruptor ao lado da porta e iluminou a cozinha. A porta da garagem estava em sua linha de visão, e não havia garotos correndo.

— Becky? — A voz de Karen ressoou pela casa vazia, ecoando nas paredes nuas. — Querida, eu sei que você está aqui.

Zach foi em frente, abriu a porta que dava para a garagem e viu o carro de Nolan.

— Nolan? — gritou.

— Está tudo bem, pessoal. Só queremos ajudar. — A voz de Karen soou mais perto.

Zach saiu da cozinha e notou que ela estava parada ao pé da escada.

Acima dele, o assoalho rangeu.

— Nolan, está tudo bem. Só queremos conversar com vocês. — Como tudo continuou em silêncio, ele falou: — Eu vi o seu carro.

Karen manteve os olhos nos degraus e esperou. Finalmente, passos soaram acima deles até que Nolan apareceu, segurando a mão de Becky no topo da escada.

— Ela não vai voltar para a casa dos pais.

Zach notou o hematoma escuro na lateral do rosto de Becky, no mesmo instante em que Karen ofegou. Ela subiu as escadas e hesitou quando Becky se encolheu ante a sua aproximação.

— Ah, querida. Quem fez isso com você?

Becky olhou para Nolan, depois para Karen. Zach esperou ao pé da escada e ouviu.

— Você devia contar para eles — Nolan disse. — Talvez eles possam ajudar. — Becky se aconchegou mais ao namorado, que passou o braço ao redor dos seus ombros. Quando a garota começou a chorar, Zach notou o corpo de Karen se retesar.

— Vamos sentar — Karen sugeriu.

Nolan concordou.

— Tem duas cadeiras aqui em cima.

Zach os seguiu até o quarto principal, onde Nolan havia enchido um colchão inflável e tinha duas cadeiras dobráveis apoiadas ao lado de uma mala. Havia alimentos lacrados e algumas garrafas de água.

— Vou limpar tudo antes que alguém apareça — Nolan explicou. — Desculpa, sr. Gardner. Eu não sabia mais para onde ir. Economizei um pouco de dinheiro, mas não o suficiente.

Zach acenou com a mão.

— Não precisa dizer mais nada. — A contusão no rosto de Becky e as marcas em seus braços provavam que Nolan tinha mais a proteger do que apenas um filho. Isso se ela realmente estivesse grávida. — Eu falei a verdade quando disse que está tudo bem. Só queremos ajudar.

Nolan e Becky se sentaram no colchão, um ao lado do outro, de mãos dadas e parecendo tão assustados como ratos em uma cozinha rodeada de gatos.

Karen sentou em uma cadeira e Zach pegou a outra, virou ao contrário e se acomodou também.

Quando ficou claro que os adolescentes não iam falar nada, Karen soltou um suspiro pesado.

20

AS MÃOS DE KAREN TREMIAM enquanto esperava que o casal sentado diante dela falasse alguma coisa. O machucado no rosto de Becky a fez querer bater em alguém. De preferência em quem a acertara. A expressão determinada, mas ligeiramente assustada, no rosto de Nolan a fez desejar tirá-los de lá sem nenhuma pergunta.

Se ajudar jovens fugitivos seria o trabalho de sua vida, então ele começava agora, com um silêncio doloroso e muita paciência.

Zach cerrou os lábios e esperou com ela.

Karen sentiu os olhos dele sobre ela e lhe ofereceu um sorriso. Ele levantou a sobrancelha em direção a Nolan e ela balançou a cabeça, como se lhe pedisse para esperar.

— Ela não pode voltar — Nolan falou pela segunda vez.

Becky estava sentada com a cabeça apoiada no ombro de Nolan, o hematoma ainda visível para Karen.

— Foram eles que te machucaram? Seus pais? — Karen perguntou com suavidade.

Becky assentiu.

— Eles já tinham batido em você? — Zach perguntou.

Becky assentiu novamente, mas não disse nada.

— Há quanto tempo você sabe disso, Nolan? — A pergunta direta de Zach pegou Karen desprevenida.

O garoto voltou o olhar para Zach.

— Eu não sabia. — As defesas de Nolan surgiram como um escudo na batalha. — A Becky me disse que tinha caído.

— Ninguém está te culpando — Karen esclareceu e olhou feio para Zach.

— Eu não contei para ninguém — Becky murmurou. — Não acontecia o tempo todo. Só... — Sua voz falhou.

— Então você fugiu.

— Eu tive que fugir. — Becky mirou, com os olhos inchados e vermelhos, Karen.

Karen assentiu.

— No seu lugar eu também fugiria. É muito mais fácil fugir do que deixar que alguém nos machuque.

— Eu queria ir até a polícia — Nolan falou.

Becky balançou a cabeça.

— Não. Por favor...

Karen conteve os próprios pensamentos.

— Quantos anos você tem, Becky?

— Dezessete.

— Nolan?

— Faço dezenove daqui a três meses.

Karen olhou para Zach, que exibia um sulco profundo de preocupação na testa.

— Qual é o plano de vocês? — Melhor descobrir o que os garotos pensavam em fazer e ajudá-los a chegar às conclusões corretas do que dizer que eles não estavam agindo direito.

Nolan sentou mais ereto.

— Eu e a Becky vamos casar.

Karen assentiu, como se pensasse a respeito.

— Assim ela vai ser emancipada. E os pais dela não vão poder obrigá-la a fazer nada.

Ela coçou a cabeça.

— Bem... É verdade que um menor casado é emancipado, mas para ele poder casar precisa da permissão dos pais.

Nolan franziu o cenho.

— Mas a Becky está grávida...

— Nolan! — A garota virou para ele rapidamente, e Nolan fechou a boca.

— Tudo bem. Eu e o Zach já tínhamos percebido isso — Karen assegurou aos adolescentes.

Os dois arregalaram os olhos e os observaram.

— Como?

— Eu trabalho com adolescentes na Califórnia. Conheço os sinais. — Ela esperou que todos entendessem a situação antes de desfazer os planos de Nolan. — Infelizmente, a gravidez da Becky não dá a ela o direito de se casar sem o consentimento dos pais.

— Mas...

— É a lei. O objetivo é impedir que jovens cometam erros com os quais terão que lidar pelo resto da vida.

— Mas a gente se ama. E agora, com o bebê...

Becky desviou o olhar dela e de Zach.

— Você quer fazer a coisa certa, Nolan... Nós entendemos — Zach falou. — O casamento é um grande passo.

— Assim como ter um filho.

— Sim. Enorme — Karen acrescentou. — O bebê vai chegar, vocês estando prontos ou não. O casamento, por outro lado, não tem que acontecer hoje.

— Mas...

— Se você mentir e arrumar uma autorização, os pais da Becky podem anulá-la por causa da idade dela. Pior, eles podem tentar te processar, porque você já é considerado adulto.

A expressão vazia de Nolan fez Karen parar.

— O Nolan não fez nada de errado — Becky murmurou.

— Eu não falei que ele fez. Só estou mostrando as possibilidades. E aqui está mais uma: não existe um tribunal no país que faria a Becky continuar morando com o pai, se ele estiver batendo nela.

A menina balançou a cabeça, e uma lágrima escorreu pelo seu rosto.

— Não é o meu pai.

— Ah, não? — Karen não esperava por isso.

— É a minha mãe. O meu pai bate nela se ela não me castigar.

O sangue sumiu do rosto de Karen. Se ela não estivesse sentada, provavelmente teria caído com a confissão de Becky. De quantas maneiras um pai ou uma mãe pode foder a vida de alguém?

— Eles não podem ficar aqui — Zach disse dez minutos depois, quando se afastaram dos adolescentes para conversar sobre a situação.

— Não. A Becky precisa descansar em uma cama de verdade. Aposto que ela ainda não foi ao médico.

— Posso levá-los para a minha casa...

— É muito arriscado. E até que a gente possa convencer a Becky de que ela é a única vítima nessa situação, ela vai evitar as autoridades. Você abrigar uma fugitiva não seria a ideia mais inteligente.

— E você abrigar uma não é melhor.

— Eu não moro aqui.

— E isso importa? — Zach perguntou.

— Não — ela disse com uma risada. — Mas não posso te pedir para fazer mais do que já fez.

— Você não está pedindo. Estou me oferecendo.

Ela sorriu.

— Eu agradeço. Mas é isso o que eu faço. Tenho algumas ideias e preciso de tempo para pensar nessa situação. Levar a Becky para mais perto dos pais dela vai deixá-la ansiosa, o que não vai ser bom nem para o bebê, nem para ela.

Zach olhou para o chão.

— Sim. Você está certa. Não posso acreditar no que os pais dela estão fazendo. As mães devem proteger os filhos. — A voz de Zach demonstrava irritação.

— Nem todas as mães são iguais. Você tem sorte de ter a Janice.

Ele levantou o braço e olhou para o relógio.

— Ah, droga. Aposto que eles estão preocupados por eu não ter voltado.

— Você devia ligar para eles.

— Vou ligar.

Karen ouviu Becky e Nolan sussurrando no quarto e virou a cabeça naquela direção. Zach colocou a mão no ombro dela e deu um suave aperto.

— Eles vão ficar bem.

— Eu sei. Só estou mal por eles.

— Nós dois estamos.

— Tem uma coisa que não consideramos.

— Estou ouvindo — Zach falou.

— Se os pais da Becky perceberem que podem ser indiciados, **talvez a** deixem ir embora.

— Você quer dizer deixá-la fugir ou dar permissão para eles se casarem?

— Talvez as duas coisas. Mas eu adoraria convencer os dois a esperar para casar. Eu sei que a decisão é deles, mas eles são tão jovens.

Zach acariciou o braço dela, inclinando-se o suficiente para ela absorver seu calor e sua força.

— Vamos tirá-los daqui.

Eles colocaram todas as coisas na traseira da caminhonete e foram para Bell. Lá, Karen reservou um quarto com duas camas e escondeu Nolan e Becky na caminhonete, até eles estacionarem nos fundos do motel.

Karen colocou a mala sobre uma das camas. Zach estava perto da porta e, mais uma vez, Becky tomou o espaço ao lado de Nolan.

— Eis o que eu acho que devemos fazer — ela começou, olhando para Nolan. — Amanhã o Zach pode voltar aqui para te buscar e te levar para o trabalho. A menos que você queira ir para a casa dele esta noite.

— Eu quero ficar com a Becky — ele respondeu, com a voz firme.

— Tudo bem. Mas, se você não aparecer no trabalho e alguém estiver observando, vão saber que vocês dois estão juntos. Precisamos de alguns dias para descobrir como conseguir o que vocês querem. E eu posso estar errada, mas acho que você ainda não consultou um médico. Certo, Becky?

A menina moveu os olhos para o chão.

— Certo.

— Então amanhã eu vou alugar um carro e te levar para St. George. Vamos fazer uma consulta para checar sua saúde e a do bebê. St. George deve ser longe o suficiente para evitar que alguém te reconheça, não acha?

Becky olhou para Nolan e de volta para Karen.

— Acho que sim.

Karen se dirigiu a Zach:

— Eu te ligo de St. George. Tenho alguns contatos em casa que talvez possam me aconselhar sobre o que fazer em seguida. — Ela sabia que seria mais fácil se esconder em uma cidade maior, mas não queria preocupar Becky ou Nolan com a possibilidade de ficarem em St. George até que as formalidades legais fossem resolvidas.

— Karen — Becky chamou, com a voz tímida.

— Sim, querida?

— Por que você está fazendo isso? Você nem me conhece. — Todos os olhares no quarto se voltaram para ela.

— Eu sou incapaz de abandonar bons garotos em situações difíceis.

Becky desviou os olhos.

— Eu não sou uma boa garota. Acabei grávida...

— Ei! — Karen fez um movimento abrupto. — Chega desse papo. Sim, talvez vocês pudessem ter feito algo para evitar a gravidez, mas isso não faz de você uma garota ruim. Você tem desejos, como todo mundo. Eles são realmente poderosos quando você gosta de alguém, e é difícil resistir. Uma garota ruim teria o filho no banheiro e jogaria o bebê no lixo. Você pretende fazer isso?

— Não! — O horror no rosto de Becky era exatamente a reação que Karen pretendia.

— Bom saber. Agora chega desse papo de garota ruim.

— Sim, senhora.

— Então estamos todos de acordo sobre amanhã?

Nolan e Becky assentiram lentamente, e Zach pediu para falar com Karen a sós antes ir embora.

— Tem certeza que quer que eu te deixe aqui? — ele perguntou enquanto caminhavam pelo estacionamento, fora do alcance dos garotos.

— Você tem uma ideia melhor?

Zach riu.

— Não.

Karen se apoiou na caminhonete e esfregou a nuca. Não era assim que ela achava que esse dia fosse acabar.

— Tenho medo de que, se deixarmos os dois aqui sozinhos, eles fujam. Se os pais da Becky derem queixa, o Nolan poderia acabar preso.

— Eu pensei nisso. Que mundo de merda. O garoto que faz a coisa certa está ferrado, enquanto os pais de merda se safam. — Zach se apoiou no carro. — Você vai me dizer por que está fazendo isso?

— Eu realmente não consigo me afastar de uma história triste. — Ela tentou não olhar em seus olhos, mas sentiu que ele a encarava.

— É mais que isso.

Levou mais de um ano para Karen contar a Michael sobre seus pais, mas com Zach era diferente.

— Os meus pais ainda estão vivos, Zach. O meu pai não usou as mãos para abusar do poder sobre a filha. — Ela se lembrava do pai entrando no quarto e do desconforto que a envolvia nos momentos que antecediam ao...

— Eu tinha acabado de entrar na adolescência, mal tinha seios quando ele começou a me olhar de um jeito diferente. — A memória estava nublada, como se ela pudesse torná-la diferente apenas olhando por outro ângulo.

O corpo de Zach ficou tenso, e o sorriso brincalhão se desfez, o punho cerrado na lateral do corpo.

— Ele veio até o meu quarto uma noite, me beijou e me tocou. — Isso destruiu sua confiança e a fez se sentir suja simplesmente por existir. — Foi horrível.

A mágoa familiar se instalou em seu peito, ameaçando trazer lágrimas.

Zach a puxou para si e a abraçou como se pudesse protegê-la de suas lembranças.

— Meu Deus, Karen.

Ela estava na cozinha, ajudando a mãe a lavar a louça. Um momento raro, já que a mãe não costumava fazer tarefas domésticas.

Karen aproveitou o momento sozinha com a mãe para se abrir.

— Mamãe?

— Sim? — A mãe colocou mais um prato no escorredor para Karen secar.

Ela começou a tremer, mais nervosa do que nunca com as palavras que ameaçavam escapar de seus lábios. A mãe trabalhava em um bar local, vivia das gorjetas que ganhava. Ela a deixava sozinha com o pai. Algo que começou a incomodar Karen cada vez mais, conforme os anos se passavam. Agora ela compreendia o porquê.

O prato em sua mão caiu com um estrondo. April, sua mãe, fechou a torneira e a repreendeu.

— Puta merda. É o terceiro prato que você quebra este mês.

— Desculpa.

— Você precisa ter mais cuidado.

— Desculpa. Foi sem querer.

April se agachou e começou a catar os cacos. Karen ficou de pé e observou a mãe.

— Você não vai me ajudar? — April gritou.

Karen tirou o lixo de baixo da pia, pegou os pedaços grandes e os jogou dentro. O último pedaço cortou seu dedo. Ela ficou sentada no chão, observando o dedo sangrar. Tanta dor para um corte tão pequeno.

— Qual é o seu problema? Coloque o dedo na água. Garota burra.

Karen se levantou, abriu a torneira e deixou a água correr sobre o dedo por vários minutos.

— Qual é o problema?

As lágrimas começaram a cair antes de Karen abrir a boca.

— Mãe...

— O quê?

— O papai... Ele...

April ficou completamente imóvel. Esperando. Como se soubesse o que estava acontecendo.

— O quê? — Sua voz era áspera, tornando ainda mais difícil para Karen forçar as palavras a deixar seus lábios.

— Ele... — As lágrimas rolavam agora. Cada sílaba era mais difícil de pronunciar que a próxima. — Ele...

— Desembucha.

Parte de Karen disse para ela fechar a boca. Guardar aquilo. A outra parte, a que lhe dizia que era errado que seu pai a tocasse como haviam ensinado na aula de educação sexual na quinta série, manteve os lábios em movimento.

— Ele me tocou.

April esperou. A água escorria na pia, e elas não deram nenhuma atenção.

— Nas minhas partes íntimas.

April fechou a água, quase arrancando a torneira.

— Você é uma mentirosa. Sempre floreando a verdade. No sábado passado, você disse que eu vim para casa às três, e eu cheguei às duas e meia.

Os lábios de Karen tremiam. Eram três da manhã. E a mãe estava bêbada.

— Eu não estou mentindo.

A cabeça de Karen girou com a bofetada que a mãe lhe deu. Ela não apanhava desde criança.

— Vá para a cama. Pense no que está dizendo.

Karen se virou, deixou a mãe... e nunca mais a viu.

Ela envolveu os braços ao redor de Zach e afastou as emoções cada vez mais intensas.

— Eu contei para a minha mãe, mas ela me chamou de mentirosa. Depois disso, os dois foram embora.

Ele segurou o rosto dela com as duas mãos e se afastou o suficiente para olhar em seus olhos.

— Como assim, foram embora?

A história era difícil.

— Eles fizeram as malas e foram embora. Fiquei sentada em casa por uma semana inteira até perceber que eles não iam voltar. Eu estava sozinha e assustada. Preocupada com como ia sobreviver. A minha tia morava do outro lado do país, e eu não tinha mais nenhum parente. Por fim a minha escola notificou as autoridades, e a minha tia foi chamada.

— Quantos anos você tinha? — ele perguntou, com um sussurro rouco.

— T-treze.

Ele a puxou para mais perto, segurando-a com força. Ela apoiou a face em seu peito e inalou seu cheiro e a proteção que seus braços criaram em torno dela.

— Então você entende... Eu não posso ir embora. Não posso.

— Nós não vamos. Vamos resolver tudo isso.

Quando ele olhou de novo em seus olhos, baixou os lábios para os dela, em um beijo suave, atencioso, que lhe trouxe um tipo diferente de desejo. Relacionar-se com alguém de maneira sexual sempre esteve separado de relacionar-se com alguém emocionalmente. Os dois lados jamais tinham acontecido com o mesmo homem.

Até agora.

Por um breve instante, Karen não pensou em Michael, no fato de que eles estavam casados ou que Zach era seu cunhado. Ela simplesmente cedeu a seu toque e a seu beijo, permitindo-se apreciar o delicado momento.

Zach mordiscou seu lábio inferior antes de terminar o beijo.

— Eu volto pela manhã.

— Te ligo se tiver novidades.

Ele a beijou mais uma vez e foi embora.

21

KAREN TERMINOU A NOITE MANDANDO algumas mensagens para Michael:

> Encontramos os dois.

> Está tudo bem?

> Não. Está tudo uma merda. Mas estou no controle. Me avise quando chegar ao Canadá.

> Pode deixar.

Ela pensou em Zach, em seus beijos.

> Nós precisamos muito conversar.

> Eu sei. Talvez você possa me encontrar lá.

> Talvez.

> Se cuida.

Como sempre, a última mensagem de Michael foi cuidadosa, amigável..

Karen olhou para o jovem casal que havia se acomodado na cama e ouviu os sons noturnos invadirem o quarto. Perto de uma da manhã, sentiu os olhos pesados de sono.

A primeira porta bateu quando alguém saiu do motel às cinco horas e a acordou. Nolan e Becky ainda dormiam profundamente.

Karen virou, encontrou um espaço aconchegante no travesseiro e se ajeitou outra vez.

Então uma batida soou na porta.

— Karen?

Zach!

— Sim. Só um instante.

Becky se mexeu ao lado de Nolan quando Karen abriu a porta. Zach levantou uma pequena bandeja com copos fumegantes de café.

— Ah, meu Deus. Obrigada!

Ele sorriu. A barba por fazer cobria seu queixo, dando-lhe a aparência sexy que ela adorava.

Ele entrou no quarto e viu o jovem casal dormindo.

— Tirando o dia de folga, Nolan?

— Desculpe. — O garoto esfregou os olhos e deslizou por debaixo das cobertas. — Só preciso de um banho rápido.

Então caminhou até o chuveiro, usando uma calça de moletom, e, antes que alguém pudesse tomar um gole de café, o som dos canos invadiu o quarto de motel barato.

Karen segurou a porta aberta enquanto Zach entrava.

— Não sabia direito o que trazer. Trouxe donuts e bagels. Espero que gostem.

Becky se levantou com um sorriso tímido nos lábios.

— E leite para você.

Quando ele entregou a Becky um copo de leite, Karen sentiu lágrimas nos olhos. Ela nem bem tinha acordado e Zach já estava entrando no quarto.

— Obrigada, sr. Gardner.

Ele piscou para a adolescente e concentrou a atenção em Karen.

— Dormiu bem?

Ela deu de ombros. Nem imaginava como estava sua aparência. Tinha dormido apenas algumas horas, boa parte cheias de lembranças e pesadelos.

— Bem.

Pela preocupação estampada no rosto de Zach, ela percebeu que ele não havia acreditado. Ela aceitou sua oferta de café e colocou creme e açúcar antes de dar um gole e fechar os olhos. Perfeito.

Suspirou e abriu os olhos para encontrar Zach a observando com um sorriso.

— O que foi?

— Está *tão* bom assim?

— A noite foi longa.

Zach lhe entregou um papel que tirou do bolso traseiro.

— Aqui está a única empresa de aluguel de carros na cidade. Se você tiver problemas, me ligue.

Ela pegou o papel e agradeceu.

Os encanamentos na parede fizeram barulho antes de desligar. Nolan saiu do banheiro, caminhou até o lado da cama, cheirou uma camisa que tinha jogado lá na noite anterior e a vestiu.

Karen riu, mas tentou fazê-lo discretamente.

Becky se sentou no meio da cama, bebeu o leite e mordiscou um donut.

— Você ligou para os seus pais? — Karen perguntou a Zach.

Ele assentiu.

— Disse que tinha uns problemas para resolver e que tentaria voltar hoje.

Karen deu um sorriso triste.

— Acho que suas férias acabaram.

— Algumas pessoas tornam as férias melhores. Sem elas, é só tempo ocioso.

Como o último ano da vida de Karen. O tempo ocioso que ela passou fingindo ser algo que não era. Não que fosse terrivelmente difícil viver com um grande amigo em uma casa maravilhosa. Só no mês passado é que a decisão de ter deixado a sua vida em modo de espera causou alguma agitação emocional real. No fim, valeria a pena ajudar pessoas como Becky e Nolan, disse a si mesma.

— Um desses é para mim? — Nolan perguntou ao ver os copos de café.

— Sim. — Zach tirou um copo da bandeja e lhe entregou.

O garoto murmurou um agradecimento e tomou um grande gole do café preto. Suspirou, com satisfação.

— Isso é bom.

— Precisamos ir. Antes que alguém nos veja.

Zach tinha razão.

Karen se sentou na beirada da cama enquanto observava Nolan guardar seus pertences na pequena bolsa. Ele hesitou antes de se inclinar e beijar a bochecha de Becky. Um gesto tão doce e inocentemente amoroso que Karen teve de desviar o olhar.

— Se precisar de alguma coisa, me liga.

Becky assentiu com um sorriso.

— Estou bem.

Então, quando ela achou que ninguém estava olhando, Karen percebeu Becky murmurar "eu te amo" para Nolan. O rapaz a beijou de novo, deu uma mordida no donut de Becky, passou por Zach e saiu pela porta.

— Vamos?

Zach levantou a sobrancelha e olhou para Karen com um sorriso.

— Me liga.

Ela ergueu seu copo de café enquanto a porta se fechava. Sozinha com Becky, as duas sorriram.

— O Nolan é um bom rapaz — Karen disse.

Como seu comentário foi recebido em silêncio, ela se virou para ver o olhar inexpressivo de Becky.

— Ele é o melhor — a menina disse, com o lábio inferior tremendo.

Karen colocou o café na mesa que havia entre as camas e virou para Becky. Com sua proximidade, a garota começou a chorar.

Karen a abraçou, e Becky se agarrou a ela.

— Estou com tanto medo.

— Eu sei, querida. Eu sei. — Karen olhou para o teto sujo do motel e agradeceu a Deus por estar em Hilton quando a garota mais precisava dela.

A mão de Becky apertou a camisa de Karen e seus soluços inundaram o quarto.

— Está tudo bem. Você vai ficar bem. Você não está sozinha.

୧୨

Zach puxou Nolan de lado e lhe estendeu um saco com um cheeseburger duplo, batatas fritas e uma Coca-Cola. Os dois sentaram na caçamba da caminhonete e comeram seus sanduíches em relativo silêncio.

— Gosta do ramo da construção? — Zach perguntou entre mordidas.

— Sim. É muito melhor que preencher pedidos e inventariar a loja do seu pai.

Zach compreendia.

— Acha que você e a Becky vão ficar aqui em Hilton?
— Eu preciso trabalhar.

Essa não era a resposta que Zach estava procurando.

— Mas eu não acho que os pais dela vão embora. E as pessoas vão falar — o garoto continuou.

— As pessoas vão falar em qualquer lugar.

Nolan enfiou várias batatas fritas na boca e explicou:

— Mas menos gente nos conhece em Bell. Ou mesmo em St. George.

— É um longo trajeto.

— Eu não ligo. Tenho que pensar na Becky. Não acho que ela esteja segura aqui, sabe? E, se eu encontrar o pai dela, vou ser obrigado a destruir a cara dele. Desgraçado.

Zach estava preparado para fazer isso e nem sabia como era o homem.

— Você tem muito em que pensar. — Zach bebeu um pouco mais de refrigerante. — E está pensando. Isso é bom. Melhor para vocês dois.

— Eu amo a Becky. Não só por causa do bebê.

— Você está dizendo isso para me convencer ou para convencer a si mesmo? — Zach o observou, procurando sinais de dúvida.

— Para te convencer. Eu já sei o que sinto por ela. Sim, eu teria esperado até ela terminar o colégio, até ter guardado algum dinheiro para encontrar um lugar para nós dois. Mas essas merdas acontecem. Temos que seguir em frente. A vida acontece, quer você queira ou não.

Os pensamentos de Zach se voltaram para Karen, o cabelo muito loiro e os lábios rosados que ela umedecia antes que ele a beijasse. E como ela o fazia se sentir vivo. Caramba, ele não tinha percebido como se sentia morto por dentro até ela entrar em sua vida.

Ele afastou os pensamentos de Michael da cabeça. A vida acontece, quer você queira ou não.

༄༅༄

A clínica forneceu um ambiente discreto para as duas. Karen ligou com antecedência e providenciou para que fossem levadas a uma sala rapidamente. Becky deu o nome Rebecca Parker e respondeu a todas as perguntas sobre seu histórico médico enquanto Karen se sentou ao lado dela para confortá-la. Tinham coberto o machucado em seu rosto com um pouco de maquiagem, mas só um cego não notaria as marcas.

— Quer que eu fique aqui quando o médico entrar? — Karen perguntou.
Como Becky não negou imediatamente, ela tomou a decisão.
— Vou ficar. Se quiser que eu saia, é só acenar com a cabeça.
— Tudo bem.
Uma enfermeira entrou na sala e pegou o formulário. Ela o analisou com um sorriso e entregou um copo plástico a Becky.
— Precisamos de uma amostra de urina. E você pode colocar isso, com a abertura nas costas. — Becky pegou o avental azul e branco do hospital e o apertou contra o peito.
A enfermeira a encaminhou para o banheiro, depois voltou para a sala de exames e esperou.
— Ela é sua irmã?
Karen sorriu.
— Não. Sou uma amiga.
— Pobre garota. Está assustada.
— E quem não ficaria?
A enfermeira concordou.
— Pelo menos ela não tem catorze anos.
Karen nem queria pensar nessas crianças. Pelo menos, aos dezessete, Becky estava perto da idade adulta. Aos catorze, nenhuma menina devia ter relações sexuais. Karen pensou no próprio pai e fechou a imagem na cabeça. Algumas crianças não tinham escolha quando se tratava de sexo.
Becky voltou para a sala segurando o avental fechado com uma mão, as roupas e o copo plástico cheio de urina na outra. Karen a ajudou com as roupas enquanto a enfermeira pegava a amostra.
— O médico vem em um minuto.
Becky sentou na pequena mesa de exames, com as pernas penduradas. Nas paredes, havia cartazes mostrando os diferentes estágios da gravidez. Havia números de telefone para linhas de ajuda, abrigos e agências de adoção.
— Você já foi a um ginecologista?
Becky balançou a cabeça.
— Não.
Os pais dela não tinham feito um bom trabalho em preparar a menina para a vida.
— Bem, não é tão ruim. E lembre-se: os médicos fazem isso o dia todo.

Pararam de falar quando a porta se abriu e uma morena pequena entrou, usando um jaleco.

— Olá, Rebecca — a mulher disse com um sorriso. — Sou a dra. Grayem. — A médica estendeu a mão para Becky apertar.

— Oi.

Karen esperou que a médica virasse para ela.

— E você é...?

— Uma amiga.

— Não é a mãe dela?

Karen balançou a cabeça e notou Becky enrijecer.

— Não.

A dra. Grayem sentou em um banquinho e parou com as perguntas a respeito de Karen. Olhou para o formulário e se dirigiu à jovem paciente.

— Sua última menstruação foi há doze semanas?

— Sim, senhora.

— Você tem períodos normais?

— Sim.

A dra. Grayem fez algumas anotações no papel.

— Enjoo matinal?

— Um pouco.

— Quanto você pesava antes de perceber que estava grávida?

Becky respondeu, e a médica assentiu.

— Sabe quem é o pai?

A garota respirou fundo.

— Sim. E-eu só estive com ele.

A dra. Grayem parou de escrever e olhou para Becky.

— Não estou sugerindo que você vai para a cama com qualquer um, Rebecca. Quero saber que fatores de risco você pode ter. Seu namorado sabe da gravidez?

Ela assentiu. Karen colocou a mão ao lado da de Becky e a garota a agarrou.

A médica fez várias outras perguntas, confirmando o que Becky já havia escrito no formulário, o que só deixou a garota mais ansiosa.

A dra. Grayem pegou os papéis e os colocou na mesa atrás de si.

— Agora eu preciso te examinar, mas vou avisar com antecedência tudo o que vou fazer. Tudo bem, Rebecca?

— Vai doer?

A doutora sorriu.

— Não.

Karen se afastou da mesa, mas ficou perto o suficiente para assegurar a Becky que estava lá. A menina fechou os olhos durante o exame pélvico e estremeceu com a frieza das mãos da médica. Durante todo o tempo, a dra. Grayem falou sobre o que esperar durante o próximo mês, sobre o que observar: cólicas, sangramento, sinais habituais de alguma complicação. O exame foi rápido e, após lavar as mãos, a doutora caminhou em direção à porta e pediu a uma enfermeira para trazer uma máquina de ultrassom para a sala.

— Está tudo bem? — Becky perguntou.

— Está, sim. Você já está no segundo trimestre. Quer ver como é o seu bebê?

Becky piscou, e lágrimas começaram a se formar em seus olhos.

— Se você quiser dar o bebê para adoção, eu posso...

— Não! Eu não vou dar o meu bebê.

Karen sorriu e se afastou quando a enfermeira entrou com o aparelho de ultrassom.

— Tudo bem, então. Vamos dar uma olhada.

A dra. Grayem empurrou a cadeira para o lado de Becky, e a enfermeira apagou a luz na sala para poderem ver melhor a imagem no monitor. Karen ficou ao lado de Becky, segurando sua mão.

Após aplicar uma espessa camada de gel na barriga da garota, o som da máquina registrou um batimento cardíaco.

— Esse é o seu batimento — a dra. Grayem disse. — Observe o ritmo lento. Bem, está um pouco rápido, mas é muito lento para ser do seu bebê.

Becky encarava o monitor com os olhos arregalados enquanto as imagens em preto e branco passavam.

Em seguida, a sala foi invadida por um ritmo cardíaco muito mais acelerado.

— Ah, agora sim.

A médica manteve o aparelho estável na barriga de Becky e apontou para o monitor com a outra mão.

— Olhe. Apenas uma vibração.

Então a imagem na tela se contraiu.

— O bebê está dizendo "oi". — A dra. Grayem clicou em alguns botões e moveu o aparelho.

Becky apertava a mão de Karen e sorria como uma mãe deve fazer.

A dra. Grayem apontou a cabeça, o coração e as pernas do bebê. Tão pequeno, tão precioso.

Karen tirou o celular do bolso.

— Quer que eu tire uma foto e mande para...

— Sim — Becky a interrompeu antes que ela mencionasse o nome de Nolan.

— Vou imprimir uma para você também.

Karen observou a alegria no rosto de Becky quando a médica disse que queria vê-la novamente e que, em alguns meses, ela poderia descobrir o sexo do bebê, se quisesse.

Karen anexou a imagem do ultrassom em uma mensagem para Zach.

> Diga ao Nolan que mamãe e bebê estão bem.

Karen saiu da sala com a médica para Becky se vestir.

— Ela tem sorte de ter uma boa amiga — a doutora disse.

— Ela é uma boa garota. Vai ser uma ótima mãe.

— Onde ela conseguiu o olho roxo?

Karen não tinha problema algum em retransmitir o que haviam lhe dito.

— Os pais dela não ficaram satisfeitos com a notícia do bebê. E não estarão envolvidos daqui em diante.

A dra. Grayem balançou a cabeça e falou em voz baixa:

— Se a Rebecca precisar de uma declaração, pode me ligar. — Pegou um cartão de visitas do bolso e o entregou a Karen.

— Obrigada.

Karen pagou a consulta em dinheiro, acrescentou uma doação para aqueles que não podiam pagar e seguiu com Becky para o carro alugado. Quando chegaram, seu telefone vibrou.

A resposta de Zach a sua mensagem foi:

> Uau. Não achei que veria um homem crescido chorar. Me liga quando tiver um minuto sozinha.

> Pode deixar.

— Você fez o Nolan ganhar o dia — Karen disse a Becky.
A garota apenas olhou para a foto de seu bebê.
— Eu vou mesmo ter um filho.
— Sim. Você vai ter um filho.
— Vou ser mãe.
Karen riu com o espanto na voz da menina.
— Bem, vamos alimentar você e o bebê. Você deve estar com fome.
— Estou morrendo de fome. E a médica quer que eu ganhe peso.
Karen riu e arrancou com o carro.

22

KAREN CONVENCEU BECKY DE QUE permanecer em St. George era mais seguro do que voltar para Bell. Sem mencionar que as opções de hotéis eram muito melhores. Ela reservou dois quartos, sabendo que Becky e Nolan provavelmente gostariam de privacidade. Já não achava que a garota quisesse fugir. Pelo menos não dela e de Zach.

Alimentada e depois de um dia repleto de emoções, Becky foi para a cama e tirou um cochilo.

Karen entrou em seu quarto para fazer alguns telefonemas muito necessários. Começou com Gwen, na esperança de conseguir ajuda de uma gestante.

— Oi, futura mamãe — Karen brincou quando Gwen atendeu.

— Bem, já estava na hora de você ligar. Estávamos começando a pensar que você nunca mais voltaria — Gwen a repreendeu.

— Eu já teria voltado, mas tive uns probleminhas. — Karen lhe contou sobre a situação de Becky.

— Ah, coitadinha.

— Ela está dormindo agora. Muito mais feliz desde que viu o bebê.

— É um momento maravilhoso. O Neil até chorou.

— Não acredito! — Neil era famoso por não demonstrar sentimentos.

— Ele vai negar se você perguntar. Mas chorou e passou a noite inteira com a cabeça no meu colo para poder ouvir o batimento cardíaco do bebê.

Karen não conseguia nem imaginar. Neil era simplesmente muito sério e grandalhão para fazer algo tão fofo.

— A Becky está mais tranquila, agora que se consultou e viu o bebê. Mas precisamos fazer os pais dela recuarem. Ela ainda é considerada fugitiva, e não tenho dúvidas de que eles dariam queixa contra o Nolan.

— Em que eu posso ajudar?

— Preciso que você verifique algumas coisas. Não sei se as leis daqui são diferentes das da Califórnia. A Becky ainda não vai ter completado dezoito anos quando o bebê nascer. Ela poderia ficar escondida até fazer dezoito, mas isso não é vida.

— Se eu e o Neil estivéssemos aí, eu mandaria meu marido bater na porta dos pais dela e dizer para eles a deixarem em paz, ou ele os mandaria para a cadeia.

— Eu pensei nisso. Precisamos examinar os recursos de jovens maltratadas que conseguiram escapar dos pais.

— A Becky está disposta a ir à polícia?

Karen apoiou a cabeça nas mãos.

— Ainda não. Mas acho que se for isso ou arriscar a saúde do bebê, ela vai depor contra os pais. E com razão.

— Mesmo assim seria difícil para ela.

— Eu queria encontrar um jeito de manter a família do Zach e do Michael fora disso. Hilton é uma cidade muito pequena, então pode ser que eu precise de ajuda.

— Estamos à disposição. Ou posso pedir para o Rick ir até aí.

Rick era um velho amigo de Neil, fuzileiro naval aposentado e quase tão corpulento quanto o próprio sr. Inexpressivo.

— Talvez seja uma boa ideia.

Gwen suspirou.

— Então, como está o resto? Vi que o Michael foi para casa apenas para fazer as malas e viajar mais uma vez.

Neil e sua equipe de segurança, incluindo Rick, monitoravam a casa e provavelmente sabiam mais sobre os dois do que era necessário.

Foi a vez de Karen suspirar.

— A irmã do Michael descobriu o que estávamos fazendo... e por quê.

— Ah, meu Deus.

— Ela falou com o Michael. Mas ele não está pronto para contar para o restante da família o que está acontecendo.

— Ah... E o Zach?

— Ele não sabe.

— Não é isso que estou perguntando, Karen. E você e o Zach?

— Não quero sentir nada por ele.

— Mas sente.

Karen anuiu, embora ninguém pudesse ver o gesto.

— Sim. Ele é gentil e carinhoso. Me faz rir... e me sentir segura.

Gwen hesitou.

— Vocês já...?

— Não. Bom, a gente se beijou. Eu me senti tão culpada que seria impossível ir além disso. Mas essa culpa está diminuindo, Gwen. É como se, quanto mais tempo passamos juntos, mais difícil fosse aceitar ficarmos longe um do outro. E ele sabe que eu e o Michael vamos nos separar.

— Ah, é?

— Sim. Eu não quis mentir. Não quando a irmã já sabe, e eu e o Michael não estamos pensando em visitar a família juntos novamente.

— O Michael sabe sobre o Zach?

— Não. E isso está me matando.

Gwen estalou a língua.

— Isso é muito fácil de resolver.

— Como assim? Estou apaixonada pelo meu cunhado. Não tem nada de fácil nisso.

— Conte para o Michael.

— Ele vai odiar.

— Ah, Karen. O Michael pode ter suas falhas, mas ele te ama. Tenho certeza que ele quer te ver feliz. Contanto que o segredo dele não seja revelado, ele não pode te culpar por ter se apaixonado pelo irmão dele.

Karen brincou com o diamante em seu dedo.

— Não sei.

— Você desistiu da sua vida durante um ano para ajudar a manter o segredo do Michael.

— E estou sendo paga para fazer isso.

Gwen riu.

— Sabe o que é engraçado nisso tudo? Eu tenho certeza que você se sacrificaria por um amigo, mesmo se não fosse para receber nenhum pagamento. Olha o que você está fazendo por esses garotos. Você os conheceu há menos de duas semanas e está se arriscando para mantê-los escondidos, dormindo em motéis... Karen, minha querida, você tem um coração de ouro. Sim, o

Michael veio até nós, mas você o conheceu, o verdadeiro Michael. Se não fosse a Alliance, você seria capaz de se casar com ele só para ajudá-lo.

Karen queria desmentir a amiga, mas não podia.

— Tenho que contar a ele sobre o Zach.

— Sim. Tem mesmo — Gwen concordou. — Ligue para o Michael. Vou fazer algumas ligações aqui e ver o que podemos fazer pelos seus fugitivos.

∼∞∽

Trinta minutos depois, Karen ligou para Michael. Suas mãos tremiam enquanto segurava o telefone, mas Gwen estava certa. Quanto mais tempo ela guardasse esse segredo, mais difícil seria contá-lo. Se ela falasse sobre seus sentimentos por Zach, e Michael a odiasse por isso, pelo menos ele saberia por ela e não por outra pessoa.

— Oi. Como está o Canadá?

— Frio e úmido. Ainda está em Utah?

— Sim. Em St. George. — Ela contou sobre o progresso com os garotos.

— Como o meu irmão está lidando com toda essa situação?

Ela pensou no leite e nos donuts.

— Muito bem — disse com um sorriso. — Vocês dois são muito parecidos.

— De algumas formas.

— Escuta, Michael. Eu... contei para o Zach que estamos nos separando.

O silêncio perdurou por um momento.

— Achei que isso aconteceria. Ele contou para os meus pais?

— Não. Acho que não.

— Acho que a minha mãe teria ligado se soubesse.

— Eles ainda estão na cabana. — Então Karen pensou. Quem sabia até agora?

— Nós sabíamos que a separação seria difícil. — Ele parecia muito à vontade com o divórcio.

— Hum, Michael... Lembra quando estávamos indo para a casa dos seus pais e falamos sobre querer estar com alguém?

Mais uma vez, houve silêncio.

— Sim?

— Bom, você me contou quando saiu com o Ryder.

— Sim... Tem alguém com quem você queira sair? — Ela sabia que seu tom brincalhão logo mudaria.

— Tem, mas...

— Vá em frente, Karen. Só seja discreta. Nós temos um acordo. Está tudo bem.

— Michael, não é tão simples assim.

Ele riu.

— Claro que é. E relaxante também.

— Michael! É que... Ah, meu Deus, isso é difícil.

Ele parou de rir.

— Karen, meu bem, eu já entendi. Você está com tesão. Ninguém entende isso melhor do que eu.

— Para, Michael. Não é só sexo. Quer dizer, poderia ser, mas... — Quanto mais ela entrava na conversa, mais difícil era dizer o nome. — É o Zach. Ok? Eu estou apaixonada pelo Zach.

O telefone ficou completamente mudo.

୨୧

O sorriso que Michael esboçou enquanto brincava com Karen sobre a necessidade de sexo se desfez lentamente conforme ele caía na cadeira do trailer executivo em que morava no set.

Merda. Ah, merda.

— Eu não queria. Eu tentei resistir. — A voz de Karen vacilou ao falar. Suas palavras se chocaram como um trem de carga engavetando vagões. — Me desculpe. Vou continuar resistindo. Esqueça o que eu falei.

Ele não podia esquecer.

Karen começou a chorar.

— Desculpe, Michael. Eu ligo depois.

— Não! Espera. Eu só preciso de alguns minutos para digerir.

— Desculpe — ela sussurrou. — Sinto muito, Michael.

— O Zach? Sério? — Michael passou a mão no rosto e olhou para a aliança que usava havia mais de um ano.

— É...

— Droga. Acho que eu percebi.

— Percebeu? — Ela soluçou no telefone.

— Sim. Eu vi o Zach te observando. Notei a tensão entre vocês dois. — Ele entendia mais do que a maioria como era ter sentimentos por alguém que você nunca poderia ter. Não abertamente, pelo menos. — Ele... Vocês já...?

— Não. Quer dizer, eu o beijei, nós nos beijamos, mas isso foi tudo. E ele não sabe sobre você — ela disse rapidamente.

— Você não pode contar para ele. — No entanto, Michael sabia que seria apenas uma questão de tempo antes que algo escapasse de Karen. Não seria culpa dela. Quando duas pessoas são íntimas, certas verdades acabam se revelando. Até Ryder sabia que ele e Karen tinham um casamento de fachada.

— Claro que não. Eu nunca faria isso com você, Michael. Nunca. — Não de propósito. Merda, ele tinha que descobrir um jeito de contar a Zach sobre sua sexualidade. Ele devia isso a Karen, para que ela não precisasse mentir.

— Se ele descobrir, você precisa me contar.

— Claro.

Ele riu.

— Eu queria muito chutar a bunda dele — confessou.

— Sentimento de posse?

— Sim. O que é meio doentio. Eu não tenho nenhum direito. — Nenhum direito mesmo. Karen era sua melhor amiga, não sua amante.

— É claro que tem. Nós somos casados.

Ele suspirou.

— Só no papel. Mas eu ficaria ainda mais chateado se ele quisesse transar com o Ryder.

Ela riu.

— Não acho que o Zach jogue nesse time.

A ideia de Zach e Ryder o fez rir.

— Não. Acho que eu teria descoberto se ele jogasse. Uau.

— Desculpe, Michael.

— Por que você continua se desculpando? Duvido que você tenha começado a dar em cima do meu irmão. — Enquanto conversavam, um pouco da tensão se aliviou. Sua amizade com Karen era muito importante. Além disso, ele amava o irmão, e Michael não podia pensar em uma pessoa melhor para ela.

Karen ofegou com a resposta.

— Não.

— Ainda quero chutar a bunda dele. — Ele estava brincando agora e esperava que isso a fizesse sorrir. O pensamento de que ela pudesse chorar o deixou com um indesejável peso no peito. Seus pensamentos se voltaram rapidamente para os paparazzi e a imprensa. *Ah, droga. Isso vai dar merda.* — Só tenha cuidado, Karen. A imprensa ia cair matando se descobrisse.

Ela fez uma pausa antes de falar:

— Eu não preciso tomar uma atitude com o Zach.

Não tomar uma atitude? Ele ouviu a culpa na voz de Karen e precisou lembrá-la do compromisso sincero que tinham um com o outro.

— Não, Karen. Nós não estaríamos tendo essa conversa se você estivesse no total controle da situação. Meu irmão é um bom sujeito. O fato de vocês dois terem se segurado significa que se importam com os meus sentimentos. Ele ainda é um idiota por querer ficar com a minha esposa, mas como eu posso culpá-lo? Você é gostosa.

Ela riu, e ele continuou falando:

— E, se você e eu fôssemos felizes no casamento, duvido que você passaria uma vibe de disponibilidade. Isso mostra que devíamos ter acabado com essa farsa antes. — Mas, de forma egoísta, Michael gostava de ter Karen por perto. Ninguém era tão boa companheira como ela. Ninguém o compreendia e o amava tanto quanto ela, apesar de todas as suas falhas.

A realidade de que eles estavam se separando o atingiu.

— Eu adorei ser a sua esposa de mentira, Michael.

Lágrimas se formaram nos olhos dele.

— E eu adorei ser o seu marido de mentira. — Ele engoliu em seco e disse a única coisa possível: — Vou entrar com o pedido de divórcio quando chegar em casa.

Ela começou a chorar novamente, tornando difícil para ele evitar se juntar a ela.

— Posso me mudar quando eu voltar.

— Não tem necessidade. Pelo menos não imediatamente. Vou ficar aqui por um tempo. — Ele limpou a garganta e olhou ao redor de seu trailer solitário. — Você está chorando? — Ele queria secar suas lágrimas.

Ela soluçou.

— Sim. Bobo, né?

Ele engoliu o nó na garganta.

— Não... é libertador. Eu também choraria, mas as pessoas poderiam pensar que eu sou gay. Tenho que ir encher a cara e bater em alguém. Quer mandar o meu irmão até aqui para me ajudar?

A risada de Karen fez com que o nó desatasse, e ele se recostou no assento. Ela soluçou novamente.

— Tudo bem, você precisa parar de chorar. Vamos pedir o divórcio. É isso aí. Eu ainda te amo. E sempre vou te proteger. Nós, os Gardner, somos leais assim. — *O Zach também vai ser.*

Karen respirou tão fundo que ele ouviu lá do Canadá.

— Então, como é o produtor? Idiota ou gostoso?

— Essa é a minha garota. — Ele ignorou as lágrimas nos olhos e continuou falando e rindo. — Gostoso, mas um idiota completo.

Ela riu e Michael sentiu a vibração no fundo do coração.

— Você não vai contracenar com a Angie McMillian?

— Sim. Aquela vaca anoréxica.

— Sério? Ela sempre pareceu tão doce na tevê.

Eles conversaram como de costume por um tempo, e Michael soube que ficariam bem.

23

ZACH LEVOU NOLAN PARA ST. George e seguiu o GPS até o hotel em que Karen disse que ela e Becky estavam hospedadas. A última vez em que esteve em St. George foi com Tracey para visitar a família dela. Nolan estava radiante desde que a foto do filho chegou ao celular de Zach. Passou de um garoto nervoso e inseguro para um pai orgulhoso diante dos olhos do chefe. A transição foi tão inesperada que ele não pôde deixar de notar. Ele realmente sentia pena dos pais de Becky se Nolan tivesse um momento a sós com eles... ou se eles tentassem impedir os dois de ficarem juntos.

Zach se sentiu orgulhoso do jovem enquanto saía da rodovia, uma hora mais tarde, e ziguezagueava pelas ruas lotadas da cidade, bem maior que Hilton.

— Eu poderia ter vindo sozinho — Nolan disse quando eles entraram no estacionamento do hotel.

— Seu carro pode levar a polícia até a Becky.

— Não acho que alguém esteja nos procurando por aqui.

Zach parou em uma vaga.

— Não vamos correr riscos agora. Você tem o fim de semana de folga, e eu e a Karen vamos pensar em algo nos próximos dias.

Eles caminharam até a varanda do lado de fora dos quartos.

Nolan bateu na porta do quarto de Becky. Ela abriu somente depois que o rapaz sussurrou que era ele. Nolan entrou no quarto, e Zach foi até a porta do quarto de Karen.

Parecia que ela havia acabado de sair do chuveiro, algo que ele e Nolan fizeram em casa antes de arrumar uma mala para passar a noite, caso ele acabasse tendo que ficar na cidade. Em seguida, eles pegaram a estrada para St. George.

— Oi.

Karen abriu mais a porta, e ele entrou. A pele dela cheirava a flor, e seu cabelo era uma nuvem ao redor do rosto. Ela era tão linda. Ele enfiou as mãos nos bolsos, embora quisesse tocá-la.

— Oi.

— Deixei o Nolan com a Becky. Ele queria ficar aqui com ela.

Karen sorriu e todo o ar do quarto sumiu.

— Eles provavelmente vão querer olhar para a foto do ultrassom a noite toda.

Zach também abriu um sorriso.

— Sim. É bem possível.

— Torna tudo real. Não é mais só uma linha azul em um teste de gravidez.

Ele não podia imaginar tudo o que Nolan estava passando. O que ele sabia era que o garoto estava envolvido.

Zach fez um gesto em direção à porta.

— Quer sair para comer algo? Comprar comida para eles?

— Seria ótimo.

Eles disseram ao casal que estavam saindo, e Zach levou Karen até a caminhonete e abriu a porta para ela entrar.

Encontraram uma cantina italiana tranquila, e Karen insistiu em pedir uma garrafa de vinho. A bebida era surpreendentemente boa, mas a companhia foi o que os manteve sorridentes.

— Eu falei com a Gwen. Ela deu uma ideia que acho que devíamos considerar.

— Qual?

Karen pegou um pedaço de pão e comeu com o cabernet.

— Falar com os pais da Becky. Avisar que estamos cientes dos maus-tratos. Dizer a eles que a Becky vai prestar queixa se não a deixarem ir embora.

— Isso não seria uma ameaça vazia? A Becky não parecia interessada em dar queixa.

— Acho que, se ela se sentisse ameaçada, mudaria de ideia.

— Para proteger o bebê?

— Ou o Nolan. Ela está assustada, mas a cada dia que passa está ficando mais forte. Eles vão ficar bem. Vamos ajudá-los a superar esses obstáculos.

— Você é uma mulher incrível, Karen.

Ela bebeu o vinho e balançou a cabeça.

— Não. Sou péssima.

A comida foi servida, e ela a saboreou com um apetite que rivalizou com o dele.

— Acho que o Nolan está sendo vigiado. A polícia passou pela obra umas três vezes.

Karen fez uma pausa.

— Eles te seguiram até aqui?

— Não. E o carro do Nolan ainda está na garagem. O xerife vai à igreja com os pais da Becky. Ele os conhece muito bem, de acordo com o Nolan.

— Isso pode complicar as coisas. Ela pode pedir ao tribunal para ser emancipada, mas tem que provar que pode se cuidar e que os pais não estão em condições.

— Para fazer isso, ela teria que revelar os maus-tratos.

Karen ficou perdida nos próprios pensamentos por um minuto. Ele estendeu a mão e tocou a dela.

— É difícil fazer isso. Muitas pessoas não acreditam nas vítimas. — Ela balançou a cabeça. — Vamos descobrir o que fazer. Preciso investigar o que é ou não permitido para ajudar fugitivos nessas condições.

— O que exatamente você imagina quando pensa em ajudar garotos como a Becky e o Nolan?

Karen se recostou, e as sombras do seu passado se afastaram do seu rosto quando ela falou.

— Eu sempre imaginei uma casa grande. Sabe, uma daquelas coloniais, ou talvez vitoriana, com muitos quartos. Como aquelas usadas em pousadas.

— Sim.

— Teria que passar por uma reforma para ganhar mais banheiros, é claro. E provavelmente uma cozinha maior do que as casas antigas normalmente têm. Mas eu queria algo que se parecesse com uma casa. Com algum tipo de licença para abrigar fugitivos. E com regras, logicamente. Nada de drogas ou de violência, esse tipo de coisa. Nada de bullying. E as crianças teriam que trabalhar meio período, estar em algum tipo de escola de formação contínua ou cursar um programa de formação para jovens adultos. Se forem realmente jovens, e nisso eu precisaria de orientação jurídica, eles seriam matriculados em escolas.

— Parece que você pensou muito sobre isso. Por que não colocou seu plano em prática antes?

Seus olhos azuis deixaram os dele.

— Não era o momento. Mas isso está mudando.

— Você sabe que está falando de um trabalho em tempo integral, não é?

— Não tenho medo de trabalho duro. E fiz alguns contatos com pessoas muito ricas ao longo dos últimos anos. Muitas expressaram interesse em me ajudar a levantar fundos e desenvolver a minha ideia.

Zach podia vê-la reunindo uma vila inteira em prol das crianças carentes.

— Você não vai conseguir salvar todo mundo.

— Mas posso salvar alguns. Até mesmo um já vale a pena.

Os olhos de Zach se voltaram para as mãos entrelaçadas de Karen. Ele acariciou a parte interna do pulso dela e percebeu que ela havia tirado a aliança de casamento. Ele se segurou para não perguntar por quê. Talvez, quando ela disse que não era o momento para levar adiante seu plano de criar um abrigo, estivesse falando do divórcio. Sem a pressão de ser a esposa de Michael Wolfe, ela poderia se concentrar no que a fazia feliz. Embora ele não visse seu irmão atrapalhando o que ela queria.

O garçom parou para completar as taças de vinho. Karen pediu dois pratos de massa para levar para os garotos e empurrou o seu de lado.

— Não acho que vamos descobrir o que precisamos fazer pelo Nolan e pela Becky neste fim de semana. Mas vamos ter que pensar onde eles vão morar.

— Eles não podem ficar em hotéis para sempre — Zach disse.

— Exatamente.

— O Nolan falou de encontrar um lugar aqui em St. George e ir e voltar todo dia.

— Parece cansativo.

— Muita gente faz isso. E o custo de vida aqui não é tão alto quanto na Califórnia. — Local para onde, se Zach tivesse que adivinhar, Karen sugeriria que eles se mudassem para poder ajudá-los.

— Uma hora de viagem em Los Angeles é comum.

Zach riu.

— Podemos procurar apartamentos a um preço acessível aqui. Eu ficaria feliz em ser o fiador e emprestar algum dinheiro ao Nolan.

— Você não precisa fazer isso.

— Não, mas eu quero. — Ele virou a mão ao redor da dela e entrelaçou seus dedos. Um sorrisinho surgiu nos lábios cor-de-rosa, e ela apertou a mão dele.

— Eu... falei com o Michael hoje.

A menção do nome do irmão o fez parar e desviar o olhar.

— Ah.

— Zach?

Meu Deus, como ele amou ouvir seu nome vindo dos lábios dela. Ele olhou para ela e a encontrou sorrindo.

— Eu contei para ele... sobre a gente. Sobre a nossa atração.

Ele esperou pela explosão.

— O que ele disse?

Ela deu um sorriso fraco.

— Pediu que eu te mandasse para o Canadá para ele chutar a sua bunda.

Como ela continuava sorrindo, ele não sabia ao certo se a resposta de Mike era algum tipo de piada.

— Ele ficou chocado. Eu acho. Mas eu tinha que contar a ele.

Zach levou os dedos dela aos lábios e os beijou.

— Você fez o que era certo.

— Sempre fomos honestos um com o outro.

— Como ele reagiu de verdade?

Ela olhou para o teto, como se tivesse a resposta.

— De um jeito elegante. Mas já sabíamos sobre o nosso divórcio. Então não é como se houvesse uma briga entre nós por sua causa.

Ele beijou o local onde a aliança do irmão esteve.

— Você tirou o anel.

— Não me senti bem usando.

Ele ficou ali, sentado por vários minutos, apenas observando a cor dos seus olhos e o brilho das luzes tênues refletindo dentro deles. Queria beijá-la, abraçá-la, se certificar de que ela estava bem depois daquela conversa difícil.

O garçom trouxe a conta. Zach rapidamente jogou algumas notas sobre a mesa e a levou para a caminhonete.

O estacionamento estava escuro. Antes de acomodá-la no banco do passageiro, ele parou um instante e a puxou para os seus braços. Ela não ofereceu resistência e inclinou a cabeça e os lábios em direção aos dele.

Os braços dela se apoiaram nos ombros dele enquanto ele a beijava. Ela tinha gosto de vinho e cheirava a flores e maracujá. Flores exóticas que o fizeram pensar em praias intermináveis e sol escaldante. Sua língua procurou a de Zach, que a pressionou contra a lateral do veículo. Os dois estavam sem fôlego quando ele se afastou.

— Eu quero fazer amor com você — ele sussurrou.

Ela estremeceu e segurou suas costas.

— Eu tenho meu próprio quarto no hotel.

Ele riu em sua têmpora.

— Então por que estamos dando uns amassos no estacionamento, como dois adolescentes?

— Porque é divertido?

Rindo, ele a afastou da caminhonete o suficiente para lhe abrir a porta. A viagem de volta ao hotel esquentou quando ela deslizou pelo banco e se inclinou contra ele, a mão descansando em sua coxa, mantendo seu membro em alerta máximo.

Eles quase não se falaram enquanto ela o conduzia para o seu quarto. Parou na porta de Becky, bateu e entregou a comida que havia encomendado. Os dois agradeceram e fecharam a porta.

A mão de Karen tremia enquanto deslizava o cartão-chave pela maçaneta. Assim que ela fechou a porta, Zach trancou e a beijou com uma urgência que nunca sentira antes.

Ele não podia tocá-la por inteiro rápido o suficiente. Seus lábios estavam em chamas. A respiração dela estava acelerada, no mesmo ritmo que a dele. Ele havia sonhado com Karen desde o momento em que se encontraram pela primeira vez. Agora, ela o tocava por baixo da camisa e deslizava as mãos em seu peito, com a promessa de mais. Quando baixou as mãos até o traseiro dele e o puxou para mais perto, ele gemeu, a pegou no colo e a levou para a cama.

Eles deitaram juntos, a perna dele pressionada entre as dela.

— Eu devia ir mais devagar, mas acho que não consigo — ele disse enquanto a beijava e abria os botões da sua blusa.

— Isso é loucura — ela disse, enquanto tirava a camisa dele.

— Precipitado. — Ele conseguiu abrir um botão e foi para o próximo enquanto a mão de Karen deslizava para o cós da calça dele.

— Pecaminoso.

A pele alva do seio dela pressionou o sutiã cor de vinho. Ele baixou os lábios em direção a seu corpo e a lambeu para prová-la.

— Ah, Zach. Isso...

Finalmente, o último botão se abriu, e ele jogou a blusa dela para o lado, no chão. Segurou seus seios, enterrou a cabeça entre eles e inspirou. Ele tinha certeza de que o cheiro dela ficaria com ele para sempre.

Karen arqueou as costas enquanto ele deslizava uma mão para trás a fim de encontrar o fecho do sutiã. Seus dedos deslizaram uma, duas vezes.

— Eu costumava ser bom nisso — ele disse.

A risada morna de Karen percorreu a coluna dele, ou talvez fossem suas unhas, que subiam e desciam pela parte de trás do seu corpo.

Quando o sutiã se abriu, os dois riram.

Os mamilos rosa-escuros se eriçaram, pedindo atenção.

Karen parou de rir quando ele abocanhou um deles. Seus quadris se encaixaram nos dele.

— Que delícia — ela sussurrou.

— Perfeito. — Ele abocanhou o outro seio, lambeu e sugou cada centímetro. Só hesitou quando ela segurou a ereção encoberta pela calça jeans.

— Caramba...

— Por favor, me diz que você tem preservativos.

Ele riu da tensão em sua voz.

— Claro.

Ela suspirou e o empurrou até ele estar deitado de costas, então sentou em seu colo. Os olhos azuis de Karen estavam pesados de desejo quando ela se inclinou sobre ele para beijar seu peito e pescoço. Quando mordiscou seu maxilar, falou:

— Eu quis esse queixo sexy se esfregando na minha pele desde a primeira vez que eu te vi.

Ele segurou o rosto dela quando ela deslizou os lábios sobre os dele novamente. Beijos molhados que o levaram à loucura.

Ela se sentou, os seios inchados balançando na frente dele, e alcançou o botão da calça dele. Zach observou, fascinado, enquanto ela abria o botão e abaixava o zíper. Ela estendeu a mão sobre a própria barriga e deixou os dedos deslizarem para dentro da calcinha, que ele via por baixo da calça jeans.

Os olhos de Zach se afastaram do pequeno show para encontrar os dela, que tinha o lábio preso entre os dentes.

— Caramba.

Ele trocou de posição e tirou a calça dela, fazendo o mesmo com a dele, e ficaram completamente nus. Zach deslizou as mãos sobre as coxas de Karen, ao redor do seu sexo.

Ela se contorceu e gemeu em sinal de frustração.

— Zach, por favor... Já esperamos o suficiente.

O preservativo estava fora da carteira e nas mãos dela alguns segundos depois. Sentir os dedos dela em volta do seu membro era algo com que ele poderia facilmente se acostumar.

A sensação dos pés dela deslizando pela sua perna e o cheiro do seu desejo enquanto ela se abria para ele o fizeram se acomodar entre as pernas de Karen. O calor morno o encontrou quando ele se aproximou e a beijou.

Os olhos dela se abriram quando ele se encaixou em sua entrada. Ela era apertada demais quando ele tentou penetrá-la. Se não fosse pelo olhar de êxtase em seu rosto, ele teria se preocupado em parti-la ao meio. Ele já estava pronto para gozar quando ela se apertou ao redor dele.

— Porra, Karen...

— Tudo. Por favor, eu quero você inteiro.

Ele a penetrou profundamente e viu estrelas. Fechou os olhos e segurou a onda de libertação. Nunca tinha chegado tão perto de atingir o clímax tão rápido na vida.

— Zach?

Ele abriu os olhos e a encontrou o encarando.

— Faz amor comigo.

O pedido doce fez com que seu quadril se movesse, deslizando contra ela, dentro dela. Seu corpo macio se abriu para ele, que sussurrou o nome dela enquanto a fazia sua.

Ela reagiu no mesmo ritmo a cada uma das estocadas de Zach, agarrando-se a ele como se seu corpo dependesse do dele para sobreviver.

No momento em que a respiração dela se alterou, ele inclinou os quadris para mais perto, se moveu mais rápido e olhou profundamente em seus olhos enquanto ela gozava em seus braços. Ele a seguiu até o limite, sabendo que sua vida mudaria para sempre.

24

ATÉ ZACH, O SEXO VINHA em duas categorias: memorável e esquecível. O exercício fácil de esquecer ocupava pouco espaço em seu cérebro, e, agora que Zach dominava a categoria memorável, Karen sentia dificuldade para se lembrar de qualquer outro homem que não aquele em seus braços. Ela passou uma perna ao redor da dele e se acomodou a seu lado como um gatinho satisfeito, deitado na luz do sol que entra pela janela.

— Uau.

Ele riu e o som ecoou no ouvido dela, seguido pelo som fraco dos seus batimentos cardíacos quando o coração se acalmou.

— Eu devia me sentir culpado por isso — Zach disse enquanto a abraçava.

— Não se atreva. — Ela não podia se sentir culpada por algo que parecia tão certo. — Foi incrível demais para você se sentir culpado.

— Você pode dizer isso de novo.

Ela não podia deixar de se perguntar o que estava se passando pela cabeça de Zach. Ele estava pensando em Michael? Estava saciado e o desejo tinha desaparecido? A pergunta sobre Michael ela não poderia fazer, pelo risco de dar abertura a perguntas que ela não podia responder. Mas a outra...

— Karen?

— Zach? — eles disseram ao mesmo tempo e depois riram.

— Você primeiro. — Ele beijou o topo da sua cabeça.

Ela não podia olhar nos olhos dele por medo de que ele dissesse o que ela não estava preparada para ouvir.

— Isso... Você e eu... Foi uma transa de uma noite só?

A mão que ele usava para segurá-la contra si se moveu para o rosto dela, e ele pediu que ela o olhasse. Mesmo no escuro, ela viu a preocupação nos olhos dele.

— É isso que você quer?

Ela odiava a vulnerabilidade do próprio coração. Balançou a cabeça.

— Não — sussurrou.

Zach suspirou e traçou a bochecha dela com o polegar.

— Não sei como vai funcionar, mas eu te quero.

O coração dela acelerou no peito.

— Vai ser confuso e complicado.

— Minha vida tem sido tranquila há muito tempo. — Seus olhos cintilaram.

— E se a aventura acabar? — Droga, de onde vinha essa insegurança?

Ela desviou o olhar e engoliu em seco.

— Karen. — Sua voz era apenas um sussurro. — Olhe para mim, linda.

Um sorriso suave encontrou seu olhar.

— Eu nunca me senti tão atraído por uma mulher na vida. Não tem sido fácil, e acho que as coisas não vão ser um mar de rosas, mas estou disposto a tentar, se você estiver.

O que mais ela poderia pedir a ele? Zach não podia predizer o futuro mais do que ela. Pelo menos ela sabia que seu casamento não era mais do que um pedaço de papel. Que logo seria rasgado.

— Também quero ver onde isso vai dar — ela disse, e ele se inclinou e a beijou rapidamente.

Quando ele se afastou, ela falou:

— Você ia perguntar alguma coisa.

Agora era a vez dele de parecer inseguro enquanto se abria.

— Quando vocês vão se separar?

Ela descansou a mão em seu peito e apoiou o queixo em seu braço.

— O Michael vai resolver isso quando voltar para LA. A imprensa sempre consegue informações pessoais como essa, e ele quer estar por perto para evitar que me persigam.

— Ele não vai trabalhar no Canadá durante alguns meses?

— Sim, mas vai voltar para casa daqui a algumas semanas. Então vai entrar com o pedido de divórcio e voltar para o Canadá quando as coisas se acalmarem. — Eles haviam conversado sobre esse dia. — Se não houver nenhuma contestação, tudo deve ser concluído em seis meses.

— Tem certeza que é isso que você quer? — ele perguntou.

Ela se apoiou no cotovelo e olhou para ele.

— Zach?

Ele a encarou.

— Se eu não estivesse certo disso, não estaria nu na sua cama.

Sua vulnerabilidade transpareceu. Ela o beijou, tentando lhe dizer com o corpo que ele não tinha motivo para se preocupar.

Mais tarde, depois de fazer amor com ele novamente, Karen dormiu aninhada em seus braços.

O som de vozes furiosas do lado de fora do quarto a acordou, e a porta se abriu violentamente.

— Polícia. Mãos ao alto!

⁘

Zach cobriu Karen com a manta e se colocou entre ela e a lanterna que os guardas lhes apontavam. Do outro lado da porta, ouviu Becky gritando e Nolan xingando.

— Que diabo está acontecendo? — Zach gritou.

— Mãos ao alto. — Um policial apontava a arma para ele. — Karen Jones?

Ela segurava as cobertas no peito com uma mão enquanto erguia a outra no ar. Zach manteve as mãos visíveis enquanto protegia Karen o melhor que podia.

— Sim?

— Zach Gardner?

— Sim?

O policial disse aos demais atrás de si:

— São eles.

Outro homem entrou no quarto e balançou o braço em arco com a pistola apontada para eles.

— O que é isso?

— Vocês estão presos.

O coração de Zach disparou.

— Por quê?

— Sequestro.

— Sequestro? — Karen gritou. — Do que você está falando?

O segundo oficial atravessou o pequeno quarto, pareceu concluir que não havia nenhuma ameaça e guardou a arma.

— Não! Solta ele! — A voz frenética de Becky do lado de fora da porta atingiu os ouvidos de Zach.

— Becky? — Karen gritou a seu lado. — Ah, meu Deus... Os pais dela. Zach?

Ele compreendeu que as águas turbulentas de que haviam falado mais cedo estavam caindo ao seu redor.

— Vocês entenderam tudo errado! — Zach disse à polícia.

— Explique isso na delegacia.

— Fora da cama — ordenou um dos policiais.

O que estava mais próximo acenou com a arma para Zach e Karen.

— Saia da cama devagar — instruiu a Zach.

O fato de ambos estarem nus, e claramente não representarem ameaça, não pareceu suavizar o oficial.

Zach não se moveu.

— Pode passar as roupas da Karen?

Um deles pegou a blusa dela com a ponta dos dedos.

— Você, fora.

Com as mãos para cima, Zach saiu da cama.

— Vamos consertar isso tudo — ele disse a Karen.

Só que ela não parecia escutar. Sua atenção estava do lado de fora, na voz distante de Becky, que obviamente era levada para longe. Os lençóis caíram da cintura de Karen, expondo seus seios aos homens ali.

A necessidade primitiva de protegê-la tomou conta de Zach.

— Dê a blusa para ela!

Suas palavras fizeram o policial se mexer, e a blusa de Karen voou pelos ares. Ela a pegou.

— E a minha calça?

— Saia da cama.

As armas ainda estavam apontadas para os dois, o que deixou o cérebro de Zach formigando.

— Não estamos armados. Jesus.

— Não foi o que nos disseram. Saia da cama, sra. Jones.

— Droga.

— Está tudo bem, Zach. — Karen empurrou os lençóis e ficou seminua diante do policial. Suas bochechas coraram. — Satisfeito? Posso pegar minha calça agora?

Cada centímetro da pele de Zach se arrepiou.

Para o crédito dos policiais, eles não ficaram olhando para Karen, e um deles pegou a calça dela e a revistou. Quando se convenceu de que não havia nenhuma arma escondida na roupa, jogou a calça para ela.

Só quando ela estava vestida, Zach percebeu que estava nu. Ele vestiu o jeans e ficou parado, observando, enquanto o oficial virava Karen e prendia seus pulsos com algemas de metal. Não importava que eles estivessem fazendo o mesmo com ele. Ele jamais esqueceria o olhar de horror no rosto dela.

Um terceiro policial entrou no quarto e começou a desarrumar a cama, despejando as coisas de dentro das malas.

— Onde está a arma?

— Que arma? — Zach perguntou. — Não temos arma. Isso tudo é um engano.

— Não deixem os pais da Becky levá-la. Ela não está segura com eles. — A voz de Karen vacilou.

Os policiais trocaram olhares. O homem mais próximo de Zach agarrou seu braço.

— Você tem o direito de permanecer em silêncio...

Ele não ouviu nada que o homem disse. Seu foco estava em Karen, e o foco de Karen estava na porta.

— Os pais batem nela. Por favor. Não deixem que eles a levem.

Becky gritou do lado de fora.

Algemada, Karen foi até a porta. O oficial mais próximo a segurou e a empurrou contra a parede. O impacto do rosto dela contra a superfície dura fez Zach empurrar o policial.

— Karen! Porra, deixem ela em paz!

— Tirem esse cara daqui.

Dois policiais agarraram os braços de Zach e o empurraram para fora do quarto. Ele lutou contra eles, olhando por cima do ombro para vê-los levando Karen. Um pequeno fio de sangue escorria do rosto dela, saindo de um corte acima do olho.

Lá fora, carros de polícia estavam estacionados em todos os lugares. Ele viu Nolan na parte de trás de uma viatura.

Espectadores cercavam o local, e flashes enchiam a noite enquanto alguém tirava fotos.

Seus olhos viram estrelas enquanto ele tentava se ajustar ao brilho.

Karen continuou gritando com a polícia para proteger Becky, mesmo quando eles a empurraram na parte de trás de uma viatura.

Quando Zach foi obrigado a entrar em outro carro, seus olhos recaíram sobre uma figura solitária e familiar na multidão.

Tracey?

Um estranho sorriso satisfeito brincava no rosto dela.

─∞─

A cabeça de Karen latejava e seu coração doía. Como isso pôde acontecer?

Nolan estava em uma cela, provavelmente separada da de Zach, e a polícia empurrava os dedos dela em uma tela de computador, dizendo para se manter imóvel para a câmera. Becky não estava em nenhum lugar à vista. Uma policial feminina a atendeu desde que entrara na delegacia. Com ela, Karen pensou que talvez conseguisse conversar.

— Não me importo com o que fizerem comigo, mas você precisa manter a Becky afastada dos pais. Ela não está a salvo com eles.

— Sra. Jones, neste momento você precisa pensar em si mesma. Sequestro, resistência à prisão, favorecimento de criminoso...

— Favorecimento de criminoso? Do que você está falando? — Quanto a resistir à prisão, bem, ela não podia argumentar quanto a isso sem a presença de um advogado.

— Vire para a direita.

Karen virou, e o flash foi a prova de que ela tinha sido fotografada.

— Os pais dela a espancaram. Por favor. Só não deixe que ela seja levada por eles. Ela está assustada.

A oficial Carmen hesitou.

— Por favor.

— Você pode dizer todas essas coisas para o meu parceiro.

Karen fechou a boca. Por que ninguém a escutava?

— Eu tenho direito a um telefonema. Não vou falar com ninguém até ter um advogado.

— A escolha é sua.

Quase uma hora depois, deram um telefone a Karen.

O aparelho tocou várias vezes, e ela temeu que talvez seus amigos não estivessem em casa. Por fim, Neil atendeu.

— Sim?

— Neil? Meu Deus, Neil... Eu preciso de vocês.

— Karen? — Sua voz estava surpreendentemente desperta para o adiantado da hora.

O fato de que ela estava ligando da prisão não a atingira até aquele momento.

— Estou presa.

— Presa?

Suas palavras saíram atropeladas enquanto tentava explicar a situação.

— Escuta. A polícia está dizendo que eu e o Zach raptamos a Becky. Precisamos de um advogado. Precisamos ter certeza de que a Becky está segura. Os pais batiam nela, Neil. E ela está grávida. — Pensar nos pais de Becky sozinhos com ela a deixou enjoada.

Karen ouviu a voz sonolenta de Gwen do outro lado da linha.

— O que está acontecendo?

— A Karen foi presa.

A mente de Karen correu para o próximo obstáculo.

— Alguém precisa ligar para o Michael. Ah, meu Deus. A Becky vai precisar de proteção, Neil. — Se alguém sabia o que precisava ser feito, esse alguém era Neil.

— Onde você está?

— Em St. George.

— Tudo bem. Aguente aí.

— Por favor, rápido. A polícia não está me dando ouvidos sobre a Becky. Não tenho ideia de onde ela está.

A voz de Gwen soou de uma segunda linha.

— Karen, você está bem?

Lágrimas se formaram em seus olhos, e ela se sufocou com as palavras.

— Vou precisar dos advogados fodões da Samantha e do Blake.

— Ah, querida. Estamos a caminho. Aguente firme e não diga nada.

As mãos de Karen tremiam enquanto ela desligava o telefone. Tudo o que podia fazer agora era esperar.

25

SE ALGUÉM LHE DISSESSE QUE ele ligaria para os pais no fim do dia para avisar que estava preso, Zach diria que essa pessoa só podia estar drogada. Infelizmente, a chamada foi para a caixa postal, e ele não teve opção a não ser deixar uma mensagem.

Após a identificação, ele foi colocado em uma cela com vários homens, incluindo Nolan.

— Como você está?

— Eles não me falam para onde levaram a Becky.

— Tenho certeza de que ela está segura. — Ele não tinha certeza de nada, mas precisava dizer algo para confortar o garoto.

— Estão me acusando de estupro.

— Tudo vai se resolver, Nolan. Mantenha a boca fechada até os advogados chegarem.

— Não posso pagar um advogado.

Zach o cutucou.

— Não se preocupe. Eu cuido disso.

Nolan balançou a cabeça e olhou para o chão.

— Eu devia ter fugido com ela. Assim vocês não estariam aqui, e ela estaria segura.

— Você não sabe se teria dado certo.

Frustrado, Nolan bateu o punho no banco onde estava sentado.

— Merda.

Não havia nada que Zach pudesse dizer para aliviar a frustração do garoto. Para acrescentar à sua própria, quando Zach fechou os olhos, tudo o que viu foi Karen de pé, na frente da polícia, sem roupa da cintura para baixo.

A humilhação de não ser capaz de impedir que qualquer um a visse foi como receber um tapa na cara. Onde ela estava agora? Estava assustada?

※

O telefone de Sawyer tocou enquanto desciam a montanha. Hannah havia decidido ficar mais um dia com Rena e a família dela enquanto Judy voltava com os pais para Hilton.

A confiança que Karen lhe transmitira durante sua breve visita lhe dera o incentivo para discutir uma mudança em sua formação profissional. Para isso, Judy precisava de um tempo sozinha com os pais.

O telefone dela vibrou no bolso quando chegaram a uma área onde havia sinal de celular. Ela viu várias mensagens de uma de suas colegas de quarto da faculdade e as abriu.

> OMG! Não é a sua cunhada?

A mensagem tinha sido anexada a uma foto de Karen, na qual ela aparecia entrando em uma viatura policial.

Judy ofegou e leu a mensagem seguinte:

> E o seu irmão? Mas não é aquele com quem ela é casada, é?

Zach estava sem camisa, com as mãos nas costas.

— Ah, meu Deus.

A foto seguinte mostrava os dois se beijando em um estacionamento.

— Ah, meu Deus!

— O que foi, querida? — Janice perguntou do banco da frente.

— Pai, para.

Sawyer olhou para ela através do retrovisor.

— Você está passando mal?

— Só para, por favor.

A última coisa que ela queria era que seu pai visse aquilo enquanto dirigia. Sua mãe estava virada no banco, olhando para ela.

— Judy?

Só podia ser um engano. *O Zach nunca faria isso, nem a Karen.*

Seu pai parou. Não que houvesse muito espaço na estrada para fazer isso.

Com a mão trêmula, Judy entregou o telefone a ele e deixou as imagens falarem por si sós.

— Isso só pode ser brincadeira.

Janice pegou o telefone, e Sawyer olhou para a tela do próprio celular. Apertou algumas teclas e colocou o aparelho na orelha.

— Ah, meu Deus. — O rosto da mãe ficou branco.

— Isso não pode ser verdade — Judy falou. — Deve ser invenção desses tabloides.

— Filho da puta — o pai disse enquanto jogava o telefone no banco e ligava a caminhonete.

— O quê?

As mãos de Sawyer agarraram o volante e sua expressão ficou fria.

— O Zach está preso. E a Karen também.

Não era uma piada.

— Deve ter acontecido algum mal-entendido — Janice concluiu, calmamente.

— Ele disse que precisa de um advogado e que o Nolan está com eles.

— O Nolan? — Judy perguntou. — O que o Nolan tem a ver com o Zach?

— Não faço ideia — Janice respondeu. — Sei que ele está trabalhando para o seu irmão, mas nem imagino por que estariam presos.

— Inacreditável! — Sawyer resmungou.

Eles desceram a montanha em silêncio e, em vez de dirigir para casa, pegaram a estrada e seguiram em direção a St. George. O sol atravessava as janelas nas primeiras horas da manhã quando entraram na delegacia, um edifício estéril do condado. Passaram por várias pessoas que aguardavam em cadeiras de metal e se aproximaram da mesa. Atrás do balcão, havia uma policial feminina que tinha um fone na orelha e as mãos em um teclado de computador.

Judy ficou atrás dos pais e olhou ao redor do saguão. Sentiu os olhos de alguém recaírem sobre ela do outro lado da sala. Tentando ter cuidado para onde olhava, tirou o telefone do bolso e fingiu ler uma mensagem quando seus olhos encontraram aqueles que a observavam.

Olhos verde-claros seguiam todos os seus movimentos. O dono daquele olhar tinha cabelos curtos de estilo militar e um pescoço grosso. Os ombros largos estavam cobertos por uma jaqueta que parecia muito pequena... ou talvez o homem fosse muito grande.

Judy não conseguia evitar de olhar para o corpo do cara. Ele preenchia o pequeno espaço da cadeira onde estava sentado, as longas pernas estendidas à frente. Quando seu olhar percorreu o corpo dele novamente, Judy notou os olhos verdes rindo acima do sorriso com covinha.

Ela desviou os olhos.

— Estamos aqui para ver Zach Gardner — ouviu seu pai dizer ao oficial quando a mulher desligou o telefone.

— Só dois de vocês podem entrar.

Sua mãe olhou para ela e sorriu.

— Vai ficar bem aqui sozinha?

— Mãe, por favor. Estamos em uma delegacia.

༺♡༻

Do outro lado do vidro, os pais de Zach estavam sentados com as costas eretas e uma expressão de completo choque.

Mesmo sabendo que as acusações contra ele eram infundadas e que seriam retiradas assim que a situação fosse esclarecida, conversar com os pais de dentro de uma delegacia foi um dos piores momentos da vida de Zach.

— Oi, pai.

— Que diabos está acontecendo? — Sawyer foi direto ao ponto.

— Eu sei que parece ruim.

— Sabe? Jesus, Zach. Você está preso.

Zach olhou para trás, na direção do oficial que fazia guarda na porta.

— Estou ciente disso.

— E a Karen e o Nolan também.

Ele assentiu.

— Eu sei. Precisamos de um advogado.

Sawyer balançou a cabeça, e a repugnância tomou profundamente o seu olhar.

— O que foi isso, Zach? O que você fez?

O maxilar de Zach se tensionou.

— Nada. Não fizemos nada de errado. Becky Applegate fugiu de casa. Eu e a Karen encontramos ela e o Nolan se escondendo e os colocamos em um hotel até pensarmos em uma solução. A acusação de sequestro é falsa.

— Você devia ter levado a Becky para casa. Sequestro... eles estão te acusando de sequestro!

Zach olhou para o pai.

— Você acha que eu seria capaz de fazer isso, pai? Realmente passou pela sua cabeça que eu seria capaz de fazer uma coisa horrível dessas?

Como seu pai se atrevia a olhar para ele com olhos tão acusadores?

Quando o pai não negou imediatamente, Zach desabou.

— A vida toda eu fiz o que podia para te agradar. Não fui embora da porra de Hilton, fiquei dirigindo uma empresa de construção... tudo para estar perto de vocês dois, da família toda. — Atrás do pai, ele notou o oficial se esticar e estender a mão em direção à porta.

Zach baixou a voz, mas sentiu o rosto queimar.

— Eu sempre fiz tudo certo. Manter a Becky e o Nolan longe dos pais dela era a coisa certa a fazer.

— Zach, querido. — Sua mãe pegou o telefone das mãos do pai. — Sabemos que você não fez o que eles estão dizendo, mas estamos chocados por ver você aqui.

Zach continuava olhando para o pai.

— Precisamos de um advogado, mãe.

Atrás de seus pais, um homem entrou, usando terno e carregando uma pasta.

— Sr. e sra. Gardner?

Sawyer se virou na cadeira. Através do fone, Zach ouviu o homem dizer algumas palavras.

— Fui contratado por Blake Harrison para representar o Zach.

O nome soava familiar, mas ele não entendeu o que estava acontecendo até que seus pais disseram que falariam com o advogado depois que ele conversasse com Zach.

— Sr. Gardner... sou Ron Bernard. O Blake me contratou, com mais dois colegas da Califórnia, para representar você, a Karen e o Nolan.

— Quem é Blake?

Bernard lhe lançou um olhar intrigado.

— O duque e a duquesa?

Ah, isso mesmo. Os amigos da Karen.

— Se você estiver disposto a me deixar representá-lo, vou mandar o oficial arrumar uma sala de reuniões para conversarmos em particular.

O sr. Bernard parecia mais capaz do que qualquer advogado que seus pais pudessem arranjar, e ele não viu necessidade de questionar os influentes amigos de Karen.

Agora sua prioridade era tirá-los da prisão e se certificar de que Karen estava bem.

— Vamos conversar.

O sr. Bernard sorriu e fez sinal para o oficial.

Os pais de Zach desviaram o olhar e saíram da sala.

Cinco minutos depois, Zach estava sentado numa sala de reuniões, explicando o que havia acontecido desde que saíram da cabana até aquele momento.

Agora tudo o que tinha a fazer era esperar o juiz para que fosse instaurado o inquérito.

Que dia!

Judy encontrou uma cadeira vazia, longe da montanha de músculos do homem que a observava.

Ao contrário de qualquer outro saguão, este tinha panfletos de agências de fiança e telefones de advogados espalhados na pequena mesa. Uma mulher de meia-idade e um adolescente estavam sentados numa extremidade da sala. Parecia que tinham dormido nas cadeiras a noite inteira.

Olhos Verdes ficou de pé quando a porta que os pais de Judy tinham acabado de atravessar se abriu e um homem ainda maior, acompanhado de uma loira deslumbrante, entrou.

— Como ela está? — Olhos Verdes perguntou.

Judy tentou não ouvir, mas era praticamente impossível naquele pequeno saguão.

— Preocupada com a Becky e o Nolan — a mulher falou.

À menção do nome dos adolescentes, Judy olhou para os três com renovado interesse. Eles eram amigos da Karen?

— Ela não devia estar preocupada com a própria sorte?

— A Karen não está preocupada consigo mesma. — O sotaque inglês elegante da loira fez Judy se inclinar para a frente. Karen não tinha contado a ela sobre sua amiga inglesa que estava casada com um fuzileiro naval reformado? O homem ao lado dela com certeza era grande o suficiente para se encaixar na descrição do ex-combatente. Assim como Olhos Verdes. — Recebi uma mensagem da Samantha. Eles vão chegar dentro de uma hora.

Judy se levantou e caminhou até o pequeno grupo.

— Com licença... Você é amiga da Karen?

A loira a encarou e sorriu.

— Sim.

— Sou a Judy. Irmã do Mike.

A mulher sorriu ainda mais.

— Eu sou a Gwen — ela se apresentou, estendendo a mão. — Este é o Neil, meu marido, e um amigo nosso, o Rick.

Olhos Verdes abriu um sorriso encantador para ela. Ao lado dele, ela tinha que erguer o rosto para olhar para ele. Perto assim, ela se sentiu como um duende na presença de um dragão.

— A Karen está bem?

— Ah, está sim. Vamos tirá-los daqui em algumas horas.

— Nem sei por que eles estão aqui. Meus pais entraram para conversar com o meu irmão, o Zach.

Gwen e Neil trocaram olhares.

— Por que não saímos um pouco para conversar?

Judy os seguiu para fora, longe de ouvidos alheios.

— Pelo que me disseram — Gwen começou —, uma menina chamada Becky fugiu de casa com o namorado.

— O Nolan.

— Isso — Gwen concordou. — O Zach e a Karen encontraram os dois escondidos e os colocaram num hotel por alguns dias, até pensar em uma solução para manter a Becky segura.

— O que tem de errado com ela?

Gwen suspirou.

— Segundo a Karen, os pais espancam a menina. Eles acusaram a Karen e o Zach de sequestro... e o namorado de outras perversidades.

O cenário agora se desenhava diante dos olhos de Judy.

— A Becky sempre foi tão tímida.

— Você a conhece?

Judy assentiu.

— Hilton é uma cidade pequena. Todo mundo se conhece.

Gwen olhou para os homens.

— Você sabe onde a Becky mora?

— Claro. Por quê?

Quando a pergunta escapou dos lábios de Judy, a van de um canal de notícias entrou no estacionamento.

Neil se moveu entre os recém-chegados e sua esposa.

— A Karen acha que a Becky está correndo perigo. Ela não vai poder se aproximar da menina até que essas queixas ridículas sejam retiradas. E, se eu conheço a minha amiga, ela vai ignorar o tribunal para ajudar essa garota.

Atrás deles, um homem com um microfone se aproximou, e seus olhos se concentraram em Judy.

— Você não é a irmã do Michael Wolfe? — o repórter perguntou.

Rick ficou entre Judy e o homem.

— Sem comentários. — Sua voz profunda fez o repórter parar, mas não por muito tempo.

— É verdade que a mulher do Michael está presa?

— Qual a parte do "sem comentários" você não entendeu? — A voz de Rick baixou, e o sorriso em seu rosto se desfez.

Neil conduziu Gwen de volta à recepção da delegacia.

— É verdade que a sra. Wolfe foi encontrada nua num hotel com o irmão do sr. Wolfe?

Judy congelou. Seus olhos se arregalaram.

Rick colocou a mão enorme nas costas dela e a levou para longe do repórter. O homem não os seguiu imediatamente.

— Isso é verdade? — Judy perguntou a Gwen.

A expressão suave no rosto de Gwen confirmou a acusação do repórter.

— Não é o que você está pensando.

Então o que é?

O repórter aproveitou esse momento para entrar na delegacia. Rick se virou para a porta e, mais uma vez, o manteve afastado de Judy.

— Cara, você está começando a me irritar.

Gwen segurou o braço de Judy e a puxou para longe.

— Eu sei que você está confusa, mas garanto que vai ficar tudo bem. Já falei com o Michael. Ele está a caminho daqui.

Seu estômago revirou pensando no irmão.

— Coitado do Mike...

— O Mike está mais preocupado com a segurança da Karen e do Zach do que consigo mesmo. Escuta, Judy... A Karen me disse que a Becky está grávida.

O restante de ar nos pulmões de Judy se foi, e ela sentiu a cabeça girar.

— Sério?

— Sim. Se os pais baterem nela, ela e o bebê podem estar em perigo.

Judy olhou para os policiais que estavam separando Rick e Neil do repórter.

— Então vamos contar isso para a polícia e deixar que eles intervenham.

— A Karen já contou. Mas eles não deram nenhum sinal de que vão investigar as acusações. Para eles, a Karen é a criminosa.

Judy não acreditou. Ela sabia que Zach nunca sequestraria ninguém.

— Essa situação toda é ridícula.

— Concordo. Você poderia ir ver como a Becky está?

Judy assentiu.

— Claro.

Gwen olhou ao redor.

— Você pode ir até a casa dela agora e se certificar de que ela está segura? O Rick pode ir com você para proteger vocês duas.

Judy olhou para as costas do homem que bloqueava o repórter. Seus pais não iriam gostar, mas ela não podia negar o pedido, então assentiu.

Gwen bateu nas costas de Rick e falou com ele em voz baixa. Ele olhou para Judy e deu um sorriso rápido, então circulou os policiais e a encontrou no balcão. Sorriu para a funcionária.

— Tem uma porta dos fundos que possamos usar para escapar da imprensa?

A mulher assentiu, os conduziu pelo balcão e atravessou outra porta. Após passarem por um pequeno corredor, Judy e Rick correram até um carro alugado e saíram do estacionamento.

Ela olhou pela janela de trás, esperando o repórter começar a perseguição. Mas ninguém os havia seguido.

— Pegue a rodovia para o norte.

Rick mudou de faixa e manobrou o carro para a rodovia. Somente quando estava certa de que ninguém os seguira, Judy se endireitou no assento, colocou o cinto de segurança e sentiu os olhos verdes do homem mais lindo que ela já vira pousar sobre ela... de novo.

Minha nossa!

26

UM OFICIAL LEVOU KAREN A uma grande sala e a deixou sentada em um banco à espera do juiz. Em seguida eles trouxeram Nolan e depois Zach.

— Você está bem? — Zach perguntou.

— Já tive dias melhores — ela respondeu com sinceridade. Além deles, a sala se encheu com a família e amigos. Janice e Sawyer não olharam em seus olhos. Ela só podia imaginar o que estava se passando pela cabeça deles.

Samantha, Blake, Neil e Gwen ofereceram sorrisos enquanto se sentavam.

— Você falou com o advogado? — Karen perguntou.

— Sim. Está tudo certo — Zach respondeu.

— Vamos sair daqui? — Nolan quis saber.

— Espero que sim.

Uma comoção levou a atenção de todos para a porta nos fundos da sala. Várias pessoas entraram com câmeras, apontando-as para os três.

— Que maravilha. Repórteres.

Zach balançou a cabeça. Os três estavam sentados, com as mãos algemadas nas costas. A humilhação atingiu Karen.

O advogado que a visitara mais cedo entrou na sala, seguido por mais dois homens, tão bem-vestidos quanto ele, com ternos de três peças que valiam uns mil e quinhentos dólares, uma indicação clara de que eram advogados muito bem pagos. Haviam sido trazidos por Blake e Samantha. Um duque milionário só quer o melhor.

— Todos de pé para o honorável juiz Stanhope.

Os ocupantes da sala se levantaram, e o silêncio recaiu sobre a multidão. O juiz tinha cabelos grisalhos e parecia ter uns sessenta anos. Sua aparência inexpressiva não revelou nada quando ordenou que todos se sentassem.

— É um pouco cedo para esse tipo de multidão — o juiz falou enquanto arrumava os papéis na mesa e olhava para os três.

Um repórter no fundo da sala ergueu um pequeno gravador e sussurrou no aparelho, chamando a atenção do juiz.

— Você! No fundo.

O repórter olhou para o juiz.

— Sim?

— Tire essa porcaria do meu tribunal. Se eu voltar a ver isso, você e todos os seus colegas serão expulsos daqui.

O repórter guardou o gravador numa bolsa e se endireitou na cadeira.

O juiz Stanhope olhou ao redor da sala.

— Eu fui chamado aqui, neste belo domingo, um dia em que preferiria passar com a minha família... então é melhor que tudo transcorra bem.

Karen quis gemer. *Ótimo, um juiz irritado.*

— Nolan Parker? — o juiz chamou.

O garoto se levantou.

— Sim, meritíssimo?

— Você tem advogado?

O advogado de Nolan se levantou e caminhou até o banco.

— Sim, excelência.

O juiz Stanhope olhou para os papéis, depois para o homem.

— Nolan Parker, você está sendo acusado de estupro presumido, sequestro e resistência à prisão. Como você se declara?

Nolan olhou para o advogado e respondeu:

— Inocente.

O juiz olhou diretamente para ele, depois para Zach.

— Zach Gardner?

O homem se levantou com seu advogado.

— Você está sendo acusado de sequestro, favorecimento pessoal de criminoso e resistência à prisão. Como se declara?

— Inocente.

Karen não esperou ser chamada para se levantar.

— Vejo que temos um tema recorrente aqui hoje — o juiz falou com um suspiro. — Karen Jones?

— Sim, excelência?

— Suponho que o advogado restante é o seu?
— Sim, senhor.
— Você está sendo acusada de sequestro, favorecimento pessoal de criminoso e resistência à prisão. Como se declara?
— Inocente, meritíssimo.

O juiz olhou para os três.

— A audiência preliminar está marcada para duas semanas a partir de amanhã — falou. — A fiança fixada é de cem mil dólares para a sra. Jones e o sr. Gardner. Duzentos e cinquenta mil para o sr. Parker.
— Ah, meu Deus — Nolan gemeu.
— Está tudo bem — Karen lhe assegurou.
— Se vocês pagarem a fiança, devem permanecer nos limites do condado até o julgamento. Entendido?

Os três concordaram. O juiz saiu do tribunal e os repórteres fugiram da sala.

Uma hora mais tarde, Karen, Zach e Nolan saíram da delegacia e foram atacados pela mídia. Neil e Blake afastaram os repórteres, até os três estarem na parte de trás de uma limusine.

Karen abraçou Gwen enquanto o carro saía da delegacia.

— Reservamos uma suíte em Hilton.
— Alguém já soube da Becky? — Nolan perguntou.

Karen segurou a mão dele.

— Ainda não.

Os olhos dela encontraram os de Zach e não se desviaram.

~∞~

— É aqui. — Judy apontou para a casa onde Becky morava com os pais. Não havia nenhum carro na garagem, o que não parecia bom sinal.

— Ela tem irmãos?
— Não. É filha única.

Rick estacionou a meio quarteirão, no lado oposto da rua. Ele se inclinou sobre ela e abriu o porta-luvas. Pegou uma pistola e a colocou em um coldre, embaixo do casaco.

— Que merda é essa?
— Uma arma.

— Bom, isso eu sei. Por que você tem uma arma? Você é policial ou algo assim?

Ele sorriu.

— Algo assim.

Ele se moveu para abrir a porta, e ela segurou o seu braço.

— Você não pode entrar lá com uma arma.

— Prometo não usar, a menos que seja necessário.

— Espera. Eu não concordei com isso. Só precisamos ter certeza de que a Becky está bem.

Rick inclinou a cabeça para o lado.

— O que você acha que eu vou fazer?

— Não sei, mas não precisa de arma. Olhe só o seu tamanho. Você poderia sentar em cima do sr. Applegate e esmagar o homem. Não precisamos de armas.

O sorriso de Rick iluminou o carro.

— Que bom que você bota fé em mim, Utah, mas eu gosto de ter poder de fogo, caso o sr. Appleseed também tenha.

— Applegate. Não Appleseed.

Ele ergueu as sobrancelhas e não parou de sorrir.

— Você fica aqui. Vou verificar a casa.

Ela saiu do carro logo atrás dele.

— Eu disse para ficar no carro.

Ela passou por ele.

— A Becky não te conhece. Você pode assustá-la.

Ele estreitou os olhos.

— Eu devia assustar você.

— Ãhã, tá bom. — A casa estava quieta, assim como a vizinhança. A igreja era algo levado a sério na maioria dos domingos, o que resultava em muitas horas na congregação. De algum modo, Judy não achou que era onde a família Applegate estaria hoje.

Quando chegou à porta da frente, Rick estava ao lado dela. Antes que Judy pudesse bater, ele a pegou como se ela pesasse vinte quilos e a colocou atrás de si.

— Ei!

Ele pôs um dedo nos lábios dela.

— Shhh.

De repente, Rick não era mais o sr. Gostosão, apto a lutar contra um exército. Era o sr. Irritante, apto a ganhar um passa-fora.

— Fica.

— Não sou um cachorro — ela disse entredentes.

Ele se elevou sobre ela e teve coragem de bater no topo de sua cabeça. Judy quase pisou no pé dele.

Antes que ela pudesse responder, ele bateu o nó dos dedos na porta.

— Sr. Apple...

— Gate — ela sussurrou.

— Applegate?

Eles esperaram por alguns instantes, em silêncio. Rick bateu de novo.

— Sr. Applegate?

Nada.

Ele virou a maçaneta da porta e descobriu que estava destrancada. Pegou a arma, que havia dito que não usaria, e abriu a porta devagar. O coração de Judy acelerou quando seus olhos viram a bagunça na sala de estar.

— Volte para o carro — ele ordenou.

Ela balançou a cabeça. A preocupação com Becky subitamente a dominou. Algo não estava certo.

Duas lâmpadas estavam no chão, e o tampo de vidro da velha mesa da década de 70 estava quebrado.

— Sr. Applegate?

— Becky? — Judy gritou.

Rick olhou para ela, sério, e tampou sua boca com a mão, fazendo-a calar.

Judy permaneceu atrás de Rick enquanto ele caminhava pela casa. A cozinha estava intocada. A sala de jantar tinha cadeiras viradas. Nos quartos, várias gavetas estavam abertas, como se alguém tivesse feito as malas às pressas. Não havia sinal de ninguém.

Rick enfiou a arma no coldre e examinou o quarto.

— Não acho que eles vão voltar.

— Ah, Becky. Isso não é bom.

— Não parece bom. Eles têm família aqui perto?

— Acho que não. Não tenho certeza.

Judy deu um passo sobre o vidro no meio da sala e notou um ponto escuro no tapete. Ela se ajoelhou e tocou o líquido pegajoso.

— Isso é o que eu acho que é?

Rick encostou um dedo na substância e franziu a testa.

— Chame a polícia.

※

A suíte em Hilton encheu rapidamente. Zach reconheceu os amigos de Karen e apertou a mão de Blake Harrison.

— Obrigado por agilizar os advogados e a fiança.

Blake balançou a cabeça.

— Sem problemas.

— Vou pagar de volta.

Blake acenou para ele.

— Depois resolvemos isso.

Os pais de Zach entraram no quarto e olharam para a multidão reunida ali. Para o crédito do pai, ele não disse nada a respeito de como Zach e Karen foram encontrados no hotel pela polícia. Fotos deles já estavam espalhadas por todos os tabloides, e a imprensa lotava o saguão do hotel, à espera de uma declaração sobre o adultério. Parecia que eles estavam mais interessados em um escândalo sexual envolvendo a esposa de uma celebridade do que em um possível sequestro.

Um silêncio percorreu o quarto quando seus pais entraram. Zach constatou a expressão arrasada da mãe enquanto olhava para Karen, mas ela pareceu superar rapidamente.

Janice levou a mão até o rosto da nora.

— Você está bem, querida?

Zach notou a hesitação de Karen.

— Estou sim.

— Isso deve estar doendo.

O machucado no rosto de Karen o lembrou de que a polícia a golpeara contra a parede.

— Não é tão ruim.

Antes que Karen terminasse as apresentações, a porta da suíte se abriu novamente. Mike entrou, o olhar pousando em Zach por um momento antes de encontrar Karen. Ele caminhou até ela e a puxou para os seus braços.

— Você está bem?

Ela suspirou.

— Me desculpe.

Ele se afastou e olhou para ela. Seu olhar se deteve no machucado em seu rosto e ele praguejou baixinho.

Janice continuou olhando para Karen e Mike e depois para Zach. Sawyer permaneceu em silêncio no fundo da sala.

— Está tudo bem — Mike disse, beijando sua testa com suavidade antes de deixá-la e caminhar até o irmão.

Zach endireitou os ombros e tentou se preparar para o confronto, muito público. A tensão no maxilar de Mike foi o único movimento em seu rosto. Eles se entreolharam. Quando parecia que Mike ia se afastar sem dizer uma palavra, Zach relaxou, apenas para receber um soco direto no queixo.

A sala explodiu quando Zach caiu no chão.

Karen saltou entre eles, Blake agarrou o braço de Mike, e Neil parou na frente de Karen.

— Michael! — Janice gritou.

Mike acenou com a mão no ar.

— Isso foi por não proteger a Karen. A imprensa vai acabar com ela, e a culpa é sua.

Zach enxugou o sangue do lábio com o dorso da mão, olhou para ela e em seguida para o irmão. Mike não havia lhe dado um soco por ele ter transado com sua mulher, mas por ter sido pego pela imprensa.

Zach acenou com a cabeça e afastou a mão de Neil quando este se aproximou para ajudá-lo.

Mike se inclinou, segurou a mão de Zach e o puxou para ficar de pé. No início, Zach não tinha certeza se o irmão lhe daria outro soco. Um só já estava bom, era até esperado, mas Zach não teria nenhum problema em lembrar a Mike que era o irmão mais velho.

Karen ficou entre os dois.

— Tudo bem por aqui?

Zach olhou para o irmão.

— Sim — Mike disse.

Ela se virou para Zach, limpou o lábio dele com um lenço e o agraciou com um sorriso suave.

— Não formamos um lindo par?

— Eu sorriria, mas dói.

Mike riu.

— É bom saber que você ainda tem um belo gancho de direita para disputar com o meu — Zach lhe disse.

— Aprendi com o melhor. — Eles brigavam enquanto cresciam, como irmãos fazem frequentemente, mas nunca durava muito. Parecia que manteriam a tradição.

Sawyer limpou a garganta do outro lado da sala.

— Será que alguém pode me dizer que raios está acontecendo aqui?

O cômodo ficou em silêncio novamente.

27

KAREN ESTAVA LITERALMENTE PRESA ENTRE Zach e Michael. Diante dos três, Janice e Sawyer se sentaram, segurando as emoções enquanto todos deixavam a suíte.

— O que está acontecendo? — Sawyer perguntou pela segunda vez assim que o cômodo ficou vazio.

Karen colocou a mão no joelho de Michael, encorajando-o. O gesto não passou despercebido por ninguém.

— Vocês nunca deviam ter conhecido a Karen — Michael falou. — Nosso casamento estava programado para durar um ano. Um ano e meio no máximo.

Janice piscou várias vezes, os olhos se alternando entre Karen e Michael. À direita de Karen, Zach a observava.

Essa história pertencia a Michael, e só ele poderia contá-la, ainda que não quisesse. Ela não falaria nada e o apoiaria no que quer que ele dissesse. Até agora, ele não contara nenhuma mentira.

— Programado para durar? O que isso significa?

— Minha vida está em Hollywood, pai. Nos últimos quatro anos, cada filme dobrou o meu salário semestralmente. Publicidade, namoro, estado civil... os detalhes sórdidos... tudo isso aumenta o interesse do público e mantém meu nome na boca dos fãs e dos produtores. Eu e a Karen temos um casamento de fachada. Só isso.

Karen olhou para Zach.

— Espera. Vocês dois nunca foram...

Ela balançou a cabeça e o encarou.

— Não. Nunca!

O alívio inundou a expressão de Zach.

— Por que você não me contou?

— Eu não podia. Fiz uma promessa ao Michael.

Zach pegou a mão dela e a apertou.

Sawyer disparou de onde estava sentado.

— Mas todos nós vimos vocês se beijando... se abraçando.

Michael balançou a cabeça.

— Eu nunca quis que vocês tivessem contato com essa situação. Eu sabia que não entenderiam.

— Mas... — Janice começou.

— Eu sou ator, mãe.

— Por que você não contou? Por que fingiu para a gente? — Havia indignação na voz da mãe.

Michael olhou para Karen. Por um momento, ela pensou que ele se abriria para os pais sobre a sua sexualidade.

— Não achei que vocês entenderiam.

Sawyer levantou e enfiou as mãos nos bolsos.

— Bem, eu com certeza não entendo. E o que existe entre você e a Karen? — A pergunta foi dirigida a Zach.

Ele engoliu em seco.

— Uma atração inesperada.

Karen se inclinou para ele.

— Isso é esquisito demais — Sawyer resmungou.

— E provavelmente vai piorar até sairmos deste hotel — Michael falou. — A Karen vai precisar do apoio de todos nós. Eu estava falando sério sobre a imprensa persegui-la. O mundo inteiro acha que éramos um casal feliz. Com o nosso divórcio se aproximando... e o Zach...

— Vou ficar bem — Karen ofereceu.

— Não sei, meu bem. A imprensa pode ser cruel.

— Michael, a imprensa persegue e esquece as pessoas quase tão rápido quanto um palito de fósforo se acende. A notícia vai bombar por algumas semanas, e então vou ser simplesmente sua ex.

— Então vocês estavam planejando esse divórcio o tempo todo enquanto estavam aqui? — Janice perguntou.

Era hora de Karen sair em defesa de Michael.

— Sawyer, Janice... eu sinto muito. Nós dois sentimos. Esperávamos ter um casamento breve de conveniência para o mundo acreditar durante algum tempo e depois seguir em frente. Hollywood é extremamente volúvel, e o Michael é uma das celebridades do momento por lá.

— O dinheiro é tão importante a ponto de você vender a sua alma?

Michael balançou a cabeça.

— Não seja tão dramático, pai. Eu e a Karen somos amigos íntimos. Passamos um bom tempo, o ano passado, bancando o casal perfeito. Mas isso é tudo... fingimento. Agora que ela está interessada em alguém, é hora de parar de fingir. — Michael olhou para o irmão. — Não acredito que é em você que ela está interessada.

Zach estava sorrindo, sem levar nada a sério.

Janice balançou a cabeça, nem um pouco convencida.

— Há poucas semanas, você e a Tracey estavam juntos, Zach. O que devemos pensar disso?

O sorriso dele se desfez.

— Antes de vir defender a Tracey, considere isto: ontem à noite, quando fomos presos, ela estava na frente do hotel, no meio da multidão, assistindo a tudo.

— Ah, não.

— Ah, sim. — Zach ergueu a mão de Karen e beijou seus dedos. — Acho que ela seguiu a gente.

Janice olhou para Sawyer e baixou o olhar.

— Nós encontramos a Tracey do lado de fora do tribunal.

Zach olhou para a mãe.

— O que ela te disse?

— Ela se desculpou. Naquele momento, não entendi do que ela estava falando. Disse que achou que estava fazendo a coisa certa quando soube pelo primo que você e a Karen estavam em St. George, mantendo a Becky e o Nolan escondidos dos pais dela.

Karen apertou a mão de Zach.

— Talvez ela tenha ficado magoada com a separação.

— As coisas não estavam bem entre a gente já fazia algum tempo. Nosso rompimento teve pouco a ver com você. Agora a Becky está de volta com os pais abusivos e somos forçados a ficar aqui e esperar que outras pessoas prestem atenção na garota. O Nolan está maluco, preocupado com a namorada e o filho. E tudo por quê?

— Ah, querido, não sei nem o que pensar — disse Janice.

— Precisamos nos unir — Michael falou. — Eu e a Karen tínhamos planejado o divórcio antes de chegarmos aqui. Temos que continuar como programamos. Enquanto isso, ela vai precisar do nosso apoio. — Ele acenou com a mão na direção de Zach. — E você vai ter que dar esse apoio a ela. A imprensa é cruel. Eles vão à caça, mais do que nunca, porque agora aparentemente existe um triângulo amoroso.

O braço de Zach se moveu sobre os ombros dela.

— Vamos superar isso.

— É tudo muito estranho, Mike.

— Eu sei que é, pai. Fique confuso, grite... faça o que tiver que fazer, mas mantenha a verdade entre nós.

— Você quer que eu minta para a nossa família?

Michael balançou a cabeça.

— Não. Conte para a Hannah, para a Judy... Droga, a Rena já sabe. Mas isso é da conta de mais alguém? Nunca recebi nenhuma visita em LA desde que me mudei. Ninguém mais precisa saber.

Sawyer andou de um lado para o outro da sala.

— Porcaria de garotos de hoje em dia.

Michael olhou para Zach e revirou os olhos.

— Vamos, Janice. Precisamos chegar em casa antes que a imprensa encurrale as nossas filhas.

Todos se levantaram. Karen observou enquanto Michael e Zach abraçavam a mãe e lhe davam um beijo de despedida. Ela se virou para Karen e a puxou de lado.

— Se precisar de alguma coisa, me ligue.

— Obrigada, Janice.

— Não posso fingir que entendo. Só espero que você saiba o que está fazendo.

Karen olhou por cima do ombro, para os rapazes, que as observavam.

— Eu também.

Sawyer não foi tão indulgente com suas palavras ou ações. Simplesmente saiu da suíte e esperou que a esposa o seguisse.

Quando os três ficaram sozinhos, Karen caiu no sofá, esgotada.

— Me lembrem de nunca mais fazer isso.

Ela esperava que os irmãos se sentassem e rissem com ela, mas, em vez disso, eles ficaram se encarando.

Karen olhou para os dois.

— Que foi?

Zach cruzou os braços.

— O que você está escondendo, Mike?

Ela tinha perdido alguma coisa?

— A Karen é incrível demais para uma relação platônica de mais de um ano — Zach continuou.

Karen olhou para Michael. O silêncio pairava no ar.

— Você está certo.

Zach abriu e fechou a boca.

— Eu sou gay, Zach.

Ele descruzou os braços, incrédulo.

— Ah, caramba.

<hr>

Após a polícia ouvir as declarações, Judy voltou ao carro alugado de Rick e ligou para Gwen do celular dele.

— Rick? — ela respondeu com seu sotaque elegante.

— Não, é a Judy. O Rick ainda está conversando com a polícia.

— Ah, querida. O que aconteceu?

Judy explicou que eles haviam entrado na casa e que os Applegate não estavam.

— Nem sei onde procurar.

— Talvez a Karen tenha alguma ideia. Ou o Nolan.

— Eles foram soltos?

— Sim. Vou falar com eles e te ligo de volta.

Judy desligou e viu Rick passar pelas luzes piscantes da viatura e atravessar a rua.

— Podemos ir.

— Não sei para onde. Parece errado ir embora e deixar a polícia lidar com a sujeira que eles mesmos fizeram.

Rick esfregou o queixo, com um sorriso malicioso no rosto.

— Não quer desistir da aventura, Utah?

Judy teve vontade de revirar os olhos, mas simplesmente balançou a cabeça.

— Só estou pensando que estamos considerando o jogo todo, enquanto a polícia escolheu um lado. A Becky está com os pais que a maltratam, provavelmente morrendo de medo. Mas ela não é boba. Já fugiu uma vez e vai fazer isso de novo.

O sorriso brincalhão de Rick se transformou em algo pensativo.

— Como uma adolescente grávida fugiria dos pais que também estão fugindo?

Judy fechou os olhos e pensou em como se sentiria ao lado de pais que talvez achassem que estavam fazendo a coisa certa, mas não estavam.

— Eu faria meus pais pensarem que eu estava sendo obediente... que finalmente estava cedendo. — Judy imaginou uma parada para descansar... um banheiro... — Então aproveitaria algo simples, como uma ida ao banheiro ou uma parada para comer, e fugiria. — Ela abriu os olhos e viu Rick olhando para ela.

— Grávidas precisam muito fazer xixi.

Judy levou as duas mãos ao rosto.

— Meu Deus, pobre Becky.

— Ei. — Ela sentiu a mão de Rick em seu ombro. — Vamos encontrar a menina.

O telefone no bolso dela tocou. Judy atendeu e ouviu a voz de Karen:

— Judy?

— Sim.

— Onde você está?

— Na frente da casa da Becky.

— Nenhuma pista de para onde eles foram?

Judy suspirou.

— Não.

— Alguma chance de os vizinhos terem visto alguma coisa?

Ela olhou ao redor, para as poucas pessoas que tinham se aproximado do jardim das casas para observar a movimentação.

— Mesmo que tenham visto, o que eles poderiam dizer? O carro foi para leste, para oeste? Todos os caminhos levam para a rodovia. Para onde eles foram de lá é que é a pergunta.

— E a cabeleireira? A Petra?

— O que tem ela?

— Ela é a única pessoa na cidade que eu posso pensar em perguntar.

— Ela corta cabelos, Karen.

— Ah, Judy. Fique sabendo que cabeleireiros são a coisa mais parecida com um barman em uma cidade pequena. Se alguém sabe de alguma coisa, é a Petra.

Com o telefone no ouvido, Judy se afastou um pouco do carro para abrir a porta e entrar. Rick se sentou no banco do motorista. Judy apontou para a frente.

— Vire à esquerda — disse a ele. — Espero que saiba o que está falando, Karen.

— É a única ideia que eu tive.

— Eu te ligo de volta.

Judy desligou e orientou Rick para chegar à Main Street. Era domingo e tudo estava calmo. Eles estacionaram próximo ao meio-fio, e Judy correu até o salão.

Uma mulher estava sentada na poltrona enquanto Petra cortava o cabelo dela. Ao vê-la, a cabeleireira parou o que estava fazendo e sorriu para Judy. Seus olhos se desviaram para Rick, e o sorriso se tornou mais ousado.

— Oi.

— Hum, Petra... posso falar com você um minuto? — A conversa não precisava de mais ouvidos.

Petra olhou ao redor e pediu licença. Foram para a calçada vazia. Judy foi direta:

— A Karen sugeriu que eu te perguntasse para onde os Applegate podem ter levado a Becky.

O sorrisinho de Petra se tornou uma careta.

— Ela está bem?

Judy balançou a cabeça.

— Duvido. Os pais estão com ela. Eles têm várias horas de vantagem.

Petra olhou para os pés enquanto batia a tesoura na palma da mão.

— Eles não têm família aqui. Não que eu saiba, pelo menos. Mas ele tem uma irmã... no norte.

No norte? Que ótimo. O país inteiro ficava ao norte.

— Antes de Salt Lake... Eu lembro que era o nome de uma pessoa.

— A maioria das cidades tem o nome de uma pessoa, não? Até Hilton.

— Não, não um sobrenome. Um primeiro nome. Você se lembraria de uma cidade chamada Judy.

Ah...

— Me passa o celular. — Rick estendeu a mão, e Judy entregou o aparelho dele.

Alguns segundos depois, ele abriu um mapa e expandiu a imagem do estado, percorrendo as cidades uma a uma.

Petra se aproximou enquanto os três olhavam para a pequena tela.

— Não... Não... Espera. Aqui. Jeremy. É isso aí. A tia da Becky mora em Jeremy.

Judy apertou o braço dela.

— Obrigada.

Petra sorriu enquanto Rick e Judy entravam no carro e se dirigiam para a rodovia.

28

ZACH GOSTARIA DE TER IDO para cama e apagado algumas imagens daquele dia da cabeça, mas parecia que isso não aconteceria. Após a revelação do irmão, ele ficou atordoado enquanto as peças de sua vida se encaixavam. Tudo fazia sentido agora: o relacionamento entre Karen e Michael, como eles pareciam próximos, mas não íntimos... Mesmo quando se beijavam, Zach percebia agora que via o mesmo comportamento no irmão enquanto encenava em seus filmes. Até a saída de Mike de Hilton, a necessidade de se afastar da família para proteger seu estilo de vida, fazia sentido agora.

Zach não podia negar que um peso enorme fora tirado de seus ombros quando soube que Karen e Mike nunca tinham sido íntimos. Saber que nunca haveria uma rixa entre ele e o irmão era um alívio.

Karen se desgrudou dele e levantou do sofá.

— Vou tomar um banho antes que todo mundo volte.

Apesar de querer se juntar a ela, Zach decidiu usar o tempo sozinho com o irmão para uma conversa muito necessária.

Karen desapareceu na suíte, deixando-os a sós.

— Ela é incrível mesmo — Mike falou.

— Ela se preocupa mais com os outros do que consigo mesma.

Mike passou a mão pelos cabelos e olhou para o chão.

— Eu fiquei puto da vida no começo... quando ela me falou sobre vocês dois. Mas então percebi que eu não poderia escolher um homem melhor para ela.

O voto de confiança acalmou o espírito de Zach.

— Não sei nem o que dizer.

— Só diga que não está usando a Karen para passar o tempo. Que existe algo mais do que apenas atração sexual. — Mike olhou para ele, todo o humor e os sorrisos eliminados.

— Se fosse só atração, acho que teríamos encontrado outras pessoas para descarregar a tensão. Desejar a mulher do meu irmão me deixou arrasado durante semanas. A Karen também quis morrer, e olha que ela sabia a verdade.

Mike assentiu.

— Ela é uma mulher forte, Zach. Mas tem um lado dela muito vulnerável. Ela precisa se sentir segura, e o medo de ser abandonada tem raízes profundas.

— Está falando sobre os pais dela?

— Ela te contou?

— Sim. Filhos da puta.

Mike esfregou a nuca.

— Faz a gente agradecer pelos nossos pais dominadores.

Ficaram em silêncio por um momento, ambos perdidos em pensamentos.

— Eles vão entender... sobre você.

Mike se levantou e caminhou até a janela.

— Não estou pronto para contar a eles, Zach. Caramba, eu não estava pronto para contar nem a você, mas eu não queria que a Karen tivesse que te esconder isso. Ela já foi muito generosa comigo.

— Quem mais sabe?

— Poucas pessoas. A Rena descobriu. Os melhores amigos da Karen, aqueles que você conheceu. Ninguém em Hollywood.

— Deve ser difícil para você.

Seu irmão deu de ombros.

— Na verdade, não. Ter a Karen na minha vida me deu alguém para desabafar. Vou sentir falta disso quando ela for embora.

— Ela não vai embora.

Mike olhou por cima do ombro.

— Você está dizendo que pretende sair de Hilton? Porque não acho que o relacionamento de vocês vai funcionar por muito tempo com a Karen morando em LA e você aqui. Sem falar que você não vai conseguir protegê-la morando tão longe.

— Estou pensando em sair de Utah já faz um tempo — Zach explicou enquanto se levantava e caminhava para o lado do irmão. — Se a Karen quiser montar um abrigo para adolescentes fugitivos, vai ter que estar perto de uma cidade grande. Adolescentes não fogem para Hilton.

Mike virou para ele.

— Você está falando sério sobre ela.

— Sim, estou.

Mike olhou pela janela.

— Vou ficar no Canadá durante várias semanas. Vou encorajar a Karen a ficar na casa. Caramba, eu daria a casa para ela se achasse que ela aceitaria.

— Ela não quis nem o carro. — Pensar na McLaren fez Zach sorrir.

— Faça com que ela fique com o carro, tá bom? É demais.

Zach sorriu e assentiu.

— A casa é segura. Vai protegê-la da imprensa enquanto estamos passando pelo divórcio. Você pode ficar pelo tempo que quiser.

Zach colocou a mão no ombro do irmão.

— Estou do seu lado. Não importa quando ou se você contar para os nossos pais... eu estou com você.

Mike assentiu e ofereceu um sorriso triste.

— Obrigado. Eu precisava ouvir isso.

A porta da suíte se abriu atrás deles, e Gwen, Neil e Nolan entraram. Pela expressão no rosto do garoto, Zach soube que algo estava errado.

— O que aconteceu?

— A Becky ligou. — A mão de Nolan estremeceu quando ele levantou o telefone no ar.

Da porta do quarto, Karen apareceu com uma toalha nos cabelos. Seu cheiro fresco e limpo flutuou até Zach e o atraiu.

— Ela está bem?

Nolan balançou a cabeça.

— Ela estava chorando tanto que nem consegui entender o que falou.

— Onde ela está?

Gwen passou um braço ao redor dos ombros de Nolan.

— Ela não disse. Falou algo sobre estar escondida em uma parada de caminhão.

Neil estava com o celular na orelha.

— Onde você está?

— Ele está falando com o Rick? — Karen perguntou.

Gwen assentiu.

— Acho que devíamos avisar a polícia. Eles já devem ter percebido o perigo a que a Becky está sujeita agora.

Karen assentiu, ao lado de Zach.

— Eu também acho.

Neil se afastou para contar a Rick o que tinham descoberto.

— Ela está escondida em algum tipo de depósito. Não faço ideia de qual parada de caminhão. Não, ela não vai. Me liga... Certo.

Quando Neil desligou, comunicou aos demais:

— O Rick e a Judy estão a caminho de Jeremy.

— Ela pode estar em qualquer parada de caminhão.

— A Becky não te deu nenhuma dica? — Karen perguntou a Nolan.

— Só que eles estavam rodando fazia umas duas horas.

Zach olhou para Neil.

— Precisamos de um mapa do estado.

───※───

Judy e Rick rodearam o terreno da segunda parada de caminhão duas vezes antes de estacionar em uma vaga.

Caminharam lado a lado pela loja de conveniência que ficava no posto de gasolina e pelo restaurante do lugar.

— Vou checar o banheiro primeiro.

Rick examinou os clientes enquanto passavam e falou pouco. Ele tinha um jeito estranho, Judy decidiu. Tinha aquele sorriso permanente quando falava com ela e um olhar muito intenso quando se concentrava.

Ele a levou até a porta do banheiro feminino e virou as costas para a parede para esperar por ela. *Ele deve ser uma espécie de guarda-costas.* Ele tinha uma expressão do tipo "não mexe comigo" e olhava feio para qualquer pessoa que o encarasse. E quem mexeria com ele? Só um idiota ia querer arrumar confusão com o cara.

Judy verificou cada cabine vazia e esperou até que todas as mulheres que estavam lá dentro deixassem o banheiro antes de seguir em frente.

— Ela não está aqui.

— O Neil disse algo sobre um depósito.

— Vamos dar uma procurada pelos pais. Se virmos os dois, vamos saber que ela deve estar por aqui, em algum lugar.

— Ou talvez eles tenham largado a menina aqui — Rick falou.

Eles começaram pelo restaurante, dizendo à garçonete que estavam procurando alguns amigos. A busca não deu em nada, e eles foram para os fundos da parada de caminhões. Havia serviços para os motoristas, que iam desde massagistas até engraxates. Não que Judy imaginasse que algum caminhoneiro fosse usar sapatos que precisassem ser engraxados. Mas é assim que essas paradas funcionam. Havia espaço para uma garota do tamanho de Becky desaparecer em qualquer lugar.

Do outro lado do banheiro, Judy examinou a loja. Como se fosse sua sombra, Rick permaneceu ao lado dela. Pelo canto do olho, ela notou alguém que se parecia muito com o sr. Applegate se esgueirando atrás de uma estante de livros. Em vez de ser óbvia, virou de frente para Rick, escondendo o rosto e fingindo tirar fiapos da jaqueta dele.

O sorriso estelar de Rick a deixou sem fôlego por um momento enquanto ele a olhava.

— Sobre o meu ombro direito, atrás da estante de livros... — Judy sussurrou, e ele se inclinou para ouvi-la.

Rick ergueu a mão e afagou o cabelo dela enquanto olhava para onde ela havia sugerido.

— Alto, magro, com uma camisa xadrez de manga comprida.

— Cabelo castanho-escuro?

— Sim.

Ela tirou a bolsa do ombro e pegou um estojo de pó compacto.

— Ele está nos observando?

— Está olhando para cá, mas parece estar lendo.

Judy ergueu o espelho até localizar o homem em questão. Quando ele levantou a cabeça do livro que estava lendo, ela congelou.

— É o pai da Becky.

Ela fechou o estojo de pó e olhou nos olhos verdes de Rick.

— Ela está aqui, em algum lugar.

— Ele continua olhando para cá.

— Deve ter me reconhecido.

Rick estremeceu de repente e afastou Judy para o lado.

— Chame a polícia. — Então correu para dentro da loja.

Judy se virou a tempo de ver o sr. Applegate atravessar uma porta dos fundos e Rick o seguir. Ela ligou para a polícia e correu atrás deles.

— Por favor, informe a emergência.

— Eu preciso da polícia. Estou na parada de caminhões de Millroad, e tem um homem aqui mantendo uma garota presa contra a vontade dela. — Judy não sabia mais o que dizer à mulher ao telefone. — Rápido.

— O homem está armado?

— Não sei. — Judy atravessou a porta dos fundos e viu Rick derrubando o sr. Applegate no chão. Como ela imaginara, Rick só precisou sentar em cima do homem para fazê-lo obedecer. — Rápido.

Judy baixou o telefone da orelha.

— Becky? — ela gritou. — Becky? — As pessoas na loja a olhavam como se ela estivesse maluca, mas ela continuava enfiando a cabeça nas portas e chamando o nome da menina.

— Ei, você não pode entrar aí. — Um funcionário tentou impedir Judy de entrar na sala de estoque, mas ela não recuou.

— Becky, é a Judy... Pode sair agora.

— Ei, moça. Você não pode ficar aqui.

Judy olhou para o homem de cinquenta e poucos anos e franziu a testa.

— Becky?

A sala era pequena, e, como não tinha nenhuma adolescente assustada escondida entre as caixas, Judy continuou caminhando.

Àquela altura, algumas pessoas a observavam, enquanto outras olhavam pela janela para o que Judy supunha que fosse Rick se certificando de que o sr. Applegate não escapasse.

Judy voltou em direção às salas dos fundos, onde os caminhoneiros cortavam os cabelos, e gritou novamente:

— Becky?

Quando estava prestes a voltar para o restaurante, ouviu uma porta se abrir atrás dela. Enrolada em um suéter, Becky enfiou a cabeça para fora.

O inchaço ao redor de seu olho direito e a forma como ela segurava o braço impediram Judy de respirar.

— Ah, Becky.

Judy chegou até a menina antes que ela caísse.

— Chamem uma ambulância. Por favor, alguém chame uma ambulância!

Ela desmoronou no chão com Becky e a segurou.

— Está tudo bem. Você está a salvo.

Karen, Zach, Michael e Nolan estavam sentados na sala de espera do hospital enquanto Rick e Judy ainda davam declarações à polícia. Samantha e Blake já tinham voado de volta para a Califórnia, e Gwen e Neil haviam retornado para o hotel, uma vez que sabiam que todos precisavam depor. Bem, todos menos a mãe de Becky. Ela ainda não havia sido encontrada, e parecia que nem o pai da menina sabia onde ela poderia estar.

Do lado de fora, a imprensa estava agitada, procurando a história enterrada nas fofocas.

Embora as acusações contra Karen, Zach e Nolan ainda não tivessem sido retiradas, era apenas uma questão de tempo.

Karen estava sem dormir fazia quase quarenta e oito horas quando chegaram ao hospital.

— Por que está demorando tanto? — Nolan andava pela pequena sala privativa como um animal enjaulado.

— Não sei.

Todos pensaram no pior. Eles sabiam que Judy tinha encontrado Becky, e que a menina estava histérica e machucada. O hospital demorou um tempo antes de falar com eles.

Judy e Rick chegaram meia hora depois, parecendo cansados e nervosos. Karen a abraçou e agradeceu por sua ajuda.

— Já sabem de alguma coisa? — Judy perguntou.

— Não. Nada. Como ela estava quando você a encontrou?

Judy olhou para Nolan.

— Ela foi muito espancada. Acho que quebrou o braço.

A mão de Nolan se fechou em um punho.

Zach segurou a mão de Karen. Judy observou os dois com o cenho franzido.

— Hum... Eu sei que não devia perguntar... mas você não é casada com o Mike?

Michael riu e passou o braço sobre os ombros de Judy.

— Vamos, maninha. Vamos dar uma volta e eu vou te explicar.

Karen não pôde deixar de notar como os olhos de Rick seguiram Judy quando ela saiu da sala. Ele era um cara legal. Talvez meio duro para alguém como Judy, e provavelmente um pouco conquistador demais.

Zach se levantou e apertou a mão de Rick.

— Obrigado pela ajuda.

— Sou Rick Evans.

— Zach Gardner.

— Ah, é mesmo, vocês não se conheciam. Me desculpem — disse Karen.

— Foi um dia cheio, linda. Está tudo bem.

— O Rick trabalha com o Neil. Ou o Neil trabalha com você agora? — Karen perguntou, provocando-o.

Rick deu de ombros.

— Eu o ajudo quando posso.

Nolan se levantou quando dois homens de jaleco entraram na sala.

— Estamos procurando Nolan Parker.

— Sou eu.

Karen e Zach ficaram a seu lado.

— A Becky está bem?

Os médicos trocaram olhares. Karen sentiu o coração apertar profundamente no peito.

— A Becky vai ficar bem. Ela teve uma fratura no braço e algumas lacerações que vão precisar de pontos.

Nolan engoliu em seco.

— Posso vê-la?

Os médicos voltaram a se entreolhar.

— Sobre o bebê...

Karen olhou para Nolan e depois para Zach. Ela sabia o que o doutor diria antes que as palavras saíssem de seus lábios.

— Ela começou a ter um sangramento na ambulância. Não pudemos fazer nada para evitar. A gravidez estava muito no início, e ela sofreu um aborto.

Os olhos de Nolan examinaram os médicos.

— Então perdemos o nosso bebê?

Um deles assentiu.

— Sinto muito.

Zach segurou o braço de Nolan enquanto as lágrimas escorriam pelas bochechas de Karen. Até Rick teve de desviar o olhar.

— Como ela está?

— Chateada, com razão. Está perguntando por você.

Nolan se afastou de Karen e Zach e saiu da sala, apressado. Zach puxou Karen em seus braços quando as lágrimas começaram a cair.

— Vou procurar a Judy e o Michael — eles ouviram Rick dizer antes de sair da sala.

Lágrimas encharcaram a camisa de Zach enquanto ela o abraçava.

— Por quê?

— Não sei, baby. Não sei.

29

QUATRO DIAS DEPOIS, NOLAN E Karen estavam ajudando Becky a entrar na casa dos Gardner, arrumando o antigo quarto de Michael para ela ficar.

Becky e Nolan decidiram esperar, pelo menos até que ela completasse dezoito anos, para se casar. Os Gardner insistiram em ajudá-la a terminar o último ano do ensino médio.

Os advogados de Samantha e Blake ficaram de plantão vinte e quatro horas depois que Becky foi encontrada e exigiram que as acusações contra Zach, Karen e Nolan fossem retiradas. Ao mesmo tempo, pediram que o sr. Applegate fosse acusado de homicídio por causa do aborto que Becky sofrera. Era um tiro no escuro esperar uma condenação por algo além de sequestro e agressão, mas Karen tinha esperança de que o homem ficasse na cadeia por muito tempo.

Ela se despediu de Becky, assegurando à garota que sempre teria um lugar com ela, se precisasse. Não que Karen achasse que isso fosse acontecer. Nolan não pretendia deixar Becky escapar.

— Eles passaram por tanta coisa — Karen disse a Janice, enquanto estavam na sala de estar, cercadas pelas malas dela. Ela estava longe de casa havia muito tempo, e era hora de deixar Utah. Havia passado algum tempo com Zach, mas não do jeito que gostaria. Entre saguões de hospitais e delegacias de polícia, intimidade não era uma opção. Apesar de Karen dizer que os olhares e os comentários dos outros não a incomodavam... eles a incomodavam, sim. Aos olhos de muitos, ela era uma mulher casada que estava transando com o cunhado. Karen precisava manter certa distância dos dois, por respeito a eles.

— A polícia disse alguma coisa sobre a mãe da menina? — Sawyer perguntou.

— Nada. Parece que foi ela quem distraiu o marido para a Becky se esconder. Ela ainda está desaparecida. — O pai de Becky desistira de fazer a esposa bater na filha e assumira a tarefa ele mesmo. Karen esperava que, com ajuda suficiente, Becky se curasse e seguisse adiante com sua vida.

A porta da casa se abriu, e Zach entrou para pegar as malas de Karen.

— Isso é tudo? — perguntou.

— Sim.

Karen abraçou Janice e Sawyer.

— Vou ligar para vocês com os detalhes sobre a festa. — Michael estava falando sério sobre uma festa de divórcio. Ao contrário de quando estavam casados, ele queria todos lá.

Ver Sawyer revirar os olhos fez Karen rir.

— Como posso acreditar que o meu filho um dia vai se casar de verdade depois desse fiasco?

Karen olhou para Zach e riu.

— Se e quando o Michael se casar de verdade, você vai saber.

— Que bom que alguém tem certeza disso — Janice murmurou.

Eles saíram para a garagem e Zach colocou as malas de Karen na parte de trás da caminhonete. Mas, antes que pudessem entrar, alguém parou atrás dele. Do carro, saíram dois casais, as mulheres segurando grandes cestos.

— Quem são? — Karen sussurrou para Zach.

Ele balançou a cabeça.

— Eu conheço de algum lugar, mas não sei os nomes — sussurrou.

O homem que dirigia caminhou em direção ao pai da família e estendeu a mão.

— Sawyer, bom te ver.

— Oi, Ben. — Os homens deram um aperto de mãos, e Sawyer apresentou Ben, a esposa e o casal que os acompanhava.

— Eu soube que Becky Applegate vai ficar com você e a sua família — Ben falou.

Sawyer olhou para Janice e a puxou para perto. O gesto era de união, algo que Karen não tinha visto entre os dois antes. Eles estavam firmes em sua decisão de ficar com Becky, e nada poderia ter aquecido mais o coração dela.

— Isso mesmo.

Ben assentiu e sorriu.

— Soubemos o que aconteceu, e a nossa congregação queria fazer algo para estender uma mão a ela... e a vocês.

Karen fez uma pausa e olhou para as quatro pessoas em pé na garagem. A mulher de Ben entregou a Janice uma das cestas e colocou a outra ao lado delas.

— A maior parte são bilhetes com pensamentos e orações para a Becky. Para que ela saiba que é amada.

Janice aceitou a oferta.

— Não acho que ela esteja pronta para visitas agora.

A mulher de Ben balançou a cabeça.

— Posso imaginar que não. Só queremos que ela saiba que estamos pensando nela... orando por ela.

Ben entregou um envelope a Sawyer.

— Uma contribuição em dinheiro.

Sawyer tentou devolver.

— Por favor. Use ou guarde para o futuro da Becky. Criamos um fundo em nome dela e vamos depositar um valor mensalmente. Para que ela possa ter condições de ir para a faculdade ou o que quer que escolha fazer no futuro.

Ben se virou para Karen e Zach.

— Obrigado a vocês dois pelos sacrifícios que fizeram.

Karen não esperava que a igreja de Becky estivesse tão disposta a ajudá-la. Ela teria que se perguntar sobre o motivo mais tarde. Por ora, estava emocionada e honrada.

— Fizemos o que qualquer um faria na mesma situação.

Ben balançou a cabeça.

— Nem todos. Ou este mundo seria um lugar muito melhor.

Karen não pôde argumentar em relação a isso. Ben apertou a mão de Sawyer novamente.

— Se precisar de alguma coisa, por favor, pode contar com a gente.

Os quatro visitantes voltaram para o carro e foram embora.

— Foi muito legal da parte deles. — Janice olhou dentro da cesta e suspirou.

— Tenho certeza que a Becky vai gostar de todo esse apoio. — Karen abraçou Janice novamente. — Vou manter contato.

— Tchau, querida.

Quando Zach entrou no carro, viu seus pais carregarem as cestas de presentes para Becky.

Karen observou a cidade de Hilton desaparecer enquanto se dirigiram à rodovia.

— Estas foram as férias mais longas e tensas que eu já tive — Karen disse, com uma risada.

— Ah, fala sério. Não pode ter sido a primeira vez que você foi presa e alvo de uma investigação estadual.

— A vida diante dos paparazzi não tem nem comparação com Hilton, Utah.

Os ombros de Zach se inclinaram enquanto ele ria.

— Vão falar sobre isso durante anos.

— Contanto que falem de mim e não da Becky. Ela vai ficar bem, né?

— Se você acha que ela é a primeira adolescente a engravidar e fugir, está enganada. Algumas ficaram e criaram seus filhos aqui. Ela vai ficar bem.

Eles foram para a rodovia em direção a St. George e o voo para casa.

— O Rick ou o Neil vão te buscar no aeroporto? — Zach perguntou.

— O Rick. Mas acho que ele vai levar alguns amigos deles. — Karen já esperava que houvesse paparazzi e câmeras, pois a notícia sobre seu retorno tinha vazado. No dia anterior, Michael havia entrado com o pedido de divórcio, e a notícia saíra em todos os jornais. Ela sabia que a história toda a acompanharia por algumas semanas.

— Ainda acho que eu devia ir com você.

— Já falamos sobre isso. Logo, logo o público nem vai mais lembrar de mim. O Michael já está armando algumas fotos com outras mulheres para despistar a imprensa. Assim que essas fotos chegarem aos tabloides, vou ser passado. Os filmes costumam ter menos de duas horas de duração por uma razão, Zach. A capacidade de atenção dos fãs do Michael é limitada. Confie em mim.

— Não sei...

— Zach, você tem uma vida aqui. Não pode simplesmente ir embora. — Ela tinha pensado muito sobre o relacionamento deles e o que significaria mantê-lo atravessando as fronteiras do estado. Em vez de pensar o pior, ela queria dar um tempo para ver o que aconteceria quando eles não se vissem mais todos os dias.

O estacionamento do aeroporto estava cheio, obrigando-os a estacionar em outro lugar. Por causa da segurança, eles teriam que se despedir muito antes de o avião partir.

Karen não queria que o momento fosse arruinado pelas lágrimas, mas sentiu que elas surgiam enquanto o tempo que tinham juntos se esgotava. Zach segurou sua mão e a puxou para longe da fila que a levaria ao avião.

— Me ligue quando aterrissar.

Ela assentiu, sem confiar em si mesma para falar. Zach colocou a palma das mãos nas laterais do rosto dela e a forçou a olhar para ele. Ela não queria deixá-lo. Talvez viver em Utah fosse algo que ela pudesse fazer.

— Ei...

Ele enxugou a lágrima que escorria pela bochecha dela.

— Sabe essa dor? — ele perguntou enquanto apontava para o peito dela. — Eu sinto o mesmo aqui.

Ela ofegou quando ele apontou para o próprio coração.

— Sabe o que isso significa?

— Significa que somos dois idiotas.

Zach sorriu.

— Não, significa que não podemos ficar longe um do outro por muito tempo. Então não precisa chorar.

Karen sufocou um soluço e o beijou. A ternura por trás do beijo trouxe mais lágrimas. A dor aumentou. Zach estava errado. A dor no peito dizia que ela o amava. Dizer adeus a alguém que se ama sempre dói.

Quando terminou de beijá-la, ele a abraçou como um homem faminto.

                                                  ~ ∞ ~

Como era de esperar, os paparazzi a reconheceram no aeroporto, mas não antes que Rick e três homens de terno a cercassem. Só quando estava entre eles na parte de trás da limusine, Karen tirou os óculos de sol.

— Obrigada pela ajuda, Rick.

Ele se sentou à sua esquerda e protegeu os olhos do flash de uma câmera que invadiu o interior do carro.

— Foi um prazer. Como estão todos em Utah?

— Bem. A Becky está morando com os pais do Michael. E o Nolan está com o Zach. Está tudo certo.

— Como vai a Judy?

Karen sorriu.

— Ótima. Ela se saiu muito bem.

— Menina durona. — Rick não encontrou seu olhar quando ela o encarou.

— Ela não é mais uma menina.

— Quase isso. — Tudo bem, ele tinha sete, talvez oito anos a mais que Judy, mas não era uma diferença assim tão grande.

— Tenho certeza que os caras da faculdade dela não concordam com você.

Karen sorriu e esperou.

— Esqueci em que faculdade ela disse que estuda.

— Estadual de Boise.

— Ah, é, isso mesmo.

Karen não pôde deixar de rir alto. Judy não estudava na Universidade Estadual de Boise, e sim na Universidade de Washington. E era óbvio que Rick estava apenas tentando descobrir coisas sobre a garota.

— O que foi? — ele perguntou.

— Nada. — Valeria a pena esperar para ver como isso se desdobraria.

Os portões da casa de Beverly Hills se abriram, e as luzes da cidade lembraram os milhões de pessoas que a cercavam. Rick e sua segurança a ajudaram a entrar com as malas e checaram o interior da casa e o entorno antes de ir embora.

Ela se jogou no sofá e tirou o celular da bolsa. Digitou o número de Zach e o esperou atender.

— Oi, babe.

Ela gostava disso.

— Oi.

— Chegou bem em casa?

Ela olhou ao redor da casa vazia e sorriu.

— Sim.

Uma batida na porta da frente a fez levantar. Rick ainda devia estar lá.

— Como o Nolan está se adaptando na sua casa?

— Tenho certeza que ele está bem.

Karen segurou o telefone com uma das mãos e pegou a maçaneta com a outra.

— Como assim? Você não sabe?

Esperando ver Rick, ela ofegou quando abriu a porta e deu de cara com Zach parado ali.

Tirou o celular da orelha.

— Não sei, porque eu não estou lá.

Passado o choque inicial, Karen saltou em seus braços, envolvendo as pernas ao redor da cintura dele enquanto ele a carregava para dentro e mantinha os lábios grudados aos dela.

— Não acredito que você está aqui.

Ele fechou a porta com o pé e a beijou novamente.

— Não posso te proteger se você estiver a quilômetros de distância.

Ela não conseguia parar de sorrir.

— Você é louco.

Os pés de Karen deslizaram para o chão, e ela olhou para ele.

— Louco? Talvez... Tem que ser louco para se apaixonar pela esposa do irmão.

Ao ouvir as palavras, ela retrucou:

— A esposa de *mentira* do irmão.

— Estou falando sério, Karen. Eu te amo, e os paparazzi vão ter que se acostumar a tirar fotos nossas. Não vou deixar você enfrentar ninguém sozinha.

— Ah, Zach. Eu também te amo.

Quando ela o beijou, seus lábios selaram suas palavras.

— E quanto a Utah? Sua empresa?

— Utah pode ficar sem mim. E o meu braço direito pode dirigir a empresa. Eles podem se virar sem mim, mas eu não posso me virar sem você.

— Ah, Zach. — Ela inclinou a cabeça e o beijou novamente. Ele estava ali... em seus braços... sem ninguém batendo na porta, sem a família chamando... sem nada para separá-los.

Karen pegou a mão dele e o levou até o quarto que chamava de seu enquanto morava na casa de Michael.

Ele a colocou sobre a cama e tirou a blusa dela antes de deitá-la no colchão. As pernas dela apertaram a cintura dele, as mãos subiram e desceram por suas costas.

— Faz muito tempo. — Ela jogou a camisa dele no chão.

— Menos de uma semana.

— Tempo demais — ela disse, entre beijos e gemidos.

— Não vou fazer você esperar mais.

Ela riu, o virou de costas no colchão e beijou o peito dele. O fecho do sutiã se soltou.

— Estou melhorando nisso — Zach disse antes de sentar e provar a carne escondida pelo sutiã.

— A prática leva à perfeição.

Zach a deitou, afastou as mãos dela e sugou seus mamilos com necessidade. Ela estremeceu e chamou seu nome.

— Adoro ouvir você dizendo o meu nome — ele confessou, descendo a calça de seus quadris e saboreando o caminho da barriga até as coxas. Então abriu as pernas dela e a provou até ela explodir com seu nome nos lábios.

Mal ela havia se recuperado e ele já estava dentro dela, levando-a consigo em uma interminável onda de desejo.

Ele a penetrou e disse quanto a amava quando gozaram juntos.

Ela sorriu contra o ombro dele enquanto o coração de ambos diminuía o ritmo selvagem.

— Eu te amo, Zach.

Epílogo

ANDAIMES ENVOLVIAM TODO O LADO norte da casa vitoriana de quatrocentos e sessenta metros quadrados, com vista para o Pacífico. A brisa do inverno fez Karen apertar o suéter que havia jogado sobre os ombros para afastar o frio.

A reforma da antiga casa não havia sido interrompida desde que ela e Zach encontraram a propriedade abandonada, dois meses depois que ela voltara de Utah. Era perfeita. Os dez mil metros quadrados de terreno ofereciam privacidade, e a vista para o mar permitia tempo para reflexão e cura. Algo que todo adolescente precisaria durante a sua estadia.

No ritmo em que a obra caminhava, eles abririam as portas para jovens necessitados na primavera. O sonho de Karen de ajudar os outros estava finalmente se tornando realidade. Zach e Karen estavam morando em uma suíte no andar superior enquanto ele supervisionava a reforma. Zach precisou voltar para Utah algumas vezes para terminar o trabalho que havia começado lá, mas não demorou muito para fazer contatos em Los Angeles. Já possuía até uma pequena equipe de homens trabalhando em imóveis para venda, em vez de se dedicar à construção de grandes conjuntos residenciais. Aparentemente, Zach preferia trabalhos mais personalizados a obras de casas idênticas que pipocaram em todo o país antes da recessão. Com a economia se recuperando, os projetos em que ele vinha trabalhando estavam se tornando mais corriqueiros.

Karen não precisou virar para saber quem caminhava atrás dela. Os braços de Zach e o cheiro de sua pele a envolveram.

— O que você está fazendo aqui fora?

— Só pensando em como estou feliz — ela respondeu.

Ele beijou o topo de sua cabeça e a abraçou.

— Não vai buscar seus pais?

— Ainda não.

A festa de divórcio era na próxima sexta-feira, e todo o clã Gardner chegaria ao longo dos próximos dias para participar.

— Queria que estivesse tudo pronto aqui para eles ficarem com a gente.

Zach acariciou o pescoço dela.

— Da próxima vez.

— E fazer uma grande festa de inauguração da nossa casa, ou algo assim.

— Acho que você gosta de fazer festas tanto quanto o meu irmão.

Karen riu.

— Sim, acho que temos isso em comum. Conseguiu confirmar se o Nolan e a Becky estão vindo para a festa? — O jovem casal estava muito apaixonado e ainda mais firmes depois de perderem o bebê. Em segredo, Karen esperava que, se eles decidissem se casar logo depois de Becky terminar a escola, na primavera, ela conseguisse convencê-los a fazer o casamento ali. Os dois mereciam o melhor, depois de tudo a que tinham sido expostos.

— Minha mãe disse que eles chegam em um voo amanhã. Parece que a Becky tinha uma prova na escola hoje.

— Ótimo.

— Ah. — Zach afastou os braços dela. — Quase esqueci.

Ela olhou para ele de forma interrogativa.

Do bolso, ele tirou uma caixinha. Ela olhou para ele com um sorriso tímido. Na última vez em que Zach lhe entregara uma caixa como aquela, dentro havia a chave da casa onde estavam agora.

— O que é isso?

— Abra.

Seus lindos olhos a observavam enquanto ela erguia a pequena tampa de prata.

O diamante redondo de dois quilates jazia no centro de um conjunto de pedras menores, no melhor estilo vitoriano, tal qual a casa que haviam escolhido juntos.

— Zach... — ela sussurrou.

Ele se ajoelhou, e Karen não se conteve. Lágrimas surgiram instantaneamente em seus olhos.

— Eu quero você para sempre, Karen. Quero passar cada momento com você ao meu lado. Quer se casar comigo?

Ela ficou de joelhos com ele.

— Ah, Zach. Você sabe que sim.

Ele a beijou brevemente e deslizou o anel em seu dedo.

— Eu te amo.

Ela estendeu a mão e sorriu para a aliança que ele havia escolhido.

— Eu não devia estar feliz desse jeito dias antes do meu divórcio.

— Devia sim, uma vez que você se casou com a pessoa errada.

— Não sinto que já estive casada com alguém antes de você.

Ele sorriu e a beijou novamente.

— Para quando vamos marcar o casamento?

— Ansioso? — ela perguntou, sorrindo com a emoção na voz dele.

— Você não faz ideia. Esperar por esse divórcio está acabando comigo.

Karen olhou no fundo dos olhos do seu futuro e se apaixonou de novo.

— Bom, o divórcio vai ser finalizado na sexta. Estarei solteira até sábado.

Ele piscou.

— Este sábado? Quer se casar neste sábado?

Ela mordeu o lábio inferior.

— Por que não? Sua família vai estar aqui. O Michael não está no set, os meus amigos estão todos na cidade. Por que não?

— Podemos fazer isso até sábado?

Karen inclinou a cabeça para trás e riu.

— Me lembre de te contar como os meus amigos são rápidos para resolver esse tipo de coisa. Então o que me diz, Zach Gardner? Quer se casar comigo no sábado?

Ele a ajudou a se levantar até ficar na ponta dos pés e a beijou.

— Mal posso esperar para fazer amor com a sra. Karen Gardner.

— E eu mal posso esperar para fazer amor como a sra. Karen Gardner.

— Então você vai usar o meu sobrenome?

— Você não pode me impedir. Agora vamos. Temos muito o que fazer e menos de quatro dias para fazer acontecer.

Antes que ela pudesse afastá-lo, Zach a deteve.

— Espere. — Ele olhou para ela.

— O que foi?

— Quero curtir o momento. Para me lembrar dele para sempre.

O coração de Karen se derreteu enquanto ficaram lá, os dois saboreando o momento, sabendo que haveria muitos outros como aquele ainda por vir.

Agradecimentos

Há muitas coisas que inspiram um escritor: férias, uma pessoa interessante, um lugar. Utah é um dos lugares mais belos que Deus criou para enfeitar este mundo.

Primeiramente, fiquei encantada com a beleza da paisagem e, em segundo lugar, grata pela hospitalidade das pessoas. A pequena Hilton pode existir apenas na minha imaginação, mas cidadezinhas de todos os lugares vão se identificar com ela. Elas realmente têm pouca pichação e as ruas ficam desertas depois das oito da noite. Mas, por alguma estranha razão que esta garota da cidade grande só pode imaginar, seus habitantes são leais até o fim.

A Manuela, que não faz fofoca, mas com certeza sabe o que todo mundo está fazendo!

A Tammy e sua família, que abriram a casa e o coração para nós.

A minha parceira de crítica, Sandra, que inspira todos os meus Michaels.

Ao sr. e sra. Hart, assim como ao sr. e sra. Halstrom, que me acolheram quando eu era uma adolescente assustada e me ofereceram um lar seguro para terminar o ensino médio.

Um agradecimento especial a Judy, que me ensinou em primeira mão que a fé vai além do que se aprende na Igreja e se estende a outras religiões, além da sua.

Como sempre, a Jane, Lauren, Miriam e a todos da Dystel & Goderich Literary Management.

A Melody, pelo talento editorial e por cobrar nos momentos certos, e a todos na Montlake, por tudo o que vocês fazem.

Mais uma vez, a David e Libby. Quase todas as fotos de férias que tenho capturam alguém que vocês receberam em sua casa. Pessoas como vocês abrem o coração para ajudar os outros, independentemente da dificuldade que isso possa colocar sobre seus ombros. Embora eu não possa dizer que este livro foi escrito com vocês em mente, não consigo pensar em outras pessoas a quem dedicá-lo. Tal como o sr. e a sra. Gardner, vocês receberiam pessoas como a Becky em sua casa, sem nem pensar duas vezes. O mundo seria um lugar melhor se existissem mais pessoas como vocês dois.

Amo vocês!

Impresso no Brasil pelo Sistema Cameron da Divisão Gráfica da
DISTRIBUIDORA RECORD DE SERVIÇOS DE IMPRENSA S.A.